ro
ro
ro

Jesko Wilke, 1959 in Hamburg geboren, studierte Philosophie, Kunsttherapie und Kunstpädagogik. Danach war er einige Jahre in sozialen Einrichtungen tätig. Anschließend arbeitete er für die Verlagsgruppe Milchstrasse. Seit 2002 ist er Sachbuchautor und freier Journalist und schreibt für verschiedene Magazine. Jesko Wilke hat zwei erwachsene Kinder, er lebt mit Frau und Hund südlich von Hamburg. *Ghostwriter* ist sein erster Roman.

www.jeskowilke.de

JESKO WILKE

++GHOSTWRITER++

ROMAN

Rowohlt Taschenbuch Verlag

Originalausgabe
Veröffentlicht im Rowohlt Taschenbuch Verlag,
Reinbek bei Hamburg,
Oktober 2012

Umschlaggestaltung yellowfarm gmbh, Stefanie Freischem
(Foto: Dennis Galante / Corbis; Ada Summer / Corbis)
Satz Eureka PostScript, PageOne,
bei Dörlemann Satz, Lemförde
Druck und Bindung CPI – Clausen & Bosse, Leck
Printed in Germany
ISBN 978 3 499 25849 7

Für Dörte

KAPITEL 1

Die einzige Konstante in meinem Leben war ein in die Jahre gekommener Exrocker namens Carlo, den ich dafür bezahlte, dass ich ihn jederzeit unangemeldet vollquatschen durfte. Aus praktischen Gründen trafen wir uns stets bei ihm. Sein Mobiliar ermöglichte einen Aufenthalt in angenehm erhöhter Sitzposition. Außerdem hielt mein Gastgeber größere Mengen jenes Erfrischungsgetränkes bereit, das ich zur Deckung meines Flüssigkeitsbedarfs bevozzugte. Aus Kostengründen musste ich mir diesen Service allerdings mit ein paar Bewohnern meines Viertels teilen. Und wenn es mit meinen Finanzen weiter bergab ging, würde ich mir auch diesen kleinen Luxus bald nicht mehr leisten können. Es war mir nämlich gelungen, den Abwärtstrend umzukehren – in einen Steil-Abwärtstrend!

Carlo stellte ein frischgezapftes Pils vor mir auf den Tresen und sagte: «Wohl bekomm's.»

Ich hatte ihm gerade anvertraut, dass meine Exfrau mich mit bizarren Forderungen konfrontierte. Beate trug den schwarzen Gürtel im Über-den-Tisch-Ziehen, und mich hatte sie zu ihrem bevorzugten Sparringspartner gemacht.

«Du sollst für ihren Seelenklempner blechen?»

Ich würde für jede Schraube zahlen, die einer bei ihr festzog. Doch Beates Therapeutin tat genau das Gegenteil.

«Außerdem unterstellt sie mir ständig, dass ich horrende Einnahmen vor ihr und ihrem Rechtsbeistand verberge.»

«Du und horrende Einnahmen, nicht zu fassen!», entrüstete sich Carlo.

«Nicht zu fassen», wiederholte ich, etwas unsicher, ob ich diese Form des Zuspruchs gutheißen sollte. Carlo polierte an einem Weinglas herum und stellte es in ein Regal. Anschließend beugte er sich ein Stück über den Tresen und fragte:

«Schon mal was vom Sandwich-Test gehört?»

«Sandwich-Test?», wiederholte ich einigermaßen irritiert.

«Den hättest du mit Beate machen sollen. Also bevor du sie geheiratet hast, meine ich.»

Ich wollte gerade nachhaken, was mein Servicemann mit diesem ominösen Test meinte, als sich in meiner Stammkneipe eine merkwürdige Szene abspielte. Die Tür flog auf, und Tieschen kam in das Lokal gestolpert. Er war auf den drei Stufen, die in den Gastraum führten, schwer ins Straucheln geraten und fast hingeknallt. Dann hatte er sich aber doch noch gefangen und schien den unverhofften Schwung nutzen zu wollen, um eine absurde Vorstellung zu geben. Die Vogelscheuche mit dem löchrigen Mantel und der wirren Kopfbehaarung war genau vor dem Tresen zum Stehen gekommen und krächzte auf einmal: «Überfall!» Sie schwankte merklich, bis ihre Hand an einem imaginären Griff Halt zu finden schien. Ihr flackernder Blick streifte weiter durch die Kneipe.

Tieschen war der Obdachlose unseres Viertels. Jeder im Raum kannte ihn. Normalerweise diente ihm ein zerknitterter Pappbecher als Erwerbsquelle, doch heute fuchtelte er völlig irre mit einer Schusswaffe in der Luft herum. Jetzt richtete er die Kanone auf Carlo.

Oha, dachte ich, das gibt Ärger. Das Teil sah nämlich verdammt echt aus, zu echt jedenfalls, um als Scherz durchzugehen. Dann knallte es auch schon. Es war das Geräusch, das Carlos Handrücken in Tieschens Gesicht machte, als er blitzschnell hinter dem Tresen vorgeschossen kam. Eine seiner Pranken hatte sich die Waffe gegriffen, die andere den Schlag ausgeteilt. Tieschen fand sich auf dem Fußboden wieder. Sein Nasenblut lief zweispurig über Mund und Kinn.

Carlo sagte: «Mach das nie wieder», und reichte mir einen Stapel Papierservietten, die ich an die Vogelscheuche weiterleitete.

«Tut mir leid», näselte Tieschen, und das Papier färbte sich rot, «hab mich in der Tür geirrt.»

Die Eckkneipe wurde von einer esoterischen Buchhandlung und einem uralten Schusterladen gesäumt, dessen Betreiber ausschließlich Reparaturen annahm. Als ich aufschaute, bediente Carlo bereits wieder seine Zapfstelle. Mein Blick fiel auf die Pistole. Sie lag vor mir auf dem Tresen, direkt neben meinem Glas. Ich trank aus und betrachtete die Waffe genauer.

«So 'ne blöde Knarre ist das Letzte, was ich in meinem Laden haben will», knurrte Carlo und tauschte mein leeres Glas gegen ein volles. Dann nahm er das Teil noch einmal in die Hand. Er zog das Magazin heraus, warf einen Blick darauf und schob es wieder an seinen Platz. «Und dieses Scheiß-Spielzeug schon gar nicht. Ist doch nur 'ne Schreckschusswumme. Tu mir einen Gefallen», bat er, in meine Richtung nickend, «und steck das blöde Ding ein.»

Das blöde Ding war ziemlich schwer und lag entsprechend gut in der Hand, fand ich und zielte auf Tieschen: «Peng!», sagte ich, doch er reagierte nicht auf seine Exekution. Immerhin stand er inzwischen wieder und näherte sich zögernd dem Bier, das Carlo ihm auf den Tresen gestellt hatte. Plötzlich ging ein Ruck durch seinen Körper. Er griff nach dem Glas, umfasste es mit beiden Händen und trank es in einem Zug leer.

«Und jetzt verpiss dich, du Blödmann», zischte Carlo mit einem Blick, der jeden Widerspruch ausschloss. Dann registrierte er, dass ich immer noch mit der Kanone herumhantierte. Ein Schriftzug wies sie als Walther P99 aus. Carlo war ein geduldiger Mensch, doch es wäre ein fataler Fehler, das als Phlegma misszuverstehen. Jeder hier wusste das. Also steckte ich die Pistole in meine Manteltasche und schaute zu Tieschen rüber, der im Weggehen vor sich hin brabbelte. Es klang wie eine Protesttirade, die jedoch unverständlich blieb. Also widmete ich mich wieder meinem Bier und meinen eigenen Problemen.

Seit Monaten versuchte ich vergeblich, einen Verlag zu finden, der meinen Roman drucken würde, außerdem war ich total pleite. Wenn ich nicht bald ein paar tausend Euro auftreiben würde, sähe es finster aus – kurz vor Hartz IV sozusagen. Ich war bereits mit drei Monatsmieten im Rückstand und hatte am Morgen ein Schreiben zugestellt bekommen, das mit an Sicherheit grenzender Wahrscheinlichkeit die Ankündigung einer Räumungsklage enthielt. Ich hatte das Kuvert in der Schublade mit den übrigen ungeöffneten

Briefen verschwinden lassen, denen vom Anwalt meiner Exfrau, von meinem Kreditinstitut, sowie den Telefon-, Gas- und Stromrechnungen.

In den letzten zwei Jahren war nicht viel reingekommen. Wie auch? Ich hatte ja an meinem Roman geschrieben. Anschließend hatte ich das Manuskript in einem Copyshop vervielfältigen lassen und an etwa zehn große Verlagshäuser verschickt. Monatelang passierte gar nichts, dann trudelten nach und nach die Absagen ein. Daraufhin machte ich fünfzehn weitere Kopien und wandte mich damit an die kleineren Verlage – das gleiche Spiel. Immer nur Absagen, Standardschreiben, die verrieten, dass sich niemand die Mühe gemacht hatte, sich ernsthaft mit meinem Roman zu befassen.

Zum Schluss hatte ich mich an eine Literaturagentur gewandt. Doch auch das Engagement meines rührigen Agenten führte zu keinem erkennbaren Erfolg. Vor ein paar Tagen hatte ich Robert Möller so lange gelöchert, bis er mir den Namen eines befreundeten Lektors verriet, der das Buch ebenfalls abgelehnt hatte, ein gewisser Herr Kauder. Ich plante, dem Mann alsbald einen kleinen Besuch abzustatten, nur um mir zu beweisen, dass auch er es nicht gelesen hatte. Möller selbst, da war ich mir ganz sicher, hatte sich auch nicht weiter damit beschäftigt. Niemand hatte es gelesen, NIEMAND AUF DER GANZEN WELT!

«Wie war das mit diesem Sandwich-Test?», versuchte ich den Faden wieder aufzunehmen. Doch Carlo winkte ab.

«Vergiss es, ist ja eh zu spät. Überleg dir lieber mal, wie du deine finanziellen Probleme in den Griff kriegen willst. Du weißt ja, ich geb meinen Stammkunden gern Kredit, aber einmal im Monat muss was zurückfließen, sonst haut das auf Dauer nicht hin.»

Mit diesen Worten hatte Carlo ein frisches Pils vor mir abgestellt und verzierte meinen Deckel mit einem weiteren Strich.

«Scheiße, mir wird schon noch was einfallen», maulte ich und nahm mir vor, nach diesem Bier zu gehen.

Vielleicht sollte ich eine Bank ausrauben, überlegte ich, als ich die Pistole in meiner Manteltasche spürte. Freiwillig würde die ohnehin kein Geld mehr herausrücken, das war heute mehr als deutlich geworden. Am Vormittag hatte ich dem Vorsteher meiner kleinen Haspa-Filiale einen radikalen Schuldenschnitt vorgeschlagen und freundlich darum gebeten, dass er mein überzogenes Konto in seine Bad Bank überführen sollte. Obwohl mein fleckgesichtiges Gegenüber der Argumentation ganz offensichtlich nicht folgen konnte, bat es mich ständig, leiser zu sprechen. Ein Widerspruch, dem ich durch sorgfältige Betonung meiner Worte zu begegnen versuchte. Jeder Angestellte und jeder Kunde dieser Bank konnte verstehen, was ich sagte, nur der Typ in diesem Glaskasten war ein Totalausfall. Er rückte seine dickwandige Sehhilfe zurecht und verkroch sich hinter einem Flachbildmonitor, der vermutlich intime Einblicke in meine desaströse Finanzlage gewährte. Aufbereitet in einer einzig für Erbsenzähler entwickelten Darstellungsweise, der Tabellenform. Als seine hektischen Flecken zu einem Flächenbrand in Ampelrot zusammengewachsen waren, setzte bei dem Mann eine Art Schnappatmung ein. Dann kam der Sicherheitsdienst.

Das Problem mit den modernen Banken ist, dass sie selbst kleinere Mengen Bargeld immer gleich in so einem automatischen Einzahlungssafe verschwinden lassen. Ein Raubüberfall würde daher vermutlich nicht viel einbringen. Andererseits: Mit fünf- bis zehntausend Euro ließe sich ein Großteil meiner Probleme in Luft auflösen. Ich versprach mir, darüber nachzudenken, sobald ich wieder nüchtern war, ließ meinen Deckel anschreiben und ging nach Hause.

KAPITEL 2

Ich drehte nervös an dem kleinen Anhänger herum, der an meinem Schlüsselbund hing und den ich bisher für meinen Talisman gehalten hatte. Doch das kleine Äffchen schaute jetzt zu mir hoch und schien zu rufen: «Was soll das denn werden? Da mach ich nicht mit!»

Blöder Affe, dachte ich und fühlte mich im Stich gelassen, doch nun gab es kein Zurück mehr. Der Typ, der mir gegenübersaß, war Lektor in einem großen Hamburger Verlagshaus. Es war Detlef Kauder, von dem ich durch meinen Agenten wusste, dass er erst kürzlich meinen Roman abgelehnt hatte. Begründung: Passt nicht in unser aktuelles Programm. Ich fragte:

«Haben Sie ihn denn gelesen?»

Es dauerte einen Moment, bis er von seinen Unterlagen aufblickte. Dann sah er mir kurz in die Augen und meinte:

«Selbstverständlich. Was denken Sie denn, Herr, äh ... Vogt? Glauben Sie, wir würden hier Manuskripte ablehnen, die wir nicht sorgfältig geprüft hätten?»

Bingo! Genau das glaubte ich, denn sonst hätte er ja erkennen müssen, dass er einen Bestseller vor sich hatte. Ich sagte:

«Entschuldigen Sie meine Skepsis, aber ich bezweifle tatsächlich, dass Sie sich näher mit meinem Roman befasst haben.»

Kauder hob erneut den Kopf und starrte mich an. Er schob sein Doppelkinn unter dem halbgeöffneten Mund ein paar Mal vor und zurück, so als müsse er prüfen, ob sein Kieferscharnier noch funktionierte.

«Am besten, Sie zerstreuen meinen Argwohn, indem Sie mir kurz beschreiben, worum es in der Geschichte geht», schlug ich vor.

Er schaute mich an, als habe er nicht recht verstanden. Anschließend schüttelte er den Kopf und zischte etwas, das ich als *Nicht zu fassen!* interpretierte, und wandte sich wieder seinen Unterlagen zu.

«Gut», lenkte ich ein, «das ist vielleicht etwas zu viel verlangt.»

Mittlerweile war ich unsicher – was machte ich hier, verdammt?! Doch ich hakte noch einmal nach:

«Beantworten Sie mir bitte nur diese eine Frage: Durch welche Art von Haustier wird mein Held in der ersten Szene gerettet?»

Jeder, der die ersten fünf Seiten meines Romans gelesen hatte, konnte diese Frage ohne Zögern beantworten. Doch der Mann glotzte nur ins Leere und begann an seinem Kugelschreiber zu spielen. Klick-klack, Mine raus, klickklack, Mine rein – und so weiter. Dann sagte er:

«Hören Sie, ich bekomme hier täglich eine Flut von Manuskripten auf den Tisch. Ich kann mich beim besten Willen nicht an jedes Detail erinnern. Und nun gehen Sie bitte, ich habe zu arbeiten!»

Ich blickte Herrn Kauder direkt in die Augen und verlor ein kleines bisschen die Fassung.

«Warum geben Sie nicht einfach zu, dass Sie ihn gar nicht gelesen haben, keine einzige Seite?»

«Das ist ja unerhört», entrüstete sich Kauder und stand auf. Die Geduld meines Gesprächspartners war anscheinend aufgebraucht.

«Verschwinden Sie, oder ich lasse den Sicherheitsdienst rufen», drohte er und wies in Richtung Tür. Das sollte nicht zur Gewohnheit werden, dachte ich und schäumte nun meinerseits vor Wut. Ich war frustriert, weil mir einfach keine schlagfertige Verabschiedung einfiel. Ich erhob mich ebenfalls und warf ihm einen bösen Blick zu – immerhin wich er dem aus, und ich beschloss zu verschwinden. Ich riss meinen Mantel vom Stuhl und hörte ein seltsames Geräusch. Es klang, als wäre etwas Schweres auf den Teppichboden gefallen. Ein sattes, dumpfes Geräusch, das Kauders und meine Aufmerksamkeit magisch anzog. Da, wo sie sich kreuzte, lag diese blöde Kanone. Nach einer gefühlten Ewigkeit gab ich mir einen Ruck und hob die Waffe auf.

«Hören Sie …», stöhnte Kauder und zeigte mir die käsigen Innenseiten seiner feuchten Hände. «Sie werden doch nicht …»

Ich schaute ihn an. Seine Pupillen waren bis zum Anschlag vergrößert. Sie starrten abwechselnd auf die Pistole und auf mich. Ein Schweißtropfen löste sich von seiner Stirn und fiel auf den Boden. Ich hörte eine zittrige Stimme, die flehte:

«Bitte seien Sie doch vernünftig!»

Was nun folgte, war eine ziemliche Gemeinheit, das gebe ich ohne Umschweife zu. Ich kann zu meiner Entschuldigung nur vorbringen, dass ich in diesem Moment nicht wusste, was ich tat. Es war eine Art Blackout, die Tat eines Wahnsinnigen, der Lauf eines Amok oder etwas ähnlich Verrücktes. Ich nahm wieder Platz und stützte die Waffe lässig auf meinem linken Unterarm ab. Genau so muss sich ein Psychopath fühlen, einer, bei dem alle Sicherungen auf einmal durchbrennen und der von einer Sekunde zur nächsten vom Opfer zum Täter wird. Ein Gefühl von Macht erfasste mich. Meine Stimme klang ganz fremd, als ich mich weitersprechen hörte.

«Hinsetzen!», befahl ich. Dann griff ich mit der freien Hand in meine Umhängetasche und legte einen großen Stapel Papier auf den Schreibtisch – gut, dass ich eine Kopie meines Manuskriptes eingesteckt hatte.

«Das hier haben Sie mit Sicherheit nicht gelesen. Nicht einmal die ersten dreißig Seiten. Aber kein Problem, das werden wir in aller Ruhe nachholen.»

Endlich! Jetzt wird es endlich passieren, dachte ich und spürte, dass ich ebenfalls zitterte, vor Aufregung, vor Erwartung, vor Anspannung. Ich schaute auf meine Uhr. Es war kurz vor sechs. Dann beugte ich mich nach vorn, zog das Telefon aus der Buchse und steckte es in einen Rucksack, der neben dem Schreibtisch auf dem Boden stand.

«Nur damit wir nicht gestört werden», erklärte ich und bat Kauder, mit dem Vorlesen zu beginnen. «Wenn Sie keine allzu langen Pausen machen, sind wir noch vor Sonnenaufgang damit durch», versprach ich. «Es sind nur dreihundertfünfundachtzig Seiten.»

«Hören Sie», versuchte Kauder zu intervenieren, doch

ich fuhr ihm barsch ins Wort: «Sie tun jetzt genau, was ich sage, sonst werde ich Ihnen den verdammten Schädel wegpusten!»

Es war das einzige Mal, dass ich die Waffe direkt auf mein Gegenüber richtete. Ich hatte meinen Arm durchgestreckt und um neunzig Grad nach links gekippt, sodass der Handrücken nach oben zeigte. So konnte man garantiert schlechter zielen, aber das sah irgendwie cool aus und gefährlich. In diesem Moment erfasste mich vollkommene Ruhe.

«Sie werden mir meinen Roman vorlesen, von Anfang bis Ende. Ich will sicher sein, dass Sie ihn Wort für Wort in sich aufgenommen haben. Und anschließend sagen Sie mir, was Sie davon halten. Ganz spontan, ganz ehrlich und schonungslos. Das ist alles, was ich von Ihnen will, nichts als ein qualifiziertes Feedback. Wenn Sie das für mich tun, werde ich Sie verschonen. Wenn nicht, töte ich erst Sie und danach mich. Haben Sie das verstanden?»

Kauder nickte stumm. Ich war begeistert. Ich hatte sogar auf die korrekte Reihenfolge beim Töten geachtet.

«Dann nehmen Sie endlich den verdammten Stapel Papier und fangen Sie an zu lesen.»

KAPITEL 3

Ich drehte mich in meinem Bett um, weg vom Tageslicht, weg von der drohenden Realität. Ich fühlte mich erschöpft und leer, war nicht einmal imstande, aufzustehen und pinkeln zu gehen, obwohl ich einen heftigen Druck verspürte.

Doch ich war wie gelähmt. Immerhin hatte ich einen Teil meiner Zurechnungsfähigkeit wiedererlangt, und der wunderte sich darüber, dass ich noch nicht festgenommen worden war. Wo waren die Bullen? Ich sah die mattglänzende Walther P99 neben mir auf der Matratze und bedauerte zutiefst, dass es sich dabei nur um eine Schreckschusspistole handelte. Sie lag zwar sehr gut in der Hand, sah täuschend echt aus, aber mich selber konnte ich damit schwer umbringen – höchstens indem ich auf Polizisten schoss. Nur, dass bisher keine erschienen waren, auf die ich das mit Platzpatronen gefüllte Magazin hätte abfeuern können. Hatte ich damit wirklich einen armen Lektor fast zu Tode erschreckt?

Die einfachste Art, meinem Leben eine neue Wendung zu geben, bestand darin, dass ich etwas kaputt machte. Eine Erkenntnis, die ich im Laufe der Jahre gesammelt und die sich stets als ebenso zuverlässig wie praxistauglich erwiesen hatte. Das galt für Beziehungen, Freundschaften und Chancen jeder Art, erforderte jedoch die Verdrängungsleistung eines mittelgroßen Containerschiffes – für mich kein Problem. Was Verdrängung betraf, war ich sozusagen ein Naturtalent. Alles, was mit Verantwortung zu tun hatte, wurde an mein soziales Umfeld delegiert, sprich an meine jeweilige Partnerin outgesourct. Hatte ich gerade keine, entfiel das Thema komplett. Bei Finanz- und Behördenproblemen sowie bei allen anderen Unannehmlichkeiten kam die IAA-Regel zum Einsatz. Nein, das hatte nichts mit der Internationalen Automobil-Ausstellung zu tun. IAA steht für Ignorieren, Aussitzen und Ablenken. Anders ausgedrückt: Ich versuchte stets, mir möglichst wenig Sorgen um die Zukunft zu machen – ein Guru würde sagen: voll und ganz im Hier und Jetzt! Doch der Mist, den ich gestern gebaut hatte, überstieg alles bisher Dagewesene. Ich war in ganz neue Dimensionen vorgedrungen, in die Oberliga des In-die-Scheiße-Reitens. Fatale Folge: Meine Verdrängungsfähigkeit erreichte ihre natürliche Grenze. Es musste etwas passieren.

Im Hier und Jetzt klingelte das Telefon. Es lag direkt neben meinem Bett, aber ich war nicht imstande ranzugehen. Ich erkannte die Stimme von Robert Möller, meinem Agenten, er sprach auf den Anrufbeantworter.

«Herr Vogt, ich habe einen dringenden Auftrag für Sie. Es ist eine etwas ungewöhnliche Sache, aber es springt eine ganze Menge Geld dabei heraus. Zumindest wird es reichen, um Ihre momentanen Finanzprobleme zu lösen. Wir müssen uns unbedingt treffen, noch heute. Das ist sehr wichtig.»

Ich streckte meinen Arm aus und nahm das Telefon aus der Ladestation.

«Haben Sie etwas zu schreiben?»

Das hatte ich.

«Dann notieren Sie mal die folgende Adresse.»

Das machte ich.

«Können Sie heute Abend gegen 19:30 Uhr dort sein?»

Das konnte ich – sofern ich bis dahin nicht im Knast gelandet war. Was sollte ich auch sonst tun? Vielleicht war es ein Fehler gewesen, Möller von meinen Geldsorgen zu erzählen. Ich war vollkommen abgebrannt. Also sagte ich zu – eine folgenschwere Entscheidung, wie sich schon sehr bald herausstellen sollte.

Ich musste an die vergangene Nacht denken. Ich erinnerte mich vage, dass Kauder das tatsächlich durchgehalten hatte. Er schwitzte zwar wie ein Pferd, doch er las meinen Roman, Seite für Seite, Kapitel um Kapitel, bis zum bitteren Ende. Ich war zutiefst gerührt. Dann schob er mir das Manuskript herüber, nahm seine Brille ab, stützte seine Unterarme auf den Tisch und verbarg sein Gesicht hinter den fleischigen Händen. Er seufzte tief und flüsterte: « Und jetzt wollen Sie auch noch meine ehrliche Meinung dazu hören? Nachdem Sie mich mit vorgehaltener Waffe dazu gezwungen haben », er unterbrach sich und schaute kurz auf seine Armbanduhr, « über sieben Stunden hinweg Ihr Manuskript vorzulesen? Nicht zu fassen. »

Dann atmete er tief durch und meinte: « Eines kann ich Ihnen garantieren, das hier werden Sie noch bitter bereuen. »

Die letzten Sätze waren kaum hörbar gewesen, also konnte ich sie auch gleich ignorieren. Kauder ließ die Hände sinken und schaute mich aus müden, blutunterlaufenen Augen an. Ich nahm den Papierstapel und steckte ihn zusammen mit der Pistole in meine Umhängetasche. Ich hatte es sehr genossen, dabei zuzuhören, wie aus meinem Roman vorgelesen wurde. An einigen Stellen klang das richtig gut, fand ich, und Kauder hatte gar keine schlechte Stimme. Leider war ihm nicht anzumerken gewesen, was er von der Story hielt. An der einen oder anderen Stelle war zwar ein Lächeln über sein verschwitztes Gesicht gehuscht, und zwei- oder dreimal hatte er leise gekichert, aber was hieß das schon?

Mir war die ganze Situation inzwischen total unangenehm. Außerdem würde ich in Kürze wahrscheinlich verhaftet werden. Also bedankte ich mich für die erzwungene Lesung, entschuldigte mich für die Umstände und ging. Eines wurde mir auf dem Nachhauseweg klar: Nach dieser Aktion würde ich niemals wieder irgendeinem Verlag auf diesem Planeten ein Manuskript vorlegen können. Die Geschichte würde sich herumsprechen wie ein Lauffeuer. Als Autor war ich ein für alle Mal verbrannt.

Die Adresse, die mir mein Agent am Morgen durchgegeben hatte, führte mich über die Stadtgrenze von Hamburg hinweg in Richtung Süden, etwa dreißig Kilometer nach Niedersachsen hinein. Ich verlasse Hamburg nur sehr ungern, und wenn, dann im Sommer und in Richtung Norden. Das heißt nach Schleswig-Holstein und bedeutet ans Meer, wahlweise an die Nord- oder Ostsee, je nachdem, wo sich das Wasser gerade befindet. Besonders im Winter sind mir solche Touren ein Graus, ich bekomme kurz nach den Elbbrücken bereits Depressionen, wenn ich die grauen Flächen und kahlen Bäume sehe. Kaum zu glauben, dass hier Menschen leben. Und dann der Nieselregen, dazu leichter Nebel.

Es dämmerte, als ich das kleine Dorf in der Nordheide erreichte, das Marxen hieß und außer einem Löschteich und einer Landschlachterei anscheinend nur eine Handvoll von Eichen beschatteter Fachwerkhäuser zu bieten hatte. Ich freute mich bereits auf die Rückfahrt, auf ein paar Bier in meiner Stammkneipe im kuscheligen Eimsbüttel. Ja genau, deshalb war ich hier. Es ging darum, meine Wohnung zu retten, meine Existenz. Irgendwann musste ich die Schublade öffnen und ein paar von den Rechnungen bezahlen. Dafür war ich bereit, jedes Opfer zu bringen.

Vielleicht würde Möller von mir verlangen, dass ich ein paar sündhaft teure Bilder eines berühmten Heidemalers klaute. Oder dass ich ihm half, seinen Onkel zu beseitigen, um anschließend dessen Testament zu seinen Gunsten umzuschreiben. Ich erfreute mich an meiner blühenden Phantasie, den Hirngespinsten eines auf tragische Weise, jedoch selbst verschuldet, für immer verhinderten Romanciers und ahnte nicht, wie recht ich damit haben sollte.

Das kleine Gehöft lag ein paar hundert Meter außerhalb vom Ort inmitten ausgedehnter Wiesen und Felder. Die schmalen Wirtschaftswege dorthin waren zwar asphaltiert, man musste aber trotzdem höllisch aufpassen, weil scharfe Kurven manchmal so unvermittelt auftauchten, dass ich kurz vor dem Ziel fast in einen Graben gerutscht wäre. Typisch Herbst: Die Tage werden kürzer und die Bremswege länger. Dann sah ich im Wohnteil eines Hofes ein schwaches Licht und passierte die schmale Einfahrt, von den Reifen perlte ein kieseliges Knirschen. Vor dem Haupteingang stand ein großes Paket. Daneben erkannte ich den schwarzen Mini von Robert Möller und an der Tür ihn selbst. Er winkte und signalisierte mir, meinen alten Kombi direkt neben seinem schicken Kleinwagen abzustellen. Sollte ich ihm helfen, diese Kiste ins Haus zu tragen? Ich parkte und stieg aus.

«Komm erst mal rein, Volkmar», begrüßte mich der Agent. Seit wann duzten wir uns? Ich folgte ihm durch eine kühle, mit Terrakotta geflieste Vorhalle in einen gemütlichen Wohnraum mit niedriger Decke. Möller blieb neben einem braunen Ohrensessel stehen.

«Darf ich vorstellen? Kurt Kalinski, der berühmte Kriminalautor. Liefert zuverlässig jedes Jahr einen Erfolgsroman ab. Er ist mein bestes Pferd im Stall und seit ein paar Stunden mausetot. Guck ihn dir genau an: So sieht ein Bestsellerautor aus.»

Ich schaute Kalinski an, dann Möller, dann wieder Kalinski.

«Ja und …?», brachte ich mit Mühe hervor. Das wurde alles zu viel für mich. Ich hatte nicht gut geschlafen, meine Karriere als Schriftsteller war für immer versaut, und wenn ich heute Abend in meine Wohnung zurückkäme, würden die Bullen wahrscheinlich schon auf mich warten. Der Tote sah zum Glück ziemlich friedlich aus, nur sein Kopf war zur Seite gekippt und lehnte an einem der beiden Sesselohren. Vielleicht schläft er nur, dachte ich.

«Er ist leider nicht fertig geworden.»

«Wie bitte?»

«Er hat seinen Abgabetermin nicht eingehalten. Sein neuer Roman ist bereits angekündigt. Es gibt bereits einen Titel, ein Cover.»

Möller sprach eine Spur zu laut für meinen Geschmack. Er klang verärgert, irgendwie gereizt.

«Volkmar, versteh doch, der Roman wurde schon im Verlagsprospekt beworben. Es gibt einige tausend Vorbestellungen des Buchhandels, wir haben ein echtes Problem.»

Wir? Der hatte wohl einen an der Waffel! Was hatte ich damit zu tun? Möller hörte sich an, als wäre ich zu blöd, das Naheliegendste zu kapieren. Ich wollte gerade gehen, als ich ein komisches Geräusch hörte. Es klang wie ein Kratzen und Jaulen gleichzeitig …

«Ach ja, Karpow. Um den wirst du dich auch kümmern müssen.»

Möller warf mir einen mitleidigen Blick zu. Anschließend schaute er sich in dem Raum um, öffnete eine gläserne Vitrinentür und nahm zwei Cognacschwenker heraus. Er deutete auf eine Sitzgarnitur in der hinteren Zimmerecke, griff sich auf dem Weg dorthin eine Flasche Rémy Martin, die auf einem kleinen runden Tischchen gestanden hatte, und ließ sich in die Polster sinken. Dann schaute er schweigend zur Decke. Seine Füße schwebten ein paar Zentimeter über dem Teppich.

Alles an Möller war ein wenig zu kurz geraten: die Beine, die Arme, die Finger. Selbst die Nase wirkte gedrungen, irgendwie nicht richtig ausgewachsen. Der Hals fehlte komplett, und darunter hatte sich eindeutig zu viel Masse gebildet. Ich musste an Danny DeVito denken. Nur, dass Möller viel mehr Haare auf dem Kopf hatte. Blonde, dünne, lockige Haare, so wie Thomas Gottschalk. Möller beugte sich vor und verteilte eine riesige Menge Weinbrand auf die beiden Gläser. Er bat mich, Platz zu nehmen.

«Zum Wohl, mein Lieber, auf eine fruchtbare Zusammenarbeit. Du wirst sehen, alles wird gut gehen.»

Er trank einen großen Schluck und legte einen seiner Kinderarme auf der Sofalehne ab. Er fühlte sich scheinbar wie zu Hause.

«So, jetzt hör mir mal gut zu. Ich bin schon seit heute Mittag hier und hatte genug Zeit, mir die Sache in Ruhe zu überlegen. Ich habe ein paar Vorkehrungen getroffen, das Ergebnis steht draußen im Hof.»

Ich nahm einen Schluck vom Branntwein, der seinem Namen alle Ehre machte. Ich spürte, wie das teure Zeug meine Kehle herunterlief, dann machte sich eine angenehme Wärme in der Magengegend breit, und ein wohliges Gefühl stellte sich ein. Ich sollte mich vom Acker machen, am besten sofort. Doch mir fehlte einfach die Kraft dazu. Inzwischen war ja sowieso alles egal. Möller geriet derweil ins Lamentieren. Offenbar war er nicht besonders gut auf den Alten zu sprechen.

«Das hat man davon, wenn man sich für seine Autoren einsetzt und Sonderkonditionen aushandelt, sich bei den Verlagen in die Nesseln setzt, nur um es dem großen Starautor recht zu machen. Wenn der sture Bock nicht dermaßen getrödelt hätte, wäre der neue Krimi längst fertig, hätte längst fertig sein müssen. Aber nein, die Edelfeder muss ja alles immer auf den letzten Drücker abliefern. An jedem Satz feilen. Und nun? Ich muss es ausbaden, wie immer. Aber wenigstens brauche ich mir sein Genörgel nicht mehr anzuhören. Wenigstens damit ist es nun endgültig vorbei.»

«Wie gut kanntest du ihn denn?» Meine Stimme klang irgendwie heiser. Es war der erste zusammenhängende Satz, den ich herausbrachte, seit ich hier eingetroffen war.

«Eigentlich kannte ich ihn gar nicht. Hat sich ja total abgekapselt, der alte Kauz. Wollte keine Interviews, keine Fototermine, keine Lesungen und erst recht in keiner Talkshow auftreten. Der hätte leicht doppelt so viele Bücher verkaufen können, reich werden und ich mit ihm. Aber was macht der Exzentriker? Igelt sich hier ein und lässt niemanden an sich ran. Ich war schon seit Jahren nicht mehr hier draußen, hab nur ab und zu mit ihm telefoniert. Dafür gesorgt, dass er seine Sonderbehandlung beim Verlag bekommt. Und das, obwohl die Auflage seiner Krimis in den letzten Jahren stetig runtergegangen ist. Klarer Fall: Seine Stammleser werden auch älter. Nun hat es ihn eben selber erwischt. Aber der letzte Roman muss noch zu Ende geschrieben werden. Sonst können wir die zweite Rate vergessen, verstehst du? Und da geht es um eine Menge Geld: satte hunderttausend! Und fünfundzwanzig Prozent davon gehören mir.»

Möller hatte vor Aufregung mit dem Cognacschwenker herumgefuchtelt und starrte mich an. Ich fröstelte und spürte, wie mir ein Schauer über den Rücken lief.

«So. Und damit kommen wir zu deinem Part: Du musst den Roman fertigstellen, und das möglichst schnell. Außerdem musst du mir helfen, Kalinski für ein paar Wochen frisch zu halten. Dazu kommen wir gleich. Ich zahle dir fünftausend Euro. Die Hälfte sofort, die andere, sobald der Roman fertig ist. Bist du dabei?»

Ich ertappte mich bei der Vorstellung, wie ich meinem Vermieter zweitausendfünfhundert Euro in die Hand drückte. Ein schönes Bild. Obwohl – tausend würden sicher ausreichen, damit er seine Räumungsklage zurückzog. Er war schließlich kein Unmensch. Mit den restlichen tausendfünfhundert könnte ich …

«Hallo, ist da jemand?», fragte Möller. Er hatte sich mit einem Ruck aus dem Sessel befreit und fing an, im Raum auf und ab zu gehen: «Hör mal, das ist eine ernste Angelegenheit. Ich brauche eine Antwort, und zwar sofort. Du bist Romanautor, oder? Bisher nicht erfolgreich, aber das kann ja noch kommen.»

Wenn du wüsstest, mit wem ich die letzte Nacht verbracht habe, dachte ich und schwieg. Irgendwo bellte und jaulte ein Hund, jetzt hörte ich es ganz deutlich.

«Hier kannst du zeigen, was in dir steckt. Du schnappst dir das halbfertige Manuskript und schreibst es zu Ende, was ist dabei? Mehr als fünftausend wären für deinen Erstling auch nicht drin gewesen. Nicht für den ersten Roman eines unbekannten Autors, das kannst du mir glauben. Insofern leichtverdientes Geld, oder nicht? Und du bleibst im Geschäft. Betrachte es einfach als Fingerübung. Danach sehen wir weiter.»

Ungefähr so muss es sich anfühlen, wenn man dem Teufel seine Seele verkauft. Nur, dass meine für einen Spottpreis über den Tresen ging. Ich dachte an weitere Löcher, die ich mit dem Geld stopfen könnte, und an meine Vorsätze während der Herfahrt. Ich war müde, mir war kalt, und ich wollte, dass das hier möglichst bald zu Ende ging.

Seit ich mich selbst aus der Position eines Chefredakteurs gefeuert hatte, war es finanziell stetig bergab gegangen. Mein Exschwiegervater hatte sich vor etlichen Jahren in einen Wochenblattverlag eingekauft, dessen Geschäftsfeld im Wesentlichen darin bestand, Tausende von Hamburger Briefkästen mit kostenlosen Anzeigenblättern zu verstopfen, die außer einer Handvoll Rentner und der Altpapierwirtschaft niemanden interessierten. Meine Aufgabe war es, wöchentlich zwei redaktionelle Doppelseiten mit Texten und Fotos zu füllen. Nach der Scheidung von seiner Tochter hatte sich das Verhältnis zwischen Chefredakteur und Verleger sichtlich abgekühlt: von frostig auf eiskalt. Meine gesundheitsbedingte Kündigung (wegen drohender Erfrierungen) wurde von der Agentur für Arbeit jedoch nicht anerkannt, sie brummten mir eine dreimonatige Sperre auf. Der anschließende Austausch von Sachargumenten wurde erheblich durch ein Hausverbot erschwert, das mir erteilt wurde, weil ich das Wort «Scheiße» in verschiedenen, zeitlich eng aufeinanderfolgenden Strängen meiner Argumentation hatte einfließen lassen. Also bin ich einfach nicht mehr hingegangen.

Ich griff nach meinem Schlüsselbund und warf einen flüchtigen Blick auf den Talisman, der daran hing. Das Äffchen zwinkerte mir zu.

«Okay, ich werde es versuchen», hörte ich mich sagen. Zunächst versuchte ich aber vergeblich, aus dem Sessel aufzustehen. Zum Glück hatte Möller nicht mitbekommen, wie ich wieder zurückgekippt war, unbeholfen, leicht angetrunken und schlaff. Er war bereits auf dem Weg nach draußen.

«Ich erklär dir, wie es weiterläuft.»

Jetzt ging alles ziemlich schnell. Möller bat mich, ihm in den Hof zu folgen. Mir war plötzlich sonnenklar, was wir da auspackten. Unter jeder Menge Kartonage und Styropor kam eine riesige Kühltruhe zum Vorschein. Wir schleppten den schneeweißen Tiefkühlsarg ins Haus. Dann ging es durch die geräumige Dielentür in den ehemaligen Stallteil des alten Bauernhauses. Dort stellten wir das Gerät direkt neben einer Steckdose ab. Möller zog ein kariertes Taschentuch aus seiner Hose und wischte sich den Schweiß vom Gesicht. Erstaunlich, dass er das überhaupt geschafft hat, dachte ich. Der Schein trügt, der ist fitter, als ich vermutet habe. Anschließend holten wir den Autor, der sich glücklicherweise im Vergleich als ziemliches Leichtgewicht entpuppte, und verfrachteten ihn in die Kühltruhe. Ich bestand darauf, ihn wenigstens in eine alte, dunkelgrüne Decke zu hüllen, die ich auf einer staubigen Truhe gefunden hatte. Möller klappte den Deckel zu und sagte:

«Vielen Dank für den Tipp, alter Mann», und an mich gewandt:

«Das hat er in einem seiner Krimis auch mal gemacht,

einen Toten vorübergehend auf Eis gelegt. Warum sollte es ihm besser gehen?»

«Pietät ist für dich wohl ein Fremdwort!», stammelte ich. Mir war übel geworden. Ich war entsetzt über die Art, wie er mit dem Toten umging. Mich fröstelte es erneut bei der Vorstellung, in einer Kühltruhe zu liegen und zu Tiefgefrorenem zu erstarren.

«In der Tat, Pietät IST ein Fremdwort!», sagte Möller und verließ den Stallteil in Richtung Wohnraum, wo er sich vermutlich von dem Cognac nachschenkte. Ich schaute auf die rote Warnlampe, die unablässig blinkte, um anzuzeigen, dass das Gefriergut die erforderlichen achtzehn Grad minus noch nicht erreicht hatte. Ich drückte ein paar Knöpfe, doch das Lämpchen blinkte weiter. Möller und diese Warnlampe hatten etwas gemeinsam, dachte ich. Sie waren Zyniker erster Klasse. Ich versuchte, bei Verstand zu bleiben. War ich von allen guten Geistern verlassen? Irgendwo in der Nähe knurrte und bellte ein Hund.

KAPITEL 4

Ich drehte eine Runde in einem Kreisverkehr. Das war schon der dritte auf dem Weg zurück zur Autobahn, und mir wurde langsam schwindelig. Diese Dinger breiteten sich aus wie Schimmel auf alten Brotkanten. Ständig entstanden neue. Wozu der ganze Aufwand, die ganze Verschwendung von Fahrbahnbelag und Landschaft? Hier draußen auf dem Land war doch ohnehin nichts los. Früher gab es Kreuzungen in der Pampa. Man hatte Vorfahrt oder eben nicht – wo war das Problem? Mich überkam das dringende Bedürfnis, verkehrt herum da durchzufahren. Aber ich war einfach zu müde. Ich bog auf die Autobahnzufahrt ab und gab Gas.

Wie hatte Möller eigentlich erfahren, dass Kalinski verstorben war? Er hatte doch gesagt, dass er seit Jahren nicht mehr da draußen war?, fragte ich mich, während ich das Horster Dreieck in Richtung Elbbrücken passierte. In wenigen Minuten würde ich die Stadtgrenze erreichen, dem Himmel sei Dank!

Ich wollte meinen Agenten mit dieser Frage konfrontieren, sobald sich die Gelegenheit dazu ergab. Wer weiß, vielleicht hatten die beiden sich ja gestritten, vielleicht hatte Möller ihm sogar eins übergebraten, und ich machte mich zum Mittäter, indem ich ihm half, die Leiche verschwinden zu lassen. Meine Karriere als Krimineller entwickelte sich prächtig. Allerdings hatte Kalinski einen ziemlich unbeschädigten Eindruck gemacht, als ich ihn in die Decke gewickelt hatte. Möller war profitgierig, aber ein Mörder war er sicher nicht.

An der ersten Kreuzung, die ich in Hamburg kurz hinter den Elbbrücken erreichte, wies ein gelbes Dauerblinken auf eine Funktionsstörung hin. Scheiße, dachte ich, als ich die Einsatzfahrzeuge der Polizei sah. Sie haben eine Großfahndung nach mir eingeleitet und überall Straßensperren errichtet. Doch dann wurde mir klar, dass bloß die Ampelanlage ausgefallen war.

Nach einer ausgiebigen Dusche fühlte ich mich bedeutend wohler. Ich hatte Lust, ein paar Bier zu trinken, in netter, unaufdringlicher Gesellschaft. Doch vorher wollte ich noch etwas erledigen. Bevor ich mir Feierabend gab, musste ich wenigstens einmal an diesem merkwürdigen Tag etwas Vernünftiges tun, etwas, wofür mich vermutlich selbst Beate, meine Exfrau, gelobt hätte. Beim Rausgehen sah ich, dass mein Anrufbeantworter blinkte.

Ich klingelte bei Hassenstein, meinem Vermieter. Er wohnte in der Penthousewohnung im Haus nebenan. Ihm gehörten beide Immobilien, er hatte sie geerbt. Neben dem Klingelknopf war ein graues magisches Auge in die Wand eingelassen, ein winzig kleines Lämpchen flackerte rot, vermutlich um anzuzeigen, dass die Alarmanlage in Betrieb war. Verdammte Blinkerei, dachte ich, wo man hinguckt, blinkt irgendetwas!

Hassenstein öffnete nach einer Weile die Tür und musterte mich mit einem auffällig dämlichen Gesichtsausdruck. Ich zählte ihm tausend Euro in die Hand und bat ihn freundlich, die Räumungsklage zurückzunehmen. Ich käme gerade wieder auf die Beine, finanziell meinte ich. Er sagte, der Tausender würde nicht einmal ausreichen, um die überfälligen Nebenkostennachzahlungen der letzten vier Jahre zu decken – wohnte ich tatsächlich schon so lange in der Bude? Ich sah, wie sich Anzeichen von Schmerz oder Kurzsichtigkeit in seinem Gesicht breitmachten – er würde die Klage also auf gar keinen Fall zurückziehen, da müsste ich schon etwas drauflegen. Ich dachte an die Möglichkeit, ihm noch mehr Geld in den Rachen zu stecken, doch dazu war er mir einfach zu unsympathisch. Also wendete ich mich wortlos ab und machte mich auf den Weg in meine Stammkneipe.

In der BarKasse war es ziemlich belebt für einen Dienstag. Carlo trug ein T-Shirt mit dem Aufdruck «Der tut nix, der will nur spielen». Er hatte mal zwei Rottweiler besessen, aber das war, bevor ich ihn kennenlernte. Es hieß, die Viecher wären ziemlich unangenehm gewesen und selbst die Stammgäste hätten einen Heidenrespekt vor ihnen gehabt. Ich nickte ihm zu, legte einen Abschlag von zweihundert Euro auf den Tresen und bestellte ein großes Pils. Früher hatte er mal ein bisschen bei den Hells Angels mitgemischt. Jetzt meldete er seine Harley nur noch für drei Monate im Jahr an, im Sommer, wenn ihn die Arthritis nicht so quälte. Ob Kalinski wohl schon durchgefrostet war, überlegte ich, während ich an meinem ersten Pils nippte. Dann würde die blöde Kontrollleuchte endlich aufhören zu blinken.

Carlo nahm das Geld, knurrte: «*Das ist mal ein Anfang ...*», und machte sich eine Notiz für seine Buchführung. Anschließend zapfte er mein Pils an. Scheißegal, wie ein Bier gezapft wird, könnte man meinen, ist aber nicht so. Das ist überhaupt nicht egal. In diesen modernen Läden mit den gekühlten Leitungen und dem ebenso coolen Ambiente schmeckte das Bier wie kalte Pisse. Die ließen das Zeug in einem Rutsch einlaufen, keine anständige Krone, kein feinporiger Schaum. Die kümmerlichen Reste waren längst zusammengefallen, bis sie einem das Glas hingestellt hatten.

In einer anständigen Kneipe stehen die Bierfässer direkt unter dem Tresen, und ein Pils braucht seine Zeit. Keine sieben Minuten, das ist auch wieder Quatsch, sagt Carlo, aber es muss einmal vor- und zwei- bis dreimal nachgezapft werden. Das dauert so um die drei Minuten. Aber Achtung: Beim Nachzapfen darf der Hahn nie ins Bier eintauchen, das herbe Nass muss immer am Glasrand entlanglaufen – fertig, aus die Maus oder was dann immer so folgte, wenn ein Wirt seine Weisheiten absonderte. Jedenfalls war das wirklich ein Riesenunterschied. Nur hier schmeckte das Bier herrlich süffig, prickelte schön im Abgang und war optimal temperiert. Ich kippte den restlichen Inhalt meines Glases herunter und gab Carlo mit einem leichten Kopfnicken zu verstehen, dass er bitte das nächste ansetzen soll.

Dann durchquerte etwas auffällig stark Duftendes die Peripherie meines Gesichtsfeldes. Ich hatte keine Lust, meinen Kopf zu drehen, doch es half nicht. Sie blieb trotzdem stehen, legte eine Art Klingelbeutel auf dem Tresen ab und machte sich an dem freien Barhocker neben mir zu schaffen. Es klapperte gefährlich. Nach einer Weile hatte sie das widerspenstige Sitzmöbel endlich erklommen.

Sie sagte: «Dich hab ich hier ja noch nie gesehen.»

Wer mich nicht kannte, war das erste Mal in diesem Laden, ich gehörte quasi zum Inventar.

«Hab den Hochsommer in der Antarktis verbracht. Vertrag die Hitze hier nämlich nicht», knurrte ich und wandte mich wieder meinem Bier und meinen Sorgen zu. Aber die Frau blieb am Ball.

«Und wie sind die Sommer da oben? Schon mal einen Eisbären erlegt?»

«Unten», korrigierte ich. «Sie liegt unten.» Und außerdem leben dort Pinguine, nicht Eisbären, murmelte ich erschöpft.

Jetzt grinste sie, kam näher und raunte mir ins Ohr: «Bin ganz deiner Meinung. Dieses Herumprobieren wird vollkommen überschätzt: Sie liegt unten, er ist oben, das klappt doch wunderbar, findest du nicht?»

Ich gab auf.

«Nur, wenn du sofort dieses Blinkdingens da abschaltest», erwiderte ich schwach. Sie hatte doch tatsächlich so ein blinkendes rotes Herz an ihrer Jeansweste. Es musste sich wohl um einen Notfall handeln. Drei geöffnete Knöpfe gaben den Blick auf einen schwarzen, mit Spitze verzierten BH frei. Gut eingeschenkt, dachte ich. Dann schaltete sie ihre Warnblinkanlage ab. Schließlich hatte sie ihren Ersthelfer gerade gefunden. Ich nickte Carlo zu, und wir verließen das Lokal.

Wir hatten zunächst eine halbe Flasche Brandy getrunken und dann ziemlich wilden Sex gehabt. Für meine Verhältnisse jedenfalls. Unter dem ohnehin kurzen Rock hatte ich ein Kleidungsstück vorgefunden, das man ohne weiteres als Kamikaze-Slip bezeichnen konnte. Das Ding hatte dort, wo es interessant wurde, tatsächlich eine Öffnung (!). Ich kam zu der Erkenntnis, dass ich Opfer eines weiblichen Amoklaufs geworden war. Danach stellte sie sich als Camilla vor und lachte, als ich sagte, dass ich von meinen Freunden «Volvo» genannt werde.

«Volvo, so wie diese supersicheren Autos?», fragte sie und kicherte. «Na prima, dann kann ja nichts schiefgehen», fügte sie hinzu und wedelte mit der Verpackung des blauen Kondoms, das wir gerade benutzt hatten.

«Nee, Volvo wie Volkmar Vogt», antwortete ich und hatte das Gefühl, in eine Art Hardcore-Manga geraten zu sein.

«Was denkst du gerade?», fragte Camilla.

«Ich frage mich, was du hier machst?»

«Und was glaubst du?»

Ich nahm noch einen Schluck vom Wahrheitsserum und gab zu, dass ich sie für ein durchgeknalltes Weibsstück hielt, das sich auf einer Party, wahrscheinlich ganz hier in der Nähe, einen One-Night-Stand hatte suchen wollen. Aus mir unbekannten Gründen hatte das nicht funktioniert, und deshalb sei sie aus lauter Frust in meine kleine Stammkneipe spaziert, um mal zu schauen, ob sich hier nicht etwas Brauchbares findet – letzter Versuch sozusagen.

«Genauso ist es», gab sie ohne Umschweife zu, nur mit dem Unterschied, dass ich mich ja nun nicht als besonders «brauchbar» erwiesen hätte – bisher jedenfalls. Diese Frau hat den Tiefgang eines Surfbrettes, dachte ich, aber eine wesentlich bessere Figur.

Am nächsten Morgen war sie immer noch da. Irgendwie hatte es die Sonne geschafft, ein paar Lichtstrahlen in meine Bude zu schicken. Man sah den Staub in der Luft glitzern. Ich folgte der Bewegung dieser Teilchen, bis ein halbentblößter Busen meine Aufmerksamkeit ablenkte. Im Morgenlicht sah sie völlig harmlos aus: schulterlanges, hellbraunes Haar, hübsche Figur, mittelgroß, alles zusammen höchstens fünfundzwanzig. Wie hieß sie gleich? Ach ja, Camilla. Augenfarbe? Keine Ahnung, sie schlief ja noch.

Als ich vom Brötchen-und-Zeitung-Holen zurückkam, war sie weg. Mit dem Wachsein hatte sich vermutlich auch ihr Verstand wieder eingefunden, und sie hatte blitzartig das Weite gesucht. Okay, dachte ich, dann kann ich jetzt wenigstens versuchen, etwas Ordnung in mein Leben zu bringen. Irgendwie hatte ich gute Laune. Allmählich fing ich an zu glauben, dass Kauder die Bullen vielleicht doch nicht gerufen hatte. Wahrscheinlich flatterte demnächst bloß eine Vorladung aufgrund einer Anzeige wegen Nötigung ins Haus. Ich nahm mir vor, derartige Einschreiben verstärkt zu ignorieren, und stoppte endlich das Dauerblinken meines Anrufbeantworters, indem ich die Abhörtaste drückte. Es war Möller mit einer Nachricht, die von gestern Abend stammte:

«Das habe ich vorhin total vergessen. Du musst dich unbedingt um diesen Hund kümmern, den Köter von Kalinski. Ich kann nicht, muss morgen für paar Tage nach Wien. Anschließend löse ich dich ab, Ehrenwort. Der heißt Karpow oder so, bin mir nicht sicher. Wichtig ist nur, dass du ihm Futter und Wasser hinstellst, steht alles in der Küche. Und sieh bitte zu, dass du dich an den Roman machst. Das muss erste Priorität haben. Ach ja, der Schlüssel hängt hinter dem Fensterladen, gleich rechts neben der Haustür. Frohes Schaffen, Volkmar ...»

Ich knallte mir die Morgenpost auf den Oberschenkel und brüllte: «Was denn nun, Hund hüten oder Roman schreiben?»

Ich bereute total, dass ich die zweitausendfünfhundert Euro angenommen hatte. Dann schnappte ich mir meine Autoschlüssel, ging noch einmal die Treppe herunter und suchte meinen Kombi. Er stand halb in der Einfahrt zu einer Kfz-Werkstatt. Auf der Windschutzscheibe klebte ein großer, neonfarbener Zettel:

«Volvo, fahr deine blöde Schleuder hier weg, sonst mach ich das!!!»

Der letzte Halbsatz war doppelt unterstrichen. Vermutlich hatte Willy nicht mit seinem Abschleppwagen vorbeigepasst. Ich parkte das Auto ein paar hundert Meter weiter und nahm das Manuskript mit nach oben. Ich wollte endlich wissen, worauf ich mich da eingelassen hatte. Also machte ich es mir so gemütlich wie möglich und widmete mich dem Kalinski-Fragment. Bis nachmittags um halb zwei hatte ich etwa ein Viertel der vorhandenen zweihundertdreiundvierzig Seiten geschafft. Dann klingelte das Telefon. Schon wieder Möller:

«Du arbeitest an dem Roman? Klasse. Ich wusste, dass ich mich auf dich verlassen kann. Und hast du den Hund schon gefüttert?»

Die Verbindung war schlecht, es gab dauernd Aussetzer.

«Hör zu, wir können uns nicht leisten, dass jemand da draußen spitzkriegt, was mit dem Alten passiert ist, verstehst du? Deshalb musst du unbedingt heute noch hinfahren und den Köter versorgen. Am besten abends, sodass man Licht auf dem Hof sieht. Keine Ahnung, wie neugierig die Leute aus dem Dorf sind, aber sicher ist sicher. Vielleicht sollten wir ...»

Dann wurde die Verbindung unterbrochen. Ich wählte Möllers Handynummer, aber es kam nur die übliche Meldung, dass der gewählte Teilnehmer zurzeit nicht erreichbar wäre. Ich wollte keine Nachricht hinterlassen, also legte ich wieder auf.

Einen Krimi zu Ende schreiben, wie stellte Möller sich das vor? Ich wusste doch gar nicht, was Kalinski im Kopf hatte, welchen Plan, welche Auflösung. Ich brauchte den Plot, die Story, er musste sich ja wohl zuvor ein Konzept ausgedacht haben, dazu musste es doch irgendwelche Aufzeichnungen geben. Ich zog in Erwägung, noch einmal in die Nordheide rauszufahren und nach dem Schlüssel für das Problem zu suchen. Dann konnte ich mich auch um den verdammten Köter kümmern und ja, natürlich, ein bisschen «Lightshow» für die neugierigen Leute aus dem Kuhdorf machen.

Auf den Elbbrücken fing die Reservelampe an zu leuchten. Ich musste irgendwo auf dem Land tanken. Vielleicht war der Sprit da draußen sogar etwas günstiger. Es war kurz nach fünf. Ich wollte mir die Sache mal bei Licht anschauen. Ausgerechnet mit einem Kriminalroman sollte ich mich beschäftigen, dachte ich und trommelte nervös auf dem Lenkrad herum. Etwas Stupideres konnte ich mir gar nicht vorstellen. Da hatte man eine Reihe von Figuren, die Mitspieler sozusagen. Die wurden nach und nach eingeführt. Einen davon musste man zum Mörder machen. Natürlich einen, den der Leser auf keinen Fall verdächtigen würde. Anschließend musste man den ganzen Roman über so gut wie möglich verschleiern, was wirklich passiert war, falsche Fährten legen, damit der Krimifan auf keinen Fall zu früh durchblickte. Und am Ende, welche Überraschung, war es doch der Gärtner oder sonst einer, der es eigentlich nicht gewesen sein konnte, aus Gründen, die plötzlich wie Kai aus der Kiste kamen und deren Glaubwürdigkeit gegen null tendierte. Gibt es etwas Blöderes?

Ich kurbelte das Seitenfenster wieder herauf – der Gestank war unerträglich –: Landluft, was für ein Euphemismus! Fakt ist, dass die Bauern bei jeder Gelegenheit Tierexkremente auf ihren Feldern verteilen, und zwar großflächig. Ernährten sich etwa die Pflanzen, aus denen anschließend Brot gebacken wurde, von dem Dreck? Das darf ja wohl nicht wahr sein. Wenn es in der Stadt mal aus der Kanalisation stank (zugegeben, das kam vor), wusste man wenigstens: Das war Scheiße, aber die wurde nicht zu Brot verbacken, sondern ins nächste Klärwerk gepumpt.

Immerhin fand ich den Weg dieses Mal ohne Mühe. Bei Tageslicht sah es hier eigentlich ganz nett aus. Im Sommer war es vielleicht sogar idyllisch. Gleich beim Aussteigen hörte ich ziemlich lautes Gebell. Das klang nicht gerade freundlich, und es ging von einem Tier aus, das sich direkt hinter der Eingangstür befinden musste. Aber ich war gut vorbereitet. Einer spontanen Eingebung folgend, hatte ich bei einer kleinen Landschlachterei haltgemacht und mir ein paar Rinderknochen besorgt. «Hundeknochen wollen Sie, soso», hatte die ältere Dame mit der kleinkarierten, blauweißen Schürze gesagt und mich spöttisch angelächelt. «Ich kann Ihnen Fleischknochen vom Rind oder Schwein anbieten. Hundeknochen führen wir nämlich nicht. Aber falls Sie das Ihrem Hund geben wollen, würde ich Rinderknochen nehmen.» Wie sollte ich als Krimiautor bestehen, wenn mich schon die Metzgersfrau mit ihren sprachlichen Spitzfindigkeiten vorführte?, hatte ich gedacht, einen Euro zwanzig bezahlt und mir das Päckchen geschnappt.

Ich schloss das Hoftor sorgfältig hinter mir. Wer weiß, was der Köter vorhatte, wenn ich ihn gleich herauslassen würde. Der Schlüssel befand sich tatsächlich hinter dem Fensterladen, doch als ich ihn in das Türschloss steckte, ging der Rabatz drinnen erst richtig los. Das Tier kläffte, jaulte und knurrte wie verrückt. Außerdem kratzte es wild an der Tür. Ich beschloss, auf Nummer sicher zu gehen, und legte gleich zwei Knochen aus. Einen direkt auf der Schwelle, den anderen ein paar Meter weiter im Hof. Dann schloss ich die Tür auf und öffnete sie einen Spalt. Der

Hund witterte die Knochen sofort. Er zwängte sich heraus, schnappte sich das Teil und fing sogleich an, darauf herumzukauen. Puh, das war noch einmal gutgegangen, dachte ich etwas verfrüht und ging ins Haus.

Als Erstes überprüfte ich die Gefriertruhe. Die Leuchtdioden zeigten minus achtzehn Grad an, das Kontrolllämpchen war auf Grün gesprungen, so weit, so gut. Danach begab ich mich in den Wohnraum. Ich schaute aus dem Fenster und sah, wie der Hund gerade sein Geschäft in einem Rosenbeet verrichtete. Es war eine große Bulldogge mit braunschwarzem Rücken und schmalen Hüften. Der Köter drückte sein Hinterteil beherzt in einen kahlen Rosenstock und entleerte sich in der für Hunde typischen Stellung. Autsch!, dachte ich, doch die Dornen schienen ihm nichts auszumachen. Dann schlenderte er zum Tor hinüber – gut, dass ich daran gedacht hatte, es zu schließen – und bellte ein paar Mal. Kam da etwa jemand? Jetzt drehte er ab, trabte über eine kleine Rasenfläche und hob das Bein an einem der drei Obstbäume, die dort standen.

Auf der kräftigen Brust und an den Vorderläufen hatte sein kurzes Fell weiße Flecken. Seine Schnauze wirkte irgendwie zusammengequetscht und war entsprechend faltig. Warum züchtete man derart hässliche Tiere? Es wurde langsam dämmrig, ich schaltete das Licht ein und sah mich um. Es sah alles noch genau so aus wie gestern. Ich betrat das angrenzende Arbeitszimmer. Hier hatte ich mir das Manuskript vom Schreibtisch genommen. Ich setzte mich auf den Drehstuhl und betrachtete die Schreibmaschine. Kalinski hatte sämtliche Texte auf dieser alten Olivetti-Kugelkopfschreibmaschine verfasst. Das hatte Möller mir schon gesagt. Gut, dass es dafür heute Computer gab. Kaum vorstellbar, wie man als Autor noch ohne Textverarbeitungsprogramm auskommen konnte. Vielleicht finde ich tatsächlich Aufzeichnungen zu dem aktuellen Roman, dachte ich und zog eine Schublade auf.

Zwei Stunden später hatte ich eine Menge über Kalinskis Arbeitsweise erfahren. Er schien sehr strukturiert und planvoll vorzugehen, denn es gab zu jedem seiner Romane einen Aktenordner mit nahezu identischer Aufteilung. Zunächst ein Exposé, anschließend eine Aufzählung der Figuren inklusive einer Kurzbeschreibung der Charaktere und eine Kapitelübersicht. Aber das Entscheidende waren ein paar Seiten am Ende jedes Ordners, die Kalinski treffenderweise als den «Code» bezeichnet hatte. Hier beschrieb er, wer der oder die Täter waren, was ihr Motiv war und wie seine Strategie der Verschleierung aussah. Welche falschen Fährten er legte und zu welchen Vermutungen er den Leser bringen wollte. Nur zu einem Roman fand ich keine einzige Aufzeichnung. Keinen Hinweis, nicht einmal eine zerknitterte Notiz und erst recht keinen kompletten Ordner.

Draußen war es inzwischen stockfinster. Irgendwo in der Ferne läutete eine Kirchenglocke. Mir wurde auf einmal bewusst, wie unglaublich ruhig es hier war. Kein Straßenlärm, kein Geklapper im Treppenhaus, kein Rütteln der U-Bahn. Ich überlegte mir, zwei der Ordner mitzunehmen und wieder nach Hause zu fahren. Als ich aufstand und meine Jacke vom Boden aufhob, hörte ich ein leises Knurren. Ich drehte mich zur Tür um und sah den Hund auf der Schwelle zum Wohnzimmer liegen. Ach ja, der Köter. Den hatte ich total vergessen. Offenbar beobachtete er mich schon eine ganze Weile.

«Na, Alter, Karpow oder wie du heißt, wie waren die Knochen? Erste Sahne, oder?», flötete ich, bemüht, möglichst unbeeindruckt zu klingen. «Ach ja, ich würde jetzt übrigens gern abdüsen, wenn du nichts dagegen hast. Also sei so nett und mach Platz.»

Karpow hob den Kopf und ließ eine Art Grunzen hören. Doch als ich einen Schritt auf ihn zuging, knurrte er erneut und hob dabei seine schlabberigen Lefzen ein wenig an. Danke für den dezenten Hinweis, dachte ich, dein Gebiss scheint in bestem Zustand zu sein. Ich sah mich in dem Raum um. Leider gab es keine weitere Tür im Arbeitszimmer. Ich musste an dem Hund vorbei oder durch eines der beiden Fenster steigen. Dann fielen mir die restlichen Knochen ein. Ich fand die Tüte in meiner rechten Jackentasche. Glück gehabt, dachte ich und nahm den fleischigsten heraus. Ich zeigte Karpow den Leckerbissen, hielt ihm das Teil anschließend vor die Nase und warf den Knochen in die gegenüberliegende Ecke des Raumes.

Tatsächlich ließ sich der Köter nicht lange bitten, erhob sich und trottete zu seiner Beute hinüber. Ich nahm die beiden Ordner, durchquerte zügig das Wohnzimmer und schloss die Tür. Jetzt war ich wieder in der geräumigen Diele. Hier war ein weiterer Zugang zum Stallteil. Außerdem gab es eine gewendelte Treppe, über die man nach oben gelangte, wo sich vermutlich weitere Räume befanden. Unter dem Treppenaufgang war eine Tür, die über ein Esszimmer zur Küche führte. Neben einem alten Herd standen ein großer Hundekorb und zwei Edelstahlnäpfe. In einem befand sich ein Rest Wasser, der andere war leer. Ich füllte zuerst Wasser auf. Danach schaute ich mich nach dem Futter um. Als ich den großen Sack mit dem Trockenfutter schließlich gefunden hatte (er stand in einer kleinen Abstellkammer, die neben der schlichten Küchenzeile lag), hörte ich Gebell.

Allem Anschein nach hatte Karpow inzwischen den Knochen verspeist und nun festgestellt, dass ich ihn im Wohnraum eingesperrt hatte. Tja, dumm gelaufen, dachte ich und befüllte den Fressnapf mit den dreifarbigen, stinkenden Bröckchen. Dann ging ich rasch hinaus zu meinem Wagen, verstaute die Aktenordner und überlegte, wie ich meinen Abgang vorbereiten konnte, ohne dass mir Karpow noch einmal in die Quere kam. Dazu ließ ich die Haustür, also meinen Fluchtweg, weit offen stehen, deponierte meinen letzten Fleischknochen vor der Tür zum Wohnzimmer und öffnete diese. Dann sprintete ich hinaus und warf die Haustür hinter mir ins Schloss. Ich sperrte ab, legte den Schlüssel an seinen Platz zurück und ging hinüber, um das Hoftor zu öffnen. Auf dem Weg zum Auto fiel mir auf, dass überall im Haus noch Licht brannte. Sieht gemütlich aus mit den ganzen beleuchteten Fenstern, dachte ich. Und es war ja wohl ganz in Möllers Sinn, wenn das Anwesen einen bewohnten Eindruck machte. Ich stieg in den Wagen und fuhr nach Hamburg.

KAPITEL 5

Ich drehte den blauen Verschluss einer Anderthalb-Liter-Flasche Mineralwasser ab und nahm eine paar große Schlucke. Ich entschied, heute Abend zu Hause zu bleiben und meiner Leber alkoholfrei zu geben. Dann nahm ich das Manuskript zur Hand und machte es mir auf dem Bett bequem. Ich wollte es zumindest zu Ende lesen. Leider musste ich bald feststellen, dass das Kalinski-Fragment ganz anderen Regeln folgte, als ich vermutet hatte. Zugegeben, es war viel intelligenter aufgebaut, als ich zunächst gedacht hatte. Über den Mörder, einen jungen Taxifahrer, ist man von Anfang an im Bilde, nur weiß man nicht, warum er tötet. Zunächst scheint es fast ein Spiel zu sein. Doch schließlich ergibt sich ein System, eins, das der Leser bereits vor den beiden Ermittlern erkennt, denn Kalinski lässt ihn an den Morden teilnehmen. Ganz schön hässliche Sachen übrigens, nichts für sensible Gemüter.

Bald ahnt man auch, wer als Nächstes drankommt, und richtig, die Erwartung wird erfüllt. Der dramaturgische Trick: Kalinski macht den Leser zum Komplizen, der identifiziert sich unfreiwillig mit dem Täter. Nicht schlecht, dachte ich, doch wie soll ich die ganze Sache auflösen, wenn ich nicht weiß, wie Kalinskis Code aussieht? Wenn ich nicht an den Masterplan komme, kann ich auch gleich ganz von vorn anfangen, das wurde mir jetzt sonnenklar. Außerdem waren mir die Charaktere viel zu blass und klischeehaft. Kalinski hatte sich wirklich nicht viel Mühe damit gegeben, die Figuren zu entwickeln. Offenbar war es ihm hauptsächlich auf die Story angekommen, weniger auf die Menschen, die sie mit Leben erfüllen und plausibel erscheinen lassen sollten. Ich musste mit Möller sprechen. So funktionierte das beim besten Willen nicht. Dann schlief ich ein.

Ich erwachte vom Lärm einer Herde von Huftieren, die durch das Treppenhaus getrieben wurde. Die Polizei, durchfuhr es mich. Ich schreckte hoch. Mein Herz klopfte wie verrückt. Doch es waren zum Glück nur die übergewichtigen Zwillingsschwestern aus dem vierten Stock. Der gesamte Block hörte es, wenn sie ihre Wohnung in Richtung Futterplatz verließen. Es war kurz vor Mitternacht, ich hatte erst eine halbe Stunde geschlafen und war hellwach. Dann konnte ich auch gleich auf ein Bier in die BarKasse rübergehen. Als ich die Straße überquerte, sah ich die Zwillingsschwestern in der Imbissbude stehen und ihre Bestellung aufgeben.

Carlo begrüßte mich mit einem freudigen «Horridoh». Er war nämlich der Überzeugung, ich hätte letzte Nacht einen neuen Rekord aufgestellt: Herumkriegen und Abschleppen in weniger als fünf Minuten, das habe er während seiner langjährigen Praxis als Wirt noch nicht erlebt. Ich fühlte mich geschmeichelt. Dass der Lorbeerkranz einzig und allein Camilla gebührte, behielt ich für mich. Sie war es schließlich, die mich angegraben hatte, und nicht umgekehrt. Ich nippte an meinem Pils und stellte fest, dass ich nicht in der Stimmung war, mich zu betrinken. Also ging ich zu dem Daddelautomaten und warf drei Euro in den Münzeinwurf. Das Teil hing neben der Tür zu den Klos und hatte mir noch nie Glück gebracht, aber ich versuchte es von Zeit zu Zeit immer mal wieder.

Wenig später erschien Tieschen in der Kneipe und hielt mir seinen Pappbecher hin. Der Obdachlose hatte extra abgewartet, bis mein letztes Spiel durch war, damit ich mich voll auf sein Anliegen konzentrieren konnte. Carlo hatte sein Hausverbot offenbar aufgehoben, und Tieschen ging wieder seinem üblichen Broterwerb nach. Ich holte eine Zwei-Euro-Münze aus meiner Hosentasche und fragte ihn, ob er einen Euro hätte. Tieschen kramte eine Weile in seinem Pappbecher und fingerte eine Ein-Euro-Münze heraus. Ich sagte «Danke, Alter» und steckte die beiden Münzen in den Spielautomaten vor mir:

«Zehn Spiele für drei Euro. Wenn ich gewinne, bekommst du den Euro mit Zinsen zurück.»

Tieschens Blick war zu entnehmen, dass er sich den Deal irgendwie anders vorgestellt hatte. Doch er sagte nichts. Stattdessen verfolgte er das Spiel der rotierenden Scheiben. Leider hatte der Automat kein soziales Gewissen und spuckte nichts aus. Ich ging zurück zum Tresen und signalisierte Carlo, dass er Tieschen ein Bier auf meine Rechnung zapfen sollte.

Ein paar Minuten später kam Camilla in den Laden geschlendert, gab mir einen Kuss und tat so, als wären wir hier verabredet.

Ich fragte: «Sag mal, wo hast du eigentlich diesen monströsen Vaterkomplex her? Ist dir nicht klar, dass ich locker dein Vater sein könnte?» Aber sie lächelte nur und meinte, diese verpickelten Weichlinge mit ihren Meerschweinchenfrisuren würden ihr keinen Spaß machen und ihr außerdem keinerlei Halt geben. Klar, in Sachen *Halt geben* war ich natürlich allererste Wahl, eine echte Bank, könnte man sagen.

Ich musste an meinen halbwüchsigen Sohn denken, an die Probleme, die ihm seine Akne vermutlich bereitete, und an seine merkwürdige Frisur. Hoffentlich machte er einen großen Bogen um fehlgeleitete Cruise-Missiles wie Camilla, deren wohlproportionierte Marschflugkörper ihr biologisches Ziel bisweilen verfehlten, um in einem maroden Altbau einzuschlagen. Irgendetwas an mir schien ihr zu gefallen. Ihre Augen waren übrigens braun, hellbraun, mit kleinen grünen Einsprengseln. Ich nickte Carlos zu, anschließend verließen Camilla und ich gemeinsam die Bar.

KAPITEL 6

Ich drehte das kalte Wasser ab und betrachtete mein verquollenes, tropfnasses Gesicht im Spiegel über dem Waschbecken. Es war kurz vor 9:00 Uhr. Vor ein paar Sekunden hatte jemand angefangen, unangenehm laut an meine Wohnungstür zu klopfen. «*Verdammt, die Bullen*», schoss es mir durch den Kopf, «*jetzt haben sie bestimmt die Leiche in der Kühltruhe gefunden.*» Sie schienen es echt ernst zu meinen, ließen sich nicht einmal von dem Gekeife meiner Nachbarin abschrecken, die gerade gebrüllt hatte: «Verschwinden Sie endlich, kapieren Sie nicht, dass der noch pennt?» Moment mal, würde die alte Strelow so mit der Polizei reden? Wohl kaum. Gerade bollerte es wieder an der Tür. Schade, dass ich keinen Spion hatte, durch den ich lugen konnte, bevor ich öffnete, dachte ich und machte mich auf alles gefasst. Draußen stand Beate, meine Exfrau:

«Wieso lässt du mich denn so lange warten?», fauchte sie.

Beate vor dem Frühstück, damit war der *Worst Case* eingetreten. Mit ihr hatte ich nun wirklich nicht gerechnet. Ich zuckte mit den Schultern.

«Du hast mir diesen Monat wieder kein Geld überwiesen. Und da es wenig Sinn macht, dich dazu schriftlich oder telefonisch aufzufordern, bin ich persönlich erschienen, um für meinen Unterhalt zu sorgen. Außerdem war ich gerade in der Gegend.»

Falls ich Geld übrig hatte, zahlte ich für die Kinder, nicht für diese rachsüchtige Furie. Wenn du für deinen Unterhalt sorgen willst, solltest du wieder ins Büro gehen und dir welchen verdienen, dachte ich, hielt aber aus Sicherheitsgründen den Mund. Ich ging in die Küche und machte mich am Wasserkocher zu schaffen. Beate folgte mir in die Wohnung.

«Sei ein lieber Junge, gib mir das Geld, und du bist mich sofort wieder los», schlug sie vor. Sofort wieder loswerden, nahm ich den Gedanken auf, das war ein guter Ansatz, bloß wie? Ich sah im Augenwinkel, dass Beate in meiner Wohnung herumstöberte. Scheiße, da lagen irgendwo meine alten Westernboots. «NEIN!», rief ich und kam aus der Küche gestürzt. Doch sie war leider schneller gewesen und hatte meine eiserne Reserve entdeckt. Triumphierend fuchtelte sie mit den beiden Fünfhundert-Euro-Scheinen in der Luft herum, die sie unter der Einlage des rechten Stiefels herausgefischt hatte.

«Siehst du, schon hat sich mein kleiner Besuch gelohnt», spottete sie. «Ich sag ja, es ist immer am besten, sich persönlich um seine Angelegenheiten zu kümmern. Vor allem, wenn man weiß, wo man suchen muss.»

Ich ließ die Schultern hängen, drehte mich wieder um und verschwand in der Küche.

«Na gut, wir wollen fair bleiben», hörte ich sie flöten. «Hier, die Hälfte kannst du behalten.» Beate sprach wie immer eine Spur zu laut.

«Du meine Güte, was für ein Chaos hier. Du solltest

mal aufräumen und anschließend 'ne Runde staubsaugen, mein Lieber! Na ja, was kümmert es mich. Ist schließlich deine Sache. Ich geh dann mal wieder.»

Für einen Moment trat vollkommene Ruhe ein. Ich wartete darauf, dass die Wohnungstür zuschlagen würde. Doch nichts dergleichen geschah. Was hatte sie hier noch zu suchen? Als ich aus der Küche schaute, sah ich, wie Beate in dem Kalinski-Fragment stöberte. Den zweiten Fünfhundert-Euro-Schein hatte sie mir tatsächlich wieder in den Stiefel gesteckt, immerhin.

«Sag mal, hattest du gerade Besuch von deiner Mutter?», kam es in diesem Moment fröhlich aus dem Schlafzimmer. Eine halbe Sekunde später erschien Camilla auf der Türschwelle, verschlafen, zerzaust und blutjung, nur mit einer meiner grauen Wollsocken bekleidet. Ich schaute wieder zu Beate hinüber und erkannte sofort, dass dieser Doppelschlag sie vollkommen unvorbereitet getroffen hatte – ein ziemlich gutes Gefühl.

Wenig später goss ich heißes Wasser auf den Kaffee und steckte anschließend den Siebaufsatz ein paar Zentimeter in die Glaskanne. Mmh, wie das duftete. Beate war in eine Art Schreckstarre geraten. Doch nach ein paar Sekunden hatte sie auf dem Absatz kehrtgemacht und war relativ geräuscharm verschwunden. «Kinderschänder» war das Letzte, was ich hörte, bevor die Tür krachend ins Schloss fiel.

«Tut mir leid», sagte Camilla, «ich konnte ja nicht wissen, dass ...»

«Dass meine Exfrau hier auftaucht?»

Sie nickte:

«Seit wann seid ihr nicht mehr zusammen?»

Ich reichte Camilla einen Becher Kaffee und erwiderte:

«Wir haben uns vor knapp drei Jahren getrennt.»

«Hm», machte sie und schaute mich an. «Willst du wissen, warum ich gern mit dir zusammen bin?»

Nein, das wollte ich lieber nicht wissen, dachte ich. Solche Eröffnungen führen nämlich meist zu emotionalen Verstrickungen, und das Ergebnis verwechselt man dann leicht mit einer Beziehung, und das wollen wir beide ganz bestimmt nicht. Ich nickte und nippte an meinem Kaffee.

«Weil du mich in Ruhe lässt. Du fragst mich nicht aus oder hast irgendwelche Erwartungen. Du telefonierst auch nicht hinter mir her. Das finde ich ziemlich entspannt.»

Ich fragte gar nicht erst, welche Erwartungen sie an mich hatte.

Stattdessen sagte ich: «Zieh dich aus!»

Sie schaute an ihrem nackten Körper herunter. Wir lachten.

Gleich nachdem Camilla gegangen war, sie hatte angeblich ein Casting für eine kleine Nebenrolle als Komparsin, wählte ich Möllers Mobilnummer und hatte ihn tatsächlich sofort am Apparat. Dieses Mal war die Verbindung ziemlich gut, nahezu störungsfrei.

«Dann fang eben von vorn an, Hauptsache, du bist in sechs Wochen fertig», war sein knapper Kommentar, als ich von meinen Problemen mit dem Manuskript erzählte, «wie du das anstellst, ist mir völlig egal.»

Ich spürte, wie mir die Galle hochkam. Ich sollte den Mist einfach hinschmeißen. Doch irgendetwas hielt mich davon ab.

«Woher wusstest du eigentlich, dass Kalinski tot ist?», fragte ich.

«Aha, der Herr Krimiautor ist misstrauisch geworden. Du hast dich offenbar schnell in das Metier eingearbeitet, gut so!»

«Du hast neulich gesagt, dass du schon seit Jahren nicht mehr zu Kalinski herausgefahren bist.»

«Abgesehen davon, dass dich das nichts angeht – du kannst ganz beruhigt sein. Kalinski hatte mich am Vortag angerufen, gleich am Morgen. Er hat gejammert, wie schlecht es ihm geht und dass er mit dem Roman nicht rechtzeitig fertig werden würde. Ich müsste ihn am Abend dringend besuchen kommen, damit wir eine Lösung finden. Ich bin natürlich davon ausgegangen, dass der Alte um den Abgabetermin feilschen wollte, so wie er das jedes Mal tat. Also bin ich gegen 20:00 Uhr rausgefahren.»

«Und dann?», fragte ich in die Atempause.

«Dann hab ich ihn gefunden, genau so, wie du ihn selbst gesehen hast: in seinem Sessel und mausetot. Jetzt zufrieden?»

Ich sah, wie mein rechter Zeigefinger nervös am Nagelbett des Daumens herumknibbelte.

«Du musst mir das glauben!»

Ich schaute auf die Uhr, es war kurz vor zehn. Ich nahm mir vor, gleich runterzugehen und bei dem portugiesischen Bäcker an der Ecke ein paar leckere Mandelteilchen und einen Kaffee mit reichlich Milchschaum zu holen.

«Ich wollte zuerst einen Krankenwagen rufen, ganz ehrlich. Ich hatte das Telefon ja in der Hand, war schon dabei, die 110 zu wählen. Doch dann habe ich wieder aufgelegt ...»

... und stattdessen die Nummer eines Elektronikfachmarktes gewählt, um dir eine Kühltruhe liefern zu lassen, ergänzte ich im Geist. Natürlich per Express, weil es sich um einen Notfall handelte, bedingt durch den vorzeitigen und unerwarteten Exitus eines Altgerätes.

«... und beschlossen, Ruhe zu bewahren, erst mal zu überlegen, was zu tun ist. Kalinski war schließlich schon eiskalt, dem war nun wirklich nicht mehr zu helfen. Auf einmal ist mir klar geworden, dass wir zuerst den Roman vollenden müssen. Es wäre sein Wunsch gewesen, dass sein letztes Werk posthum veröffentlicht wird, da bin ich mir ganz sicher. Also tu bitte nicht so, als hätte ich ihn umgebracht. Ich versuche doch nur, für alle Beteiligten eine vernünftige Lösung zu finden.»

Eine, die vor allem für dich von Vorteil ist, dachte ich und legte auf. Als ich vom Bäcker zurückkam, klebte ein neongelber Zettel an meiner Wohnungstür. Darauf teilte mir Herr Zeise, mein freundlicher Gerichtsvollzieher, mit, dass er bei seinem nächsten Besuch eine richterliche Durchsuchungsanordnung mitbringen würde, die ihn dazu berechtigte, die Wohnungstür gewaltsam öffnen zu lassen (zum Beispiel durch einen Schlüsseldienst), wobei die dadurch entstehenden Kosten selbstverständlich vom Schuldner, also mir, zu tragen seien. Insbesondere unter dem Aspekt, unnötiges Aufsehen und zusätzliche Kosten zu vermeiden, schlägt Herr Zeise mir vor, ich solle die Wohnung am besten freiwillig verlassen. Beim Versuch, vor Wut gegen die Tür zu treten, verschüttete ich etwas von meinem Milchkaffee, und das Päckchen mit den leckeren Mandelküchlein fiel mir aus der Hand. Ich konnte es gerade noch auffangen, bevor es im Treppenhaus eine Etage tiefer landete – Glück gehabt.

Unten auf der Straße bellten zwei Hunde. Ein hektisches, hochfrequentes Dauergekläffe wurde von zwei kurzen, kräftigen Bellattacken pariert. Ich dachte an diesen Köter, Karpow oder wie er hieß. Was der wohl gerade macht? Wahrscheinlich langweilt er sich in dem großen Haus zu Tode. Ich schaute aus dem Fenster und sah Carlo mit seinem Rad in der Kneipe verschwinden. Es musste Donnerstag sein. Da ging er nämlich schon mittags in seinen Laden, um Getränke zu bestellen, zu putzen und so weiter. Ich schnappte mir meine Jacke und lief runter. Carlo wunderte sich, als er mir die Tür aufschloss.

«Was willst du denn schon hier, Notfall oder was? Dann bist du falsch. Bei mir gibt's erst mal nur Kaffee, sonst nix, kapiert?»

Nee, es sei kein Notfall, und Kaffee hätte ich auch schon gehabt, sagte ich, aber ich wollte ihn mal was fragen.

«Na, dann schieß los», sagte Carlo und schaltete seine Kaffeemaschine ein. In seinem Mundwinkel klebte eine Selbstgedrehte.

«Du hast doch früher Hunde gehabt, oder?»

«Kalle und Hugo, aber das war, bevor du hier im Viertel aufgekreuzt bist. Wieso?»

«Wie oft müssen solche Viecher eigentlich raus?»

«Wie jetzt? Gassi gehen, oder was meinst du?»

«Ja, genau, und Auslauf oder was die so brauchen.»

«Meine Rottweiler mussten immer gleich morgens raus zum Entleeren. Manchmal abends noch mal. Aber wichtiger ist eigentlich, dass man die Köter in Bewegung hält. Die brauchen mindestens 'ne Stunde Auslauf pro Tag. Also richtig Strecke machen, rumrennen, alles abschnuppern, inklusive Stöckchenwerfen und so, nicht nur paar Schritte in den Park.»

Ich machte offenbar ein nachdenkliches Gesicht.

«Wieso, willst du dir etwa 'nen Köter zulegen?»

Ich winkte ab. «Nee, nee, geht eher um so 'ne Art Pflegefall.»

«Und was für 'ne Rasse?»

«Bulldogge, würde ich sagen.»

«So ein dickes Teil mit kräftigen Vorderläufen und total faltiger Schnauze?»

Ich nickte.

«Dann wird es 'ne englische Bulldogge sein – ziemlich eigenwillige Viecher und definitiv nichts für Anfänger.»

Ich stutzte.

«Völlig schmerzunempfindlich, lässt nicht mehr los, wenn er sich irgendwo festgebissen hat.»

Ich schluckte.

«Ist es ein Rüde?»

«Glaub, ja.»

«Wie, du glaubst, ja? Hat der Eier oder hat er keine?»

Ich versprach Carlo, beim nächsten Mal darauf zu achten, und verabschiedete mich.

«Kann auch sein, dass er kastriert ist», rief er mir nach, «dann hat er zwar keine Klöten, aber er hebt trotzdem das Bein beim Pinkeln, verstehst du?»

Ich hatte verstanden. Also gut, fahr ich halt noch einmal raus, bevor der Köter die ganze Bude vollkackt, sagte ich mir und holte die Autoschlüssel aus meiner Wohnung. Kurz vor den Elbbrücken klingelte mein Handy:

«Dein Festnetzanschluss ist tot. ‹Der Teilnehmer ist vorübergehend leider nicht erreichbar› kommt da vom Band. Wenn ich dir einen Vorschlag machen darf: Nimm einen Teil von dem Vorschuss, den ich dir gegeben habe, und bezahl deine Telefonrechnung.»

Möller! Wieso hatte ich ihn nicht einfach weggedrückt? Ich hatte die Nummer doch schon im Display erkannt.

«Wo bist du gerade? Schreibst du wenigstens an dem Roman?»

«Ich bin auf dem Weg zu Kalinski.»

«Auch gut. Am besten packst du gleich deine Sachen und machst ein paar Tage Urlaub auf dem Lande. Das würde dir bestimmt guttun, und unserer Sache wäre es auch verdammt dienlich. Dort draußen kannst du nämlich ungestört arbeiten, und der Hund wäre ebenfalls versorgt.»

Ich dachte einen Moment nach und stellte blöderweise fest, dass ich ihm ausnahmsweise recht geben musste. In meiner Wohnung kam ich derzeit tatsächlich nicht zum Arbeiten. Und jetzt war auch noch das Telefon abgestellt worden.

«Ich weiß nicht so recht. Hey, und um den Hund wolltest du dich doch kümmern, sobald du wieder da bist.»

«Überleg es dir. Entscheidend ist, dass du mit dem Krimi vorankommst. Den Köter können wir zur Not im nächsten Tierheim abgeben. Aber der Roman schreibt sich nicht von allein zu Ende. Der hat oberste Priorität, verstehst du? Ich ruf dich morgen wieder an.»

Ich hätte das Gespräch nicht annehmen sollen. Ich werde nicht mehr rangehen, wenn es Möller ist, nahm ich mir vor. Nicht, bevor ich mir sicher bin, dass ich es schaffen kann, diesen Krimi weiterzuschreiben. Da draußen habe ich vermutlich tatsächlich mehr Ruhe. Und das Irre ist: Niemand kennt die Adresse! Also weiß auch niemand, wo ich bin. Ich kann einfach abtauchen, das hat was. Das hat echt Charme, wiederholte ich in Gedanken und verpasste beinahe die Autobahnabfahrt. Ich konnte gerade noch abbremsen und auf die Ausfahrtspur wechseln. Darüber sollte ich wirklich mal nachdenken, nahm ich mir vor und ignorierte das dröhnende Hupen eines Truckers hinter mir. Das Problem war nur, dass der Vorschlag von Möller gekommen war. Aber vielleicht sollte ich diese Tatsache einfach ausblenden und es versuchen. Schließlich konnte ich jederzeit wieder zurück – das glaubte ich zu diesem Zeitpunkt jedenfalls noch.

Ich machte beim Metzger halt und sagte probehalber: «Das Übliche bitte», worauf die blauweiß bekittelte Dame sogleich verschwand, um nach einer kurzen Weile mit einem Beutel voll Rinderknochen zurückzukommen. So doof waren die hier vielleicht gar nicht, dachte ich.

Ich verschloss das Hoftor hinter mir und nahm mir vor, mich zunächst einmal in Ruhe hier draußen umzugucken. Neben dem Haupthaus mit Stallteil gab es noch einige Nebengebäude, einen Holzschuppen, einen großen Unterstand für Landmaschinen und einen Carport. Dann war da noch eine dichte Hecke aus irgendeinem Nadelholz, hinter der sich ein Maschendrahtzaun verbarg. Der Hund konnte also nicht abhauen. Es machte alles einen sehr idyllischen Eindruck, bis ich den Schlüssel ins Türschloss steckte. Sofort ging drinnen das Getöse los. Der Köter machte einen höllischen Lärm. Doch mit Hilfe der Zwei-Knochen-Technik gelangte ich unbeschadet ins Haus und sperrte den Hund einfach aus.

Zunächst zog es mich wieder zur Kühltruhe. Dort war zum Glück alles im grünen Bereich. Vom Stallteil führte eine zweite Tür in die Küche. Ich öffnete die Speisekammer und konnte feststellen, dass dort einiges an Lebensmitteln sauber und ordentlich eingelagert war. Selbst der große

Kühlschrank war mit allerlei leckeren Speisen gefüllt. Wurst, Schinken, Käse, Butter, Eier, es schien an nichts zu fehlen.

Dann entdeckte ich den Weinkeller. Da war eine kurze Holztreppe, die in eine kleine Werkstatt führte. Hier stand eine alte Hobelbank, und an der Wand hingen jede Menge Werkzeuge. Die Treppe ließ sich seitlich wegklappen und gab den Weg in einen Kellerraum frei, der in etwa das Ausmaß der darüberliegenden Küche hatte. Ich betätigte einen Lichtschalter, der sich direkt neben dem Handlauf befand, und folgte den Stufen nach unten, wo ich auf ein gutsortiertes Weinlager stieß. Alle vier Wände waren rundherum mit Regalen verkleidet, und aus nahezu jedem der wabenförmigen Fächer guckte ein Flaschenhals heraus. Ich bedauerte ein wenig, dass ich kein Weintrinker war, stieg die Treppe wieder herauf, verließ die Küche und ging ins Obergeschoss. Hier gab es zwei Schlafzimmer und ein kleines Bad mit Dusche und WC. Eine schlichte Holztür führte auf einen ziemlich geräumigen Heuboden, der sich offenbar über dem Stallteil befand.

Ich ging wieder nach unten und setzte mich an Kalinskis Schreibtisch. Bei dieser wichtigen Entscheidung sollte ich systematisch vorgehen. Also nahm ich ein weißes Blatt Papier, das ich in dem Regal hinter mir fand, und spannte es in die alte Olivetti. Dann suchte ich nach dem Netzschalter. Ich fand ihn hinten rechts, neben dem Anschluss für das Stromkabel. Die Maschine gab durch ein leichtes Brummen zu verstehen, dass sie schreibbereit war. Ich plante, eine Liste mit den Vor- und Nachteilen aufzustellen, die sich ergeben würden, wenn ich für eine Weile hier einzog. Ich begann mit den Vorteilen:

- Ein ruhiges Arbeitszimmer.
- Eine gefüllte Speisekammer.
- Ein gutsortierter Weinkeller.
- Ein funktionsfähiges Telefon (das hatte ich zuvor ausprobiert).
- Ein Kamin und ein Holzschuppen voller trockenen Brennholzes.
- Keine Hin-und-her-Fahrerei wegen des Hundes.
- Keine unangemeldeten Besuche.

Fast hätte ich noch «Gesunde Landluft» hingeschrieben, aber ich wollte es nicht übertreiben. Dann wandte ich mich der Negativliste zu:

- Meine Stammkneipe liegt knapp vierzig Kilometer weit entfernt.

Ich überlegte angestrengt, was ich noch schreiben könnte. Da hörte ich Karpow draußen bellen. Ach ja, der Hund! Ich schrieb:

- Das Haus mit einem gefährlichen Köter teilen.

Mehr fiel mir auch nach längerem Nachdenken nicht ein. Dass ich mich hier draußen etwas einsam fühlen könnte und nachts womöglich Schiss bekam, wollte ich mir nicht eingestehen. Also verschwieg ich es der Liste und mir und beschloss, mich tatsächlich für eine Weile hier einzuquartieren. Ich musste mich voll auf meine neue Aufgabe konzentrieren: Ich war Ghostwriter, und ich brauchte das Geld.

Wegen des Karpow-Problems musste ich mir allerdings etwas einfallen lassen, und was meine Stammkneipe betraf: Was hinderte mich daran, an zwei bis drei Abenden pro Woche von hier aus in die Stadt zu fahren? Ich ging noch einmal in die Küche und füllte dreifarbig stinkendes Trockenfutter und frisches Wasser in die Näpfe. Anschließend lockte ich den Hund mit Hilfe meines genialen Knochentricks wieder ins Haus und fuhr zurück nach Hamburg.

KAPITEL 7

Ich drehte ein paar Zigaretten für Carlo auf Vorrat. Drum Halfzware hatte ich früher auch mal geraucht. Irgendwie vertrug ich in letzter Zeit jedoch kein Nikotin mehr. Ich bekam Magenschmerzen davon und fühlte mich ziemlich elend. Also hatte ich damit aufgehört. Aber das Drehen machte mir nach wie vor Spaß. Es hatte etwas Beruhigendes, und außerdem wollte ich in Übung bleiben, falls ich doch wieder damit anfing. Bisher war nicht viel los im Laden. Aber das konnte sich erfahrungsgemäß schnell ändern. Vor allem an einem Donnerstag. Ich steckte das Zigarettenpapier in den Tabakbeutel und legte die fünf frischfabrizierten Fluppen vorsichtig obendrauf. Dann griff ich nach meinem Bierglas und wandte mich wieder meiner weiblichen Begleitung zu. Ich überlegte, wie ich Camilla darauf vorbereiten konnte, dass ich für ein paar Tage von der Bildfläche verschwinden würde.

«Es gibt da ein paar Dinge, die ich dringend in Angriff nehmen muss», begann ich etwas unentschlossen und stellte mein Glas zurück auf den Tresen. Camilla grinste betont lasziv. Anschließend ging sie einen halben Schritt auf mich zu, drückte mir ihre Brüste in die Magengrube und fragte:

«Meinst du die hier? Verstehe, ein dringender Notfall. Dann lass uns mal abhauen.»

Ich versuchte gerade, möglichst unauffällig ihre Hand aus meinem Schritt zu entfernen, als ich sah, wie meine Tochter den Laden betrat. Zum Glück hatte ich sie zuerst entdeckt.

«Huch, was machst du denn hier?», fragte ich Isabelle.

«Du warst nicht zu Hause.»

«Und dann dachtest du, der Alte ist vielleicht ...»

«Wo solltest du sonst sein? Dein Auto steht da vorne, und dies ist die einzige Kneipe weit und breit.»

«Okay. Das leuchtet ein. Und was willst du, Töchterlein?»

Isabelle war vor ein paar Wochen zweiundzwanzig geworden. Sie sah ihrer Mutter nicht sehr ähnlich. Sie war größer, filigraner, hatte ein schmaleres Gesicht. Aber nach mir kam sie auch nicht. Am meisten ähnelte sie ihrem jüngeren Bruder. Die Leute erkannten sofort, dass die beiden Geschwister waren, wenn sie zusammen irgendwo auftauchten. Jetzt musterte sie meine Begleitung.

«Ich geh morgen mit 'ner Freundin zu so 'nem Factory-Outlet, ein paar Klamotten kaufen, und wollte dich fragen, ob du mir was dazugeben kannst.»

«Und was ist mit deiner Ausbildung. Morgen ist Freitag, oder?»

«Freitags hab ich Berufsschule, und die geht nur bis kurz nach zwei. Nachmittags kann ich also shoppen, kein Problem.»

«Verstehe. An was dachtest du denn? Ein Fünfziger?»

«Papa, wann hab ich dich das letzte Mal um Klamottengeld gebeten?»

Ich zuckte mit den Schultern. «Scheint eine Weile her zu sein ...»

«Vollkommen richtig. Ich brauche neue Winterstiefel, einen Mantel und vielleicht einen Pullover oder 'ne Strickjacke, was Warmes eben.» Isabelle hatte ihre dünnen Arme um ihren dünnen Mantel gewickelt und machte ein ernstes Gesicht. War ihr hier drin etwa kalt?

Typisch, dachte ich. Wenn sie Klamottengeld wollen, geht es niemals um erfreuliche Dinge wie ein hübsches Kleid, niedliche Hemdchen, Söckchen oder Pumps. Nein, sie führen grundsätzlich das Hardcore-Survival-Equipment ins Feld, unverzichtbare Ausrüstungsgegenstände, deren Notwendigkeit man beim besten Willen nicht in Frage stellen konnte. Doch kaum hatten sie die Kohle, verschwanden sie in Läden mit Namen wie Pimkie, Orsay oder New Yorker, in denen ihnen Klamotten angedreht wurden, deren Gebrauch zwangsläufig zu chronischen Nieren- und Blasenleiden führen musste. Väter hatten da keinen Zutritt.

Ich kramte zwei Fünfziger aus meiner Hosentasche und reichte sie Isabelle herüber.

«Wir könnten uns mal wieder zum Essen treffen», meinte sie und verstaute das Geld umständlich in einem kleinen pinkfarbenen Beutel, den sie aus der Manteltasche gezogen hatte, «vielleicht in zwei Wochen. Nächste Woche bin ich auf einer Schulung, da geht es nicht.»

Das war quasi meine Belohnung. Ich gab ihr Klamottengeld und durfte sie dann mal wieder zum Essen einladen.

«Ihr scheint ja nicht gerade sehr viel Zeit miteinander zu verbringen», bemerkte Camilla nun, die uns die ganze Zeit über beobachtet hatte.

«Zeit mit den eigenen Kindern verbringen: Das Thema wird reichlich überbewertet – glaub mir, ich weiß, wovon ich rede», sagte ich und erlaubte mir einen Seitenblick auf meine Tochter.

«Deshalb verbringst du deine Zeit auch lieber mit den Kindern anderer Leute», erwiderte Isabelle kühl und verpasste Camilla einen angriffslustigen Blick:

«Wissen deine Eltern, mit wem du dich nachts so herumtreibst? Der Typ hier ist fast fünfzig, der könnte …»

«Geht's noch? Jetzt komm mal runter. Erstens ist Camilla keine dreizehn, und außerdem geht es dich einen Dreck an, mit wem ich hier an der Bar sitze …»

«Sie könnte trotzdem locker deine Tochter sein, oder etwa nicht?», fauchte Isabelle. Danach machte sie auf dem Absatz kehrt und verließ energischen Schrittes die Bar. Gerade hatte sie mich doch etwas an ihre Mutter erinnert.

«Grüß deinen Bruder, falls du ihn siehst», rief ich ihr hinterher.

«Mach ich. Bis bald mal», schnauzte sie zurück.

KAPITEL 8

Ich drehte das Buch in meiner Hand und las mir den Werbetext auf der Rückseite durch: «Das *ABC für Hundebesitzer* zeigt, was hinter dem unerwünschten Verhalten Ihres Hundes steckt und wie es federleicht gelingt, dieses zu korrigieren», weiter unten wurde der Autor, ein Herr Urs Ochsenbein, als profunder Kenner der Mensch-Hund-Beziehung vorgestellt. Der Mann konnte mir vielleicht helfen. Ich ging in den kleinen Buchladen und bezahlte einen Euro und fünfzig Cent für das antiquarische, jedoch guterhaltene Stück Ratgeberliteratur aus dem Jahr 1988.

Camilla hatte ich heute Morgen erzählt, dass ich mich für ein paar Wochen zu einem Freund aufs Land verziehen würde, um in Ruhe an einem neuen Romanprojekt arbeiten zu können. Ich sei aber spätestens in sechs Wochen wieder da, und falls sie sich dann immer noch zu mir hingezogen fühlen sollte, könnten wir uns gern mal wieder bei meinem Freund Carlo treffen. Je näher man mit einer Lüge an der Wahrheit blieb, desto leichter log es sich, war meine Erfahrung. Um die Stimmung nicht unnötig zu belasten, hatte ich mit dieser Eröffnung bis nach dem Frühstück gewartet. Camilla war daraufhin aufgestanden und hatte mir ein Kuvert vor die Nase gehalten.

«Aber du denkst dran, was du mir versprochen hast, oder?», fragte sie, und ich hatte brav genickt. «Hier ist das Ticket. Der Flug geht leider schon um 6:10 Uhr, aber der um 11:30 Uhr war mir zu teuer.»

Ich hatte mir gleich in der ersten Nacht ein Versprechen abnehmen lassen. Camilla war nämlich für die Teilnahme an einem «European Song Contest» ausgewählt worden, nachdem sie hier in Hamburg bei einem Vorausscheid sehr gut abgeschnitten hatte. Ich wollte mir gar nicht vorstellen, wie sie das hinbekommen hatte. Auf jeden Fall hatte sie eine Einladung für ein Wochenende in London, wo in irgendeiner ehrwürdigen Konzerthalle demnächst die Endausscheidung stattfand. Das Dumme war nur, sie durfte eine Begleitperson mitnehmen, und das war ich. Vielleicht hatte sie mich nur angegraben, weil es ihr an väterlicher

Unterstützung mangelte. Wie auch immer, ich hatte das Ticket genommen und geschwindelt:

«Prima, London wollte ich mir schon immer mal angucken.»

«Gut, falls wir uns vorher nicht mehr sehen sollten, treffen wir uns direkt am Flughafen, in Ordnung?»

Ich hatte genickt und gelächelt. Für einen Moment wirkte sie unsicher, fast ein wenig verletzlich. Vielleicht war ihr gerade bewusst geworden, dass sie einen Fehler machte, indem sie sich auf mich verließ.

«Na dann, bis bald», hatte sie zum Abschied gesagt, und schon war sie verschwunden. Ich hatte anschließend ein paar Sachen gepackt und in meinem Wagen verstaut, wozu ich dreimal rauf- und runterlaufen musste. Danach war ich noch einmal losgezogen, um mir ein Kabel für meinen Laptop zu besorgen. Ich wollte versuchen, damit in Kalinskis Telefonnetz einzudringen – kurzfristig die einzige Möglichkeit, mich da draußen mit Internet zu versorgen. Der Mann hatte es tatsächlich fertiggebracht, fast zwanzig Kriminalromane zu schreiben, ohne jemals im World Wide Web zu recherchieren – unglaublich!

Jetzt startete ich meinen Kombi und machte mich auf den Weg zu meiner Baustelle. Betrachte es als eine Art Montagetätigkeit, redete ich mir gut zu, als ich über die Elbbrücken rauschte, viele Handwerker machten das genauso. Sie fuhren irgendwohin und arbeiteten für ein paar Wochen vor Ort. Und wenn sie fertig waren, ging es fröhlich und gut entlohnt nach Hause. Ich darf dieses London-Wochenende nicht vergessen, nahm ich mir vor, als ich einen alten Landrover mit GB-Aufkleber und schwarzgelbem Nummernschild vor mir sah. Immerhin, ich hatte noch sechs Wochen Zeit. Vielleicht konnte ich Jonas fragen, ob er für ein Wochenende lang dort draußen die Stellung hielt. Mein Sohn war ein echter Naturbursche. Wahrscheinlich würde es ihm auf dem Hof super gefallen.

Ich ließ das Auto auf dem Kiesweg ausrollen und sagte mir: Da bist du also, mein kleines, idyllisches Versteck. Hier werde ich die nächsten Wochen verbringen und in Ruhe … äh, was war das denn!?

Ich traute meinen Augen nicht. Da stand ein knallroter Lkw im Hof, davor zwei Männer und – eine große, weiße Kühltruhe.

«Was machen Sie denn da?», rief ich, nachdem ich aus meinem Kombi ausgestiegen war. «Ich brauche keine Gefriertruhe.»

«Umso besser», sagte der Größere und schob sich die ausgeblichene Schirmmütze aus der Stirn. Dann klopfte er auf den Deckel und verkündete:

«Diese hier nehmen wir nämlich wieder mit.»

«Wie bitte?»

«Ist nicht bezahlt worden, also holen wir das Teil wieder ab, so einfach ist das.»

«Ja, aber …», die ganze Situation kam mir auf einmal völlig surreal vor. Wenn ich es nicht besser wüsste, würde ich annehmen, dass ich von einer versteckten Kamera gefilmt wurde. Doch das hier schien leider bitterer Ernst zu sein.

«Um Himmels willen, Sie können doch nicht einfach die Kühltruhe …», stammelte ich. Eine Reihe höchst unangenehmer Vorahnungen rasten durch meinen Schädel.

«Klar können wir! Sie lesen wohl das Kleingedruckte nicht: Die Ware bleibt bis zur vollständigen Bezahlung unser Eigentum.» Mit diesen Worten hoben sie die Truhe an und stellten sie auf die Laderampe des Lastwagens.

Auf dem Fahrzeug prangte ein Schriftzug: ICH BIN DOCH NICHT BLÖD! Ich war sprachlos.

«Hören Sie, ich hab 'ne Menge Ärger am Hals wegen der Sache», erklärte der Größere jetzt und kam mir ein paar Schritte entgegen. Er schob die Schirmmütze wieder zurück in die Stirn und meinte:

«Wäre fast rausgeflogen deshalb. Dieser Kalinski, der Typ, der die Kühltruhe bestellt hat, der hat gesagt, dass er bar zahlen will. Bar, verstehen Sie? Vierhundertneunundachtzig Euro inklusive Express-Zuschlag. Als wir hier ankamen, hatte er angeblich doch nicht genug Geld da. Hat mir stattdessen 'nen Fünfziger Trinkgeld zugesteckt und mich vollgequatscht, dass er direkt zur Bank fährt und die Kohle überweist, wenn ich ihm die Truhe hier lasse.»

«Kalinski?»

«Ja, dieser abgebrochene Schwätzer mit dem Mini.»

Dreist, er hat sich also als Kalinski ausgegeben.

«Aber nix ist passiert, verstehen Sie, ganze vier Wochen lang. Mein Chef hat mir heute Morgen gesagt, dass ich die Verantwortung für den Scheiß trage und dass es genau drei Möglichkeiten gibt: Entweder kommt bis heute Abend die Kohle rüber oder die Ware. Oder er mit meiner Kündigung.»

Ich drängte mich an dem Mann vorbei und riss den Deckel auf. Nichts, ich starrte ins Leere.

«Verdammt, was haben Sie mit dem Inhalt gemacht?»

«Der liegt im Stall», sagte er und guckte auf einmal ganz seltsam. Er folgte mir bis an den Rand der Truhe. Dann senkte er die Stimme:

«Sie wissen, dass Sie wegen so was 'ne Menge Ärger kriegen können, oder?»

Allerdings, das wusste ich. Wollte der Kerl mich etwa erpressen? Ich stellte fest, dass mir flau im Magen wurde.

«Sie hätten das melden müssen, bei der Polizei, meine ich.»

Melden? Na klar, tiefgefrorene Dichter müssen polizeilich gemeldet werden, weiß doch jedes Kind. Da hätte ich auch selber drauf kommen können.

«Was is'n das überhaupt für ein totes Vieh in der Decke?»

Ich zuckte mit den Achseln.

«Sie müssen doch wissen, was Sie da platt gefahren haben», empörte sich der Mann. Ich zuckte weiter.

«Hab ich mir nicht so genau angeschaut», druckste ich wahrheitsgemäß.

«Ein Reh oder was? Ist ja auch egal. Jedenfalls müssen Wildschäden gemeldet werden. Ich weiß das von meinem Schwager. Der ist Jäger, und der sagt, das ist Pflicht!»

Ich starrte immer noch unverwandt in die Truhe. Wie viel Platz da drin ist, überlegte ich. Und im Stall taut langsam ein toter Dichter auf. Scheiße, das muss jetzt schnell gehen.

«Was soll die noch mal kosten?», fragte ich.

«Die Truhe? Vierhundertneunundachtzig Euro inklusive Express-Zuschlag. Fünfhundert Liter, ist die größte, die wir auf Lager haben.»

Er kramte eine zerknitterte Rechnung aus der Brusttasche seines Blaumanns und hielt sie mir hin. Ich zog meinen rechten Stiefel aus, griff unter die Einlage und reichte ihm meinen verbliebenen Fünfhundert-Euro-Schein rüber:

«Stimmt so. Wenn Sie das Teil nur bitte gleich wieder reintragen.»

Als der Lkw wenig später gestartet wurde, fiel mir plötzlich etwas ein. Ich lief ein Stück hinterher und klopfte an die Tür:

«Wo ist der Hund?», rief ich, als die Fensterscheibe heruntergekurbelt wurde.

«Ach ja, die Bulldogge. Die hab ich in die Küche gesperrt.»

«In die Küche?», wiederholte ich ungläubig. «Wie haben Sie das denn hingekriegt?»

«Der Hund hat die ganze Zeit gebellt, da hab ich ihn mir geschnappt und in die Küche verfrachtet. Ich hoffe, ich war nicht zu grob mit dem Dicken.»

Ich war beeindruckt.

«Und wie sind Sie ins Haus gekommen?»

«Durch die Tür.»

«Aber die war doch abgeschlossen ...»

«Na ja, wir ham bisschen kräftiger gezogen.»

Mist, jetzt musste ich auch noch die Tür reparieren. Ich sah dem Lkw hinterher. Hatte ich das geträumt? Nein, verdammte Axt, das hatte ich definitiv nicht geträumt, denn ich hatte soeben fünfhundert Euro für eine verdammte Kühltruhe ausgegeben, weil mein verdammter Agent ein verdammter Idiot war. Ich schlug mit der Hand auf mein Autodach. Wenigstens hatte ich daran gedacht, mich mit frischen Rinderabfällen einzudecken. Ich steckte mir das antiquarische Hundebuch in die Jackentasche und verstaute den Beutel in meinem Rucksack. Anschließend ging ich zurück ins Haus und näherte mich der Küchentür. Da war es auch schon, ein kräftiges Knurren drang an mein

Ohr und jagte mir sofort höllische Angst ein. Wieso gelingt es wildfremden Leuten, dieses Untier wegzusperren, während ich mir schon fast wieder in die Hose machte?

Unter Zuhilfenahme der Zwei-Knochen-Technik dirigierte ich Karpow hinaus in den Garten und erreichte ohne Zwischenfälle das Arbeitszimmer. Ich packte meinen Laptop aus und stellte die Verbindung zum Telefonnetz her, während sich Karpow draußen auf die Fleischknochen stürzte. Tatsächlich gelang es mir innerhalb weniger Minuten, einen zwar lahmen, aber stabilen Internetzugang aufzubauen. Ich war sehr zufrieden mit mir und wollte gerade die restlichen Sachen aus dem Auto holen, als ich ein Knurren hörte. Scheiße, wieder dieser Köter, dachte ich und schaute mich nach meinem Rucksack um. Verdammt, den hatte ich in der Diele auf einer Anrichte abgestellt, mitsamt den restlichen Schlachtabfällen. Wie war der Hund überhaupt reingekommen? Hatte ich etwa die Tür aufgelassen? Immerhin hatte ich das Buch von Urs Ochsenbein in der Jackentasche. Das nahm ich nun zur Hand.

«Karpow», sagte ich laut, «dein Verhalten ist äußerst unerwünscht, verstehst du? Ich muss mich hier frei bewegen können. Also verschwinde, oder geh wenigstens von der Tür weg.»

Der Hund knurrte erneut, als er mich mit dem Buch herumfuchteln sah. Er ließ mich nicht aus den Augen. Du hast es nicht anders gewollt, dachte ich, du zwingst mich, Urs Ochsenbein einzusetzen, den Mann, der vermutlich Hunderte von widerspenstigen Kreaturen gebändigt hatte. Ich setzte mich wieder an den Schreibtisch und begann, in dem Buch zu blättern. Das Kapitel *Das Verleiden einer Unart* behandelte zahlreiche Missetaten, die von *Bleibt nicht allein zu Hause* bis *Zerrt ständig an der Leine* reichten. Nur das Kapitel *Lässt niemanden aus dem Zimmer* war offensichtlich vergessen worden. Ich klappte das Buch zu und wählte die Nummer von Carlo. Zum Glück ging er schon nach wenigen Sekunden an sein Mobiltelefon.

«Ich habe hier ein Problem», erklärte ich meinem persönlichen Berater in Hundefragen. «Der blöde Köter lässt mich nicht mehr aus dem Zimmer».

«Sprichst du von der englischen Bulldogge? Deinem Pflegefall?»

«Genau. Der Hund liegt auf der Schwelle und knurrt, sobald ich mich der Tür nähere.»

«Inzwischen mal geguckt, ob du es mit einem intakten Rüden zu tun hast?»

Tatsächlich waren mir vorhin die dicken, spärlich behaarten Klöten aufgefallen, als Karpow das Bein an einem der Obstbäume gehoben hatte. Carlo sagte, das habe er sich schon gedacht.

«Und jetzt hast du Angst, oder?»

«Was denkst du denn? Das Viech wiegt gut und gerne dreißig Kilo und macht einen ziemlich durchtrainierten Eindruck.»

«Angst ist schlecht. Der wittert natürlich, dass du die Hosen voll hast, und fühlt sich entsprechend überlegen. Wahrscheinlich bewacht er dich. Du bist in sein Revier eingedrungen, und er hat dich gestellt. Nun sorgt er dafür, dass du nicht einfach so wieder abhauen kannst. Ist doch ganz logisch!»

Scheiße! Und ich bin ihm in den letzten Tagen schon zweimal durch die Lappen gegangen. Vermutlich ist der schon super genervt und deshalb extra wachsam, dachte ich. Warum hatte ich auch die dämlichen Knochen in der Diele liegen lassen?

«Danke für die messerscharfe Analyse. Die Frage ist: WAS SOLL ICH TUN!»

«Er wird dich wahrscheinlich nicht als Beutetier betrachten», beunruhigte mich Carlo. «Es besteht also im Prinzip kein Grund zur Besorgnis. Du musst nur ganz cool bleiben und genau tun, was ich dir sage.»

Mir war schlecht. Außerdem fing ich an zu frieren. Falls ich das hier überleben sollte, würde ich als Erstes die Heizung aufdrehen, nahm ich mir vor.

«Ist da ein Stuhl im Raum?»

«Ja, so ein Bürostuhl mit Rollen.»

«Perfekt. Also, du schnappst dir diesen Bürostuhl und rollst damit auf den Köter zu. Schieb das Ding einfach ganz langsam vor dir her, sodass es zwischen euch steht, kapiert?»

«Klar», sagte ich. «Ich hab zwar Schiss, aber ich bin nicht blöd.»

«Wichtig ist, dass du keine hektischen Bewegungen machst und dem Hund nicht direkt in die Augen guckst. Also alles ganz langsam, dann kann nix schiefgehen. Das ziehst du ganz in Ruhe durch, und anschließend rufst du mich wieder an. Alles klar, Alter?»

«Alles klar», erwiderte ich.

«Na dann viel Glück!», sagte Carlo und legte auf.

Wozu brauchte ich Glück, wenn dabei gar nichts schiefgehen konnte?, fragte ich mich, nachdem ich mein Handy in die Hosentasche gesteckt hatte. Meinen Blick fest auf die Rückenlehne geheftet, rollte ich den Bürostuhl in Richtung Wohnzimmer. Mir kamen diese grässlichen Presseberichte von zerfleischten Hundeopfern in den Sinn. Gleich würde es mir wahrscheinlich genauso ergehen. Als eine der Rollen den Hund berührte, rappelte er sich auf und trat den Rückzug an. Ich kam mir ein bisschen blöd vor, wie ich den Stuhl zunächst durch das Wohnzimmer und dann durch die Diele schob. Endlich draußen angekommen, schloss ich sorgfältig die Haustür, anschließend rief ich noch einmal meinen Hundecoach an. Carlo beglückwünschte mich zu meinem Erfolg und sagte, dies sei ein ganz wesentlicher Schritt gewesen, mir den nötigen Respekt gegenüber der Kreatur zu verschaffen. Denn das Wichtigste in der Hundeerziehung wäre schließlich, dem Vierbeiner ein für alle Mal klarzumachen, wo er in der Rangordnung steht. Selbstverständlich unten, weshalb es Hundeleuten um die sogenannte Unterordnung ginge, wenn man den Tieren das beibrächte.

«Wenn du das mal vertiefen willst, kann ich dir eine echte Expertin empfehlen, eine alte Freundin von mir, die Biggi. Soll ich dir die Nummer geben? Ihre Hundeschule ist irgendwo bei dir in der Nähe.»

Dann schlug Carlo einen verschwörerischen Tonfall an. Ich dachte schon, er wolle mir anvertrauen, welche Paarung seine Trinkhalle letzte Nacht in Richtung Ehebruch verlassen hatte. Doch es kam anders:

«Ich verrate dir jetzt mal einen ganz alten Trick. Den hab ich noch von meinem Großvater, und das war ein erfolgreicher Züchter von Jagdhunden. Wenn du das Vertrauen eines fremden oder zugelaufenen Hundes gewinnen willst, musst du dir auf die Hand pinkeln und den Hund anschließend daran riechen lassen …»

«– ? –»

«Hallo? Bist du noch dran? Als vertrauensbildende Maßnahme sozusagen, verstehst du?»

Nein, das verstand ich eindeutig nicht.

«Auf die eigene Hand? Spinnst du?»

«Hunde lesen am Urin ihrer Artgenossen alles Mögliche ab, zum Beispiel ob Hündinnen läufig oder tragend sind, weiß doch jeder!»

Ich wies Carlo darauf hin, dass ich weder läufig noch tragend sei, und fragte ihn, was der Quatsch soll.

«Aber du bist ein intakter Rüde wie er, oder?», wollte er wissen, was ich ohne Zögern bejahte. Das sei nun mal eine wichtige Information, und die könne ich ihm dadurch zukommen lassen.

«Und dann? Was habe ich davon, das auszuplaudern?»

Je nachdem, meinte Carlo und seufzte, entweder würde es ihn einschüchtern oder seine Rivalität herausfordern. Ich war mir nicht mehr ganz sicher, ob ich wirklich die richtige Service-Hotline angerufen hatte, bedankte mich höflich und legte auf. Danach stellte ich mich an einen der Obstbäume und pinkelte mir mit voller Absicht auf die linke Hand. Obwohl ich das im Vollbesitz meiner geistigen Kräfte tat, zweifelte ich ernsthaft an meinem Verstand, als ich den warmen Urin auf meinem Handrücken spürte.

Ich blickte mich nervös um, fehlte nur noch, dass mich jemand beobachtete. Dann ging ich zum Hauseingang und öffnete vorsichtig die Tür. Karpow kam herausgesprungen und lief ein Weilchen schnuppernd in der Gegend herum. Erst als er sicher war, dass ich dieses Mal keine Rinderknochen verstreut hatte, näherte er sich mir. Langsam und vorsichtig hob ich meinen Handrücken in Richtung Schnauze an. Karpow schnupperte kurz daran, schien aber nicht besonders an den olfaktorischen Qualitäten meines Urins interessiert zu sein. Dann hob er das Bein an mir und trabte in Richtung Gartentor davon.

Ich war fassungslos – dieser Hund hatte mir doch tatsächlich ans Bein gepinkelt. Nein, so konnte das nicht weitergehen, es musste dringend etwas passieren. Ich ging ins Haus zurück und holte den Zettel aus meiner Jackentasche, auf dem ich diese Nummer von Carlos Hundeexpertin notiert hatte. Es war auch gleich jemand am Apparat. Also schilderte ich mein Problem, allerdings ohne den peinlichen Selbstversuch zu erwähnen. Prompt wurde ich zu einer kostenlosen Probestunde eingeladen.

«Kommen Sie einfach heute Abend um 18:00 Uhr vorbei, dann können Sie gleich an unserer offenen Gruppe für Erwachsene teilnehmen», ermutigte mich eine Dame mit kräftiger, dunkler Stimme und beschrieb mir den Weg zu ihrer Hundeschule. Ich bin ein intakter Rüde, und ich werde mir genau erklären lassen, wie das mit dieser Unterordnung funktioniert, knurrte ich. Und dann, mein lieber Karpow, werden hier andere Saiten aufgezogen. Anschließend holte ich meine restlichen Sachen ins Haus und drehte die Heizkörper im Wohn- und im Arbeitszimmer voll auf.

«Hallo, du bist bestimmt Herr Vogt», wurde ich am gleichen Abend von einer stämmigen, großgewachsenen Lady begrüßt, die sich mir als *Die Biggi* vorstellte. Sie trug einen olivgrünen Overall, hohe schwarze Schnürstiefel und eine Weste mit unendlich vielen Taschen. Ihre blonden Haare waren fast vollständig unter einer Baseballmütze versteckt. Ich hatte mich schüchtern einer Gruppe von Hundebesitzern genähert, deren Zöglinge auf einer eingezäunten

Wiese herumtollten, und nickte nun, anstatt zu antworten. «Ich kenne niemanden, der mehr über den Umgang mit schwierigen Hunden weiß», hatte Carlo geschwärmt, als er mir die Frau empfohlen hatte – was ich hier erwartete, war ein fachkundiger Vortrag. Die ganze Szenerie wurde von ein paar Flutlichtstrahlern beleuchtet. Irgendwo im Hintergrund brummte ein Generator.

«Und wo ist dein Hund?», wollte Die Biggi wissen.

«Mein Hund?», fragte ich empört. «Ich besitze keinen Hund.»

«Aha», sagte Die Biggi und grinste, «aber dir ist schon klar, dass du dich hier auf dem Gelände einer Hundeschule befindest, oder?»

Klar war mir das klar.

«Waren Sie das nicht, die mich vorhin zu einer kostenlosen Probestunde in der *offenen Gruppe für Erwachsene* eingeladen hat?», fragte ich nun meinerseits.

«Jawoll», sagte Die Biggi.

«Na prima. Hier bin ich also», verkündete ich scheinfröhlich. Ich war zwar etwas angenervt, fühlte mich aber wieder als Herr der Lage.

«Gut», sagte Die Biggi, «es ist nur so, üblicherweise bringen die Leute ihren Hund mit, wenn sie zu einer Probestunde bei mir erscheinen.» Sie sprach extra langsam, als hätte sie ein Kleinkind vor sich – ich hasste sie.

«Hallo …», meldete sich eine pummelige Frau mit hübschem Gesicht zu Wort. Offenbar hatte ich ihr Mitleid erregt. Sie löste sich aus der Gruppe von Hundebesitzern und hielt mir ihre Leine hin. «Nehmen Sie den Rudi, der ist völlig harmlos. Er ist zwar ein bisschen träge, aber so haben Sie wenigstens was an der Leine.»

Ich hörte, wie jemand versuchte, ein Kichern herunterzuschlucken, und übte mich in Demut. Ich nahm die Leine und nickte freundlich. Die Biggi erklärte, dass wir nun mit dem Training beginnen würden und zunächst jeder seinen Hund anleinen sollte. Die Dicke half mir bei ihrem Rudi, einem freundlichen, struppigen Mischling, der sich weder für mich noch für meine Kommandos interessieren sollte. Dann ging es auch schon los. Wir übten «Sitz», «Platz», «Bleib», «Bei Fuß», «Hier», «Halt» und «Aus!». Zwei Stunden später wusste ich, was es bedeutet, bis auf die Knochen gedemütigt zu werden. In Hundeschulen ging es nämlich ausschließlich darum, unbescholtene Bürger, deren einziges Vergehen darin bestand, dass sie sich einen Hund angeschafft hatten, herumzukommandieren, vorzuführen und in jeder Hinsicht alt aussehen zu lassen – um ihnen am Ende klarzumachen, dass sie inkonsequente Ignoranten waren, denen es niemals gelingen würde, dass ihr Hund auch nur annähernd tat, was sie wollten.

«Wenn hier irgendetwas nicht klappt, dann ist grundsätzlich der Mensch schuld, niemals das Tier, kapiert?», hatte Die Biggi mehrfach gebellt und sich mit ihrem Kasernenton für die Leitung eines Erziehungslagers empfohlen.

Ich beschloss, mir lieber bis an das Ende aller Tage ans Bein pinkeln zu lassen, als jemals wieder eine Hundeschule zu besuchen, und fuhr zurück nach Marxen. Karpow zeigte auch sofort reges Interesse an meiner Person, doch das Bein hob er nie wieder an mir. Nachdem die Rangordnung zwischen uns geklärt war, hielt er solche Demütigungen wohl nicht mehr für nötig. Dafür beschnupperte er mich gründlich von oben bis unten. Offensichtlich hafteten die Gerüche von Rudi und den übrigen Hundeschülern an mir.

Was auch immer in dem Köter vorging, komischerweise entspannte sich unser Verhältnis von diesem Tag an zusehends.

KAPITEL 9

Ich drehte die Schreibtischlampe zur Seite, sodass ich die Buchrücken im Regal neben mir besser erkennen konnte. Da gab es einen aktuellen Rechtschreibduden, ein Herkunftswörterbuch, ein Fremdwörterlexikon und einen Band mit sinn- und sachverwandten Wörtern. Den nahm ich heraus und suchte nach Synonymen für den Begriff «Bedingung». «Voraussetzung, Kondition, Modalität» las ich, dann fiel etwas aus dem Buch heraus und landete auf dem Holzfußboden. Es war ein Foto.

Das Bild zeigte eine junge, hübsche Frau mit dunkelblonden Haaren, die sich offenbar an einem Aussichtspunkt befand. Hinter ihr tat sich ein imposantes Gebirgspanorama auf. Ein Urlaubsfoto, dachte ich, aber nicht in den Alpen aufgenommen, denn ich erkannte eine Pinie am linken Bildrand. Ich schaute auf die Rückseite. «Paula, La Palma 2001» hatte dort jemand notiert. Wirklich eine schöne Frau. Vermutlich hatte Kalinski das Foto als Lesezeichen verwendet. Dann klappte ich das Nachschlagewerk zu und versuchte, mich wieder auf das Manuskript zu konzentrieren.

Ich drehte die Lampe zurück und starrte auf das weiße Blatt, das ich in die Maschine eingespannt hatte. «Du musst das Manuskript sowieso auf der alten Schreibmaschine tippen», hatte Möller verlangt, nachdem ich ihn ausgiebig beschimpft hatte. Die Panne mit der Kühltruhe ging ihm ganz offensichtlich am Arsch vorbei. Er behauptete, das Geld längst überwiesen zu haben, und bezichtigte mich der Blödheit, weil ich mich vorschnell ins Bockshorn hatte jagen lassen.

«Die vom Verlag wissen ganz genau, dass der Alte partout keinen PC benutzen wollte und alle Texte auf seiner alten Olivetti getippt hat», hatte Möller erklärt. «Wir können da keinen Roman abliefern, der mit einem Laserprinter ausgedruckt wurde, sonst bekommen die sofort mit, dass da etwas nicht stimmt.»

Das leuchtete ausnahmsweise mal ein, und außerdem gab es hier ja auch gar keinen Drucker. Also hatte ich mir überlegt, meinen Laptop lediglich zu Recherchezwecken einzusetzen und mich daran zu gewöhnen, auf der alten Olivetti zu schreiben. Das nackte Papier wirkte steril und kalt. Es ist immer schwer, einen Anfang zu finden, versuchte ich mich zu beruhigen. Wenn du erst mal losgelegt hast, wird es dir bestimmt ganz leicht von der Hand gehen.

Die Maschine kam mir irgendwie größer, fast ein bisschen bedrohlich vor. Sie schien von Minute zu Minute zu wachsen, während ich mich immer kleiner fühlte. Ich konnte sogar hören, wie sie mich hinter ihrem steten Brummen verspottete. «Glaubst du wirklich, du könntest meinen Herrn und Meister ersetzen, den großen Kurt Kalinski? Pah! Versuch es nur, du wirst elendig scheitern!» Ich bekam ein mulmiges Gefühl. Trotzig schlug ich in die Tasten und brachte tatsächlich ein paar Sätze auf das Papier. Der Bann, so schien es, war gebrochen. Wenige Sekunden später starrte ich auf den Text:

«Was du heute kannst besorgen, das verschiebe nicht auf morgen», stand da, dreimal untereinander genau die gleiche Zeile. Ich zog in Betracht, dass ich gerade dabei war, den Verstand zu verlieren, langsam begann mich die Situation wirklich zu beunruhigen. Dieses Gerät hatte etwas Bösartiges an sich. Ich tastete nach dem Netzschalter und drehte der niederträchtigen Kreatur den Saft ab.

«Verdammtes Mistding!», brüllte ich. Aus dem Wohnraum war ein tiefes Knurren zu hören. Ich sollte mir eine kleine Pause gönnen. Ich brauchte unbedingt einen Drink. Vielleicht sollte ich mich aufs Weintrinken verlegen, dachte ich auf dem Weg zur Küche. Eine naheliegende Idee, wenn man an die umfangreichen Bestände da unten dachte.

Also ging ich in den Kellerraum, den ich vor ein paar Tagen unter der Küche entdeckt hatte. Im anheimelnden Licht zweier Feuchtraumleuchten fasste ich einen grundsätzlichen Beschluss: Ich entschied mich für Rot. Weißwein, das wusste ich von einer ehemaligen Lebensgefährtin, musste gut gekühlt getrunken werden. Dafür hätte ich zunächst ein paar Flaschen mit hinaufnehmen und für ein paar Stunden in den Kühlschrank stellen müssen. Da es jedoch bereits nach 22:00 Uhr war, erschien mir diese Prozedur zu langwierig. Schließlich musste ich ja irgendwann fertig werden mit dem Trinken. Also zog ich wahllos ein paar Buddeln aus den wabenförmigen Futteralen, bis ich auf den ersten Rotwein stieß.

Die Flasche trug ein weißes Etikett und war laut Verpackungsangabe 1998 im Piemont befüllt worden. Sie hörte auf den klangvollen Namen Barolo. Aha, ein Barolo, das hatte ich schon einmal gehört. Direkt daneben lagerten weitere Abfüllungen der gleichen Sorte. Falls er mir schmecken sollte, war also wenigstens der Nachschub gesichert. Wenn ich mich hier ernsthaft durchprobieren wollte, hatte ich ein weites Feld vor mir, dachte ich, als ich die Treppe wieder emporstieg.

Ich löschte das Kellerlicht und durchstöberte ein paar Küchenschubladen, bis ich auf einen Korkenzieher stieß. In einem der Wandschränke fand ich Weingläser. Ich schenkte mir von dem Barolo ein, ließ die tiefrote Flüssigkeit ein wenig im Glas kreisen, schnupperte daran und nahm einen kleinen Schluck. So ungefähr machen das echte Weinkenner, glaubte ich. Der Wein hinterließ ein pelziges Gefühl auf der Zunge und schmeckte nach Traubensaft und Möbelpolitur. Gar nicht schlecht, fand ich und schenkte mir nach.

Mit der Flasche in der einen und dem Glas in der anderen Hand, schlenderte ich zurück an meinen Arbeitsplatz. Karpow lag im Wohnzimmer auf dem Sofa und beobachtete mich aus den Augenwinkeln, als ich vorbeischlich. Ich wich seinem Blick aus und verschwand wieder im Arbeitszimmer. Dort versuchte ich es mir so gemütlich wie möglich zu machen. Ich legte die Beine auf den Schreibtisch, trank Wein und hing meinen Gedanken nach. Das Zeug schmeckte mir immer besser. Ich war dazu übergegangen, nur ganz wenig einzuschenken, den Wein dann aber umso entschlossener im Glas herumzuschleudern. Anschließend hängte ich meinen Zinken ins Glas und sog die Aromen auf. Dann trank ich in kleinen Schlücken und schenkte mir wieder nach.

Ich hatte die halbe Strecke bis zum Ende der zweiten Flasche bereits auf diese Weise zurückgelegt, als sich etwas veränderte. Obwohl der Wein von der gleichen Rebsorte und dem gleichen Jahrgang stammte und auch genauso schmeckte wie sein Vorgänger, zeigte er eine völlig andere Wirkung. Mich befiel eine außerordentliche Selbstsicherheit, gepaart mit einem Übermut, der augenblicklich meine Lust am Fabulieren weckte. Ich fühlte mich auf einmal wie ein Kapitän auf der Brücke eines Ozeanriesen, wie ein Mann, der tagtäglich weitsichtige Entscheidungen von großer Tragweite treffen musste und dies mit Freude tat.

Ich wankte noch einmal zurück in den Weinkeller, wobei ich das Schlingern und Rollen der Planken durch einen breiten Seemannsgang auszugleichen verstand. Zurück auf der Brücke, stellte ich die dritte Flasche auf dem Schreibtisch ab und ließ mich in den bequemen Bürostuhl sinken. Dann schaltete ich die Maschine wieder ein und begann zu schreiben. Plötzlich kam Land in Sicht, ich hatte eine Vorstellung, wie es mit dem Kalinski-Fragment weitergehen konnte. Genau genommen eröffneten sich sogar zwei Möglichkeiten.

Die Schreibmaschine hatte wieder ihre normale Größe angenommen. Sie gab nur noch ein feinmechanisches Surren von sich, das von Zeit zu Zeit von einem melodischen Klappern begleitet wurde – ein beruhigender Geräuschteppich. Glücklicherweise konnten sich bei einer Kugelkopfschreibmaschine die Typenhebel nicht verhaken, wenn man versehentlich zwei Tasten auf einmal drückte, stellte ich zufrieden fest. So bösartig war die Maschine vielleicht gar nicht. Jedenfalls konnte ich jetzt endlich in Ruhe arbeiten. Ich nutzte die Gunst der Stunde und schrieb bis zum frühen Morgen.

Er war also gestorben, nun gut. Das fühlte sich eigentlich gar nicht so schlecht an. Eher im Gegenteil. Er spürte, wie eine große Last von ihm genommen war. Jetzt war er mausetot, also brauchte er sich auch keine Krimis mehr auszudenken, keine ausgefallenen Täterprofile, keine bizarren Morde, keine wendungsreichen Ermittlungen und kein überraschendes Finale, nie wieder.

Doch als er feststellte, dass sie ihn nicht sterben lassen wollten, war er ziemlich wütend geworden. Statt eines Leichenwagens war am Tag nach seinem Tode ein Lieferwagen eingetroffen, und statt eines Sarges wurde eine Gefriertruhe gebracht. Da hatten sie ihn dann tatsächlich hineingesteckt und taten schon seit Wochen so, als wäre er noch am Leben. Und warum taten sie das? Aus reiner Geldgier, aus purer Profitsucht, vielleicht sogar aus Bosheit. Dabei hatte er sich schon so auf seine eigene Beerdigung gefreut, auf all die Gäste, all die echten und die falschen Tränen und natürlich auf die Trauerreden. Wer würde sprechen und was würde über ihn gesagt oder nicht gesagt werden? Doch nun lag er in dieser Kühltruhe. Wie stellten sie sich das vor, wie lange sollte das so gehen? Sie hatten ihn zu einem Untoten gemacht, das war ihm auf einmal bewusst geworden – dann konnte er sich auch wie einer benehmen.

Er schlich durch die Dunkelheit, gelangte in den Wohnraum und betrat schließlich sein Arbeitszimmer. Er hatte sich ein großes, weißes Bettlaken übergeworfen, zum einen, weil er ein Freund korrekter Dienstkleidung war, zum anderen wollte er sicherstellen, dass er im Falle der Fälle eine gute Figur machte, als Geist versteht sich. Karpow konnte er damit allerdings nicht beeindrucken. Der Hund trottete sogleich auf seinen Herrn zu, hatte nicht einmal gebellt, als er plötzlich in der Diele erschienen war. Er folgte ihm durch die Dunkelheit.

«Dieser Möchtegernautor will doch tatsächlich meinen Roman vollenden», sagte er, als er vor seinem Schreibtisch stand und die dort

verstreuten Unterlagen überflog. «Das kann ich nicht zulassen. Gut, dass ich den Ordner mit dem ‹Code› verschwinden lassen habe.» Er griff sich eine der Flaschen und versuchte, das Etikett zu entziffern. «Aha, er hat den Weinkeller entdeckt. Hätte ich bloß ein Vorhängeschloss angebracht. Hm, nun ist es zu spät. Mal sehen, was er da … tatsächlich, er hat sich gleich an meinen besten Barolo herangemacht.» Er hob das Weinglas an und roch an der Neige, die sich darin befand. «Mmmmh, wie der duftet. Wenn ich ihn doch nur hinauswerfen könnte. Ich hätte einfach nicht sterben dürfen. Es war vielleicht doch ein Fehler, so unvorbereitet abzutreten.» Dann fing er an, in dem Manuskript zu lesen.

«Unglaublich, er säuft nicht nur meinen besten Wein, er versaut auch noch die ganze Story», die Gestalt rang mit den Händen, zerknitterte vor Wut ein paar Seiten, mit Mühe fasste sie sich wieder. «Ich würde am liebsten alles zerreißen.» Die Erscheinung beugte sich zu dem Hund hinunter: «Tut mir leid, Karpow, aber ich fürchte, das wird auf dein Konto gehen.»

Dann verschwand der Geist so lautlos, wie er gekommen war. Im schwachen Mondlicht war nicht viel mehr als ein wehendes Laken zu erkennen, als er die Wohnräume in Richtung Stallteil durchquerte.

KAPITEL **10**

Ich drehte eine neue Glühbirne in die Fassung und betätigte den Schalter, jetzt funktionierte die Schreibtischlampe wieder. Ich hatte die verspiegelte Birne in einer der übersichtlich bestückten Küchenschubladen gefunden, zusammen mit weiteren Leuchtmitteln und Ersatzbatterien verschiedener Bauart. Kalinski muss ein gutorganisierter Charakter gewesen sein, dachte ich mit einigem Respekt, wahrscheinlich so ein richtiger Vollspießer. Ich hatte letzte Nacht tatsächlich zwei Möglichkeiten ausgetüftelt, wie es mit seinem Krimi-Fragment weitergehen konnte. Doch ganz zufrieden war ich noch nicht. Nüchtern betrachtet, erschienen mir beide Varianten etwas zu konstruiert, zu wenig organisch. Aber ich hatte zumindest einen Anfang, was vor allem daran lag, dass ich hier wirklich zum Arbeiten kam.

Niemand störte mich, niemand rief an, niemand polterte an meine Tür und verlangte Geld von mir, das ich nicht hatte. Selbst den Postboten hatte ich bisher noch nicht zu Gesicht bekommen. Er kam bereits kurz vor 8:00 Uhr und steckte die Post stets in einen Typ Briefkasten, den ich bis dato nur aus Spielfilmen kannte. Endlich begriff ich, welche Funktion dieser rote Bügel hatte. Der Bote klappte ihn nämlich hoch, nachdem er etwas eingesteckt hatte, so konnte man schon aus der Entfernung sehen, ob sich der Weg dahin lohnte, sehr praktisch eigentlich. Ich ging nur wegen der Süddeutschen hin, Kalinskis übrige Post interessierte mich nicht. In einer geräumigen Küchenschublade hatte ich ihm ein Postfach eingerichtet. Dort steckte ich Briefe hinein, die ich nicht eindeutig als Werbung identifizieren konnte. Wie schön, wenn einen das alles nichts anging. Vor allem, als ich einen Brief dort einwarf, der sehr nach einer überfälligen Rechnung aussah.

Selbst mit dem Hund kam ich inzwischen ganz gut klar. Zumindest solange ich mich im Erdgeschoss befand. Ich vermied es allerdings konsequent, dem Tier direkt in die

Augen zu gucken, und ging ihm aus dem Weg, wo immer wir uns begegneten. Dafür durfte ich mich in allen Räumen frei bewegen. Der Ohrensessel und das große, dreisitzige Sofa im Wohnraum waren tabu, aber in den Einzelsessel konnte ich mich setzen, ohne weggeknurrt zu werden. Weniger tolerant gab sich mein Gastgeber, wenn wir uns im Obergeschoss befanden, das Karpow offenbar als sein persönliches Rückzugsgebiet betrachtete. Dort gab es zwei Schlafzimmer. Ein größeres, das mit einem komfortablen Doppelbett im Kingsize-Format und einem geräumigen Wandschrank ausgestattet war und über einen direkten Zugang zum Badezimmer sowie über zwei große Sprossenfenster verfügte. Hier herrschte Karpow und machte keinerlei Kompromisse. Wahrscheinlich benötigte er ein breites Bett, um sich besser an seinen dicken, halbnackten Eiern lecken zu können, dachte ich bisweilen etwas missmutig, wenn ich ihn dort in seltsamen Verrenkungen herumliegen sah.

Wie auch immer, sobald ich das Zimmer betrat, wurde ich aufs übelste beknurrt, selbst wenn ich nur zum Pinkeln ins Bad wollte. Ich schlief in der wesentlich kleineren Dachkammer nebenan. Schmales Bett, Nachtschränkchen, Dachschräge, kleines Kippfenster, ganz gemütlich eigentlich. Glücklicherweise konnte man das Bad auch von hinten durch eine kleine Luke erreichen, wenn man zuvor durch eine enge, staubige Abseite über den Heuboden kroch. Das war zwar etwas umständlich, jedoch weit besser, als auf dem Weg zur Toilette wer weiß wohin gebissen zu werden. Also hatte ich die Tür zwischen dem Bad und Karpows Luxusschlafgemach von innen abgeschlossen und nahm fortan den Umweg über den Heuboden in Kauf. Für nächtliche Pinkelexkursionen hatte ich mir eigens eine Taschenlampe ans Bett gelegt, die ich auf der Werkbank im kleinen Raum neben der Küche gefunden hatte.

Ich legte die Süddeutsche zur Seite, nahm einen Schluck von dem lauwarmen Kaffeerest aus meinem Becher und versuchte mich wieder auf das Manuskript zu konzentrieren. Ich musste die Geschichte etwas lebendiger gestalten, ein bisschen mehr Alltagsatmosphäre und ein paar banale, aber glaubhafte Dialoge einflechten. Ich ließ den Blick über die Regalwand gleiten, die sich auf der gegenüberliegenden Seite des Arbeitszimmers befand. Da standen sie, die achtzehn bisher erschienenen Krimibände, sauber aufgereiht im obersten Fach. Ganz schön beeindruckend. Ich kam mir ziemlich klein vor, angesichts von so viel gedruckten Erfolgs. Ich hatte es nicht einmal geschafft, einen einzigen Roman zu veröffentlichen. Und nun saß ich hier und schrieb im Namen einer tiefgekühlten Leiche an einem Krimi, dessen Handlung mir nach wie vor Rätsel aufgab.

Jetzt bemerkte ich, dass ein paar Seiten fehlten. Ich schaute mich im Büro um und entdeckte ein zerknülltes Blatt Papier, das auf dem Fußboden neben dem Abfallkorb lag. Nach und nach fand ich auch die anderen Seiten wieder, strich sie, so gut es ging, glatt und sortierte sie wieder in den Stapel ein. Okay, ich war ziemlich betrunken gewesen, aber so betrunken nun auch wieder nicht. Immerhin erinnerte ich mich noch daran, wie ich die Treppe hoch und in meine Koje gekrochen war, also hatte ich definitiv keinen Blackout gehabt. Dann fielen die drei leeren Flaschen Rotwein in mein Blickfeld, und ich war mir nicht mehr ganz so sicher. Oder war das etwa Karpow gewesen?

Vergriff er sich auch noch an den Früchten meiner Arbeit? Aber warum sollte er das tun? Ich entschied, das Manuskript ab sofort im Schreibtisch zu verstauen, bevor ich nachts schlafen ging, und begann wieder daran zu arbeiten.

Nach etwa anderthalb Stunden wurde ich müde und brauchte eine Pause. Ich wollte mir gerade einen frischen Kaffee aufsetzen, als ich hörte, wie sich etwas an der Tür zu schaffen machte. Ich erschrak. Es klang, als würde jemand die Haustür aufsperren. Tatsächlich, in diesem Moment wurde sie geöffnet, und jemand betrat das Haus. Ich zuckte zusammen. Für einen Moment war ich wie erstarrt. Wer wagt es, in mein kleines Reich einzudringen? Und was ist eigentlich mit meinem Gauleiter, Oberst Karpow, los? Ich hatte ihn nicht einmal bellen hören.

Doch, jetzt kamen von unten Geräusche, ein Bellen war das aber nicht. Karpow winselte, als würde er jemanden begrüßen, den er gut kannte. War da nicht eine weibliche Stimme? Und vor allem: Was um Himmels willen sollte ich sagen, wenn man mich hier entdeckte? Ohne nachzudenken, versteckte ich mich im Wohnraum hinter einem dunkelblauen Vorhang. Im Augenwinkel konnte ich erkennen, wie Karpow draußen herumsprang, offensichtlich hatte ihn die Person in den Garten gelassen. Nun betrat sie das Zimmer. Das heftige Klopfen in meinem Hals übertönte ihre Schritte. Dann blieb sie stehen und hantierte an irgendetwas herum. Ich hörte, wie sie dabei leise vor sich hin summte. Weitere Schritte. Schritte, die immer näher kamen.

Sie stieß gegen einen Stuhl. Ihr Summen war ganz nah. Stand sie etwa direkt vor mir? Ich schielte zum Fußboden hinunter. Verdammt, das hatte ich nicht bedacht! Ich trug Kalinskis Holzpantinen! Und die ragten unter der zu kurzen Gardine hervor. Ich hielt den Atem an. Wahrscheinlich wird sie sich zu Tode erschrecken, wenn sie mich entdeckt. Dann veränderte sich der Summton ein wenig, und ich bemerkte ihre Hand.

Ich war es, der sich jetzt zu Tode erschrak. Sie tastete oberflächlich und scheinbar ziellos an dem Vorhang und damit an meinem Körper entlang. Wie die Hand eines Blinden, die behutsam ein unbekanntes Objekt erkundet. Ich spürte ein seltsames Kribbeln. Die Hand flog zunächst hierhin und dorthin, um sich dann ohne Umschweife kurz unterhalb meiner Körpermitte zu schaffen zu machen. Genau dort, wo die Beine sich verzweigen. Ich spürte, wie ihr Summen anschwoll und sich in meinem Körper fortsetzte. Eine Überdosis Adrenalin jagte durch meine Eingeweide. Hielt sie mich für Kalinski? Wie auch immer, es fühlte sich verdammt aufregend an, auf diese Weise berührt zu werden, von einer Person, die ich nicht kannte, geschweige denn je zu Gesicht bekommen hatte.

Um ehrlich zu sein, ich bekam eine Erektion, worauf ihr Summen eine laszive Färbung anzunehmen schien. Zufrieden weitersummend, verließ sie wenig später den Raum. Den Geräuschen nach machte sie sich nun in der Küche zu schaffen. Dann hörte ich, wie ein Staubsauger in Betrieb genommen wurde. Ich begab mich ins Arbeitszimmer, schloss die Tür hinter mir ab und starrte auf die hölzerne Wanduhr. Es war 11:30 Uhr, und Kalinskis Putzfrau hätte mir soeben beinahe einen runtergeholt.

KAPITEL 11

Ich drehte die Walze ein kleines Stück zurück, um den neuen Bogen zu justieren, den ich in die Schreibmaschine eingespannt hatte, und schrieb den Satz zu Ende. Draußen war es inzwischen bereits dunkel geworden, Zeit, ein Fläschchen Roten aus meinem Weinparadies zu holen. Ob sie mich wirklich für ihn gehalten hatte, fragte ich mich, als ich mir wenig später einschenkte, noch immer etwas verwirrt und im wahrsten Sinne des Wortes seltsam berührt – schließlich hatte ich in seinen alten Holzschuhen gesteckt.

Zwei Stunden später war sie wieder verschwunden. Zunächst hatte ich gehört, wie sie den Hund hereingerufen hatte. Mit einer klaren, glockenhellen Stimme wurde Karpow aufgefordert, sich wieder ins Haus zu begeben. Und was tat der Köter? Er hatte aufs Wort gehorcht! Das nahm ich echt persönlich. Als ich hörte, wie die Tür abgeschlossen wurde, spähte ich vorsichtig aus dem Fenster. Ich sah, wie eine zierliche Frau über den Hof schlenderte, und duckte mich, als sie sich am Tor noch einmal umdrehte, bevor sie es öffnete und verschwand.

In der Küche fand ich dann einen Zettel. Darauf stand: «Bitte nicht noch mehr vergessen dreißig Euro zu hinlegen. Habe mir genommen was szustand. Danke bitte. Anita.» Daneben lag meine geöffnete Brieftasche. Sie hatte dreißig Euro herausgenommen, soweit ich das abschätzen konnte. Der Begriff «Kombilohn» bekam in dem Moment eine völlig neue Bedeutung. Ob sie wohl jeden Dienstag hier auftaucht?, fragte ich mich und nahm einen großen Schluck von dem rubinroten Stoff. Dann wandte ich mich wieder meiner Arbeit und dem Rotwein zu. Gegen Mitternacht, ich hatte von beidem ein ansehnliches Quantum geschafft, machte ich eine Entdeckung. Ich suchte nach einer Rolle Farbband, denn das alte gab so langsam seinen Geist auf, das Schriftbild wurde immer blasser.

Ganz hinten, in einer der beiden breiten Schreibtischschubladen, fand ich eine Zigarrenkiste, in der ein Stapel von Briefen aufbewahrt wurde. Ich zögerte einen Moment, doch dann siegte die Neugier. Als Journalist darfst du in die Privatsphäre von Personen eindringen, die von öffentlichem Interesse sind, wenn die gefundenen Informationen zum Beispiel der Aufklärung wichtiger Sachverhalte dienen, redete ich mir gut zu, und außerdem war der alte Kalinski bereits tot. Ich klappte den Deckel nach hinten und nahm das oberste Kuvert heraus. Ich erkannte sie sofort. Es schien sich wieder um ein Urlaubsfoto zu handeln. Nur dass sie dieses Mal fröhlich und ausgelassen wirkte. Sie hatte einen Wanderstock in der Hand und zeigte damit auf eine Holztafel mit verwitterter Schrift. Vermutlich wollte sie gerade zu einer Bergtour aufbrechen, sie machte einen noch frischen, unternehmungslustigen Eindruck. Ich drehte das Foto um, aber auf der Rückseite stand nur eine Nummer und ein Datum, der dritte Juli 2009. Dann zog ich den Brief aus dem Umschlag und las.

Die Frau auf dem Foto war Paula Kalinski, die einzige Tochter des Krimiautors, was ich daraus schloss, dass sie an einer Stelle geschrieben hatte: «*… wenn ich Geschwister hätte, würde es mir vielleicht nicht so schwer fallen, von Dir ignoriert zu werden. Aber Du wolltest ja eigentlich überhaupt keine Kinder, und da war eins wohl mehr als genug …*» Offenbar hatte es in der Vergangenheit Konflikte gegeben, und diese Briefe legten

Zeugnis darüber ab. Im Laufe der nächsten zwei Stunden erfuhr ich eine ganze Menge über die Kalinskis. Nicht nur über das schwierige Verhältnis zwischen Vater und Tochter («*Du warst wirklich ein beschissener Vater!*»), auch über die Rolle der Mutter («*Warum hast Du sie so verachtet?*») und einen gewissen Pablo («*Du hast ihm nie eine Chance gegeben!*»), den eigentlichen Anlass für das Zerwürfnis zwischen den beiden.

Pablo, vermutlich ein südamerikanischer Student, war nach Kalinskis Meinung «*nicht gut genug*» für Paula gewesen. Er hatte ihr diese Ehe auszureden versucht und, als das nicht fruchtete, damit gedroht, den Kontakt abzubrechen. Doch sie hatte sich diese Einmischung natürlich verbeten. Zum endgültigen Zerwürfnis war es aber erst gekommen, als Paula ihren Vater nicht zur Hochzeit eingeladen hatte. («*Ich möchte Dich nur an die Schmährede erinnern, die Du auf der Hochzeit deines Bruders gehalten hast, bloß weil Dir seine Braut nicht gepasst hat. Solche Gemeinheiten wollte ich Pablo und mir ersparen!*») In der Kiste befanden sich neben elf Briefen von Paula sechs Antworten von Kalinski. Doch die hatte er nie abgeschickt. Es waren die Reaktionen auf die letzten Briefe seiner Tochter, in denen ihr Ton etwas milder geworden war, weniger anklagend, weniger aggressiv. Vielleicht war sie inzwischen bereit, ihm zu verzeihen. Nur der Alte konnte scheinbar nicht über seinen Schatten springen.

Ich betrachtete die kleine Sammlung von Paula-Ansichten, die ich auf dem Schreibtisch ausgebreitet hatte. Sie hatte jedem ihrer Briefe ein aktuelles Foto beigelegt. Augenscheinlich legte sie großen Wert darauf, dem Alten zu dokumentieren, dass es ihr auch ohne seinen Segen gutging. Einige der Ansichten zeigten sie an Orten und Plätzen, die sie als Kind zusammen mit dem Vater besucht oder erwandert hatte, wie aus den Briefen hervorging. Vielleicht wollte sie sein Herz erweichen, indem sie ihm zeigte, dass sie all diese Locations nun ohne ihn besuchen musste, oder sie wollte es ihm brechen, indem sie ihm zeigte, dass sie ihn dazu gar nicht brauchte – ich wusste es nicht. Klar war nur, dass sie ihn damit berühren wollte. Bei mir hatte sie das jedenfalls geschafft. Vielleicht, weil ich selber Vater war.

Schon die Vorstellung, dass Isabelle einen Mann heiraten würde, der mir nicht passt, machte mir zu schaffen. Ich schaute erneut über die Fotos. Ihr Lächeln war irgendwie magisch, es lag ein wenig Spott darin und Überlegenheit. Auf der anderen Seite wirkte sie verletzlich und einsam. Es schien, als wollte sie Kontakt zu mir aufnehmen. Ich versuchte, mir klarzumachen, dass diese Magie, wenn sie überhaupt bestand, dem alten Kalinski galt. Doch das Gefühl blieb. Kurze Zeit später begann ich, von Paula zu träumen.

KAPITEL 12

Ich drehte den Korken von der Spindel des Kellnermessers und warf ihn zu den anderen in eine Keramikschale, die auf dem Schreibtisch stand. Inzwischen schaffte ich etwas mehr als vier Manuskriptseiten pro Flasche Rotwein und hatte mich damit praktisch um einhundert Prozent gesteigert. Heute Morgen hatte ich, einer spontanen Laune folgend, die Flaschen gezählt, als ich das Leergut in meinen Kombi verstaute. Es waren neunzehn, und ich hatte zu dem Zeitpunkt genau achtzig Seiten geschrieben. Ich fand, das war ein angemessener Verbrauch, zumal ich die erste Flasche immer erst nach Sonnenuntergang entkorkte. Ich nahm mir vor, bei meinem nächsten Gang in den Weinkeller ungefähr zu berechnen, für wie viele Seiten der Vorrat noch reichte. Mich hätte auch interessiert, wie viele Seiten der alte Kalinski pro Flasche geschafft hatte, aber den konnte ich ja schlecht fragen.

Mein Handy klingelte. Wahrscheinlich Möller, dachte ich missmutig, seine Kontrollanrufe kamen inzwischen jeden zweiten Tag. Gewöhnlich fragte er, wie es mir ging, und wollte dann, ohne eine Antwort abzuwarten, die aktuelle Seitenzahl wissen.

«Nur noch vier Wochen, dann musst du fertig sein. Mehr konnte ich beim besten Willen nicht herausholen. Und es bleibt bei dem Titel. Ist ja alles schon in der Werbung, da kann man jetzt nichts mehr ändern, verstehst du?»

Ich fand es nach wie vor unangenehm, mich mit diesem Typen zu duzen. Erstens kannte ich ihn gar nicht, und zweitens fand ich ihn mehr als unsympathisch. Unsere Beziehung war von jener Art, die man als «rein geschäftlich» bezeichnet.

Das Buch sollte unter dem Titel: «Kornhauer und die Pole der Unzugänglichkeit» erscheinen. Kommissar Bent Kornhauer war der Ermittler in der Kalinski-Krimireihe, und alle Romane führten seinen Namen im Titel, was ich extrem langweilig fand. Da gab es «Kornhauer und die Tote im Kielwasser», «Kornhauer auf der falschen Spur», «Kein Weg zurück für Kornhauer», «Kornhauer und das Massengrab» und so weiter. Kornhauer, Kornhauer, Kornhauer, das war doch öde. «Pole der Unzugänglichkeit», ganz pur und schlicht, das wäre ein klasse Titel gewesen, ohne den Kornhauer-Quatsch. Das erinnerte mich fatal an «Die drei Fragezeichen und das Gespensterschloss» sowie die übrigen einhundertfünfzig Drei-Fragezeichen-Folgen. Die Hörspiele hatte meine Brut geliebt, und ich hatte eine Überdosis abgekriegt, die noch für mindestens sieben weitere Leben ausreichte. Bei seinem letzten Kontrollanruf hatte ich Möller gebeten, mit dem Verlag abzuklären, ob man auf das «Kornhauer» dieses Mal nicht einfach verzichten könnte – Fehlanzeige!

«Schick mir doch den ersten Schwung schon mal rüber», schlug Möller vor, er versuchte es immer wieder.

«Nein, das bringt nichts», entgegnete ich wie üblich. «Du bekommst es in einem Stück. Ich hab es dir doch schon mehrfach erklärt, ich muss vielleicht noch was ändern, und dann macht es keinen Sinn, das vorher abzuschicken.»

Auf welche der beiden Varianten es am Schluss hinauslaufen sollte, hatte ich immer noch nicht entschieden. Außerdem wollte ich nicht, dass Möller den halbfertigen Roman zerpflückt. Und zerpflücken, da war ich mir ganz sicher, würde er ihn ohnehin.

«Okay, aber dann versprich mir, dass du es schaffst, dass du ihn spätestens in vier Wochen zu Ende gebracht hast.»

Ich wollte diesem Sklaventreiber gar nichts versprechen, vor allem nicht, dass ich den bekloppten Krimi zu Ende schreiben würde.

«Ja, verdammt», hörte ich mich antworten. «Ich werde es rechtzeitig schaffen! Und nun lass mich endlich wieder in Ruhe arbeiten. Der Einzige, der mich hier regelmäßig stört, bist nämlich du.»

Ich drückte Möller weg und schmiss das Mobiltelefon auf den Schreibtisch. Ein paar Minuten später teilte ein Signalton den Eingang einer Textmitteilung mit.

+++ nicht vergessen, samstag 6:10, flug hh-london, +++

+++ du hast es versprochen, kuss camilla +++

«Scheiße, Scheiße, Scheiße!», rief ich und handelte mir ein unwilliges Knurren von Karpow ein, der im Wohnzimmer auf dem Sofa herumlag. London hatte ich natürlich total vergessen. Ich hatte versprochen, mit zu diesem beknackten Song-Contest zu fliegen.

«Eins sage ich dir, mein lieber Karpow, ein Mann sollte tunlichst vorsichtig damit sein, was er wem verspricht.»

Ich redete in letzter Zeit häufiger mit Karpow. Auf diese bescheidene Weise ließ ich ihn meine intellektuelle Überlegenheit spüren – schließlich konnte er ja nicht sprechen.

«Vor allem, wenn es sich um eine Frau handelt», dozierte ich weiter, «und sie dir ein solches Versprechen in einer Situation abnimmt, in der du dich ihr vollkommen ausgeliefert fühlst.»

Ich stand auf, um mir einen Kaffee aus der Küche zu holen, und blieb für einen Moment vor dem Hundesofa stehen. Karpow ignorierte mich. Er leckte hingebungsvoll an seinem Geschlechtsteil.

«Verstehe», sagte ich leicht verärgert. «Du kommst da selber dran. Aber eines sage ich dir: Es ist definitiv nicht dasselbe!»

Mit diesen Worten setzte ich meinen Weg in die Küche

fort und überlegte, wie ich meinen Sohn davon überzeugen konnte, dass er für ein paar Tage meine Rolle im *Landhaus des Schreckens* übernehmen musste. Heute Morgen hatte mich General Karpow wieder mal aus dem Tiefschlaf gerissen, indem er seine Leine auf den Holzfußboden vor meinem Bett fallen ließ und anschließend zweimal bellte. Es wäre allerdings eine Illusion zu glauben, dass der Köter sich von mir an die Leine legen lassen wollte. Nein. Dies war lediglich seine charmante Art, mich zu wecken, um ihn vor die Tür zu lassen. Ich wählte Jonas' Mobilnummer.

«Nächstes Wochenende? Das ist ganz schlecht, Papa, da bin ich schon komplett verplant.»

Jonas musste man immer ein bisschen Zeit geben. Er war nicht gerade der spontane Typ, eher der nachdenkliche.

«Wo, sagst du, ist das?»

«Ein Resthof auf dem Lande, ganz idyllisch und einsam gelegen, keine Menschenseele weit und breit. Außer einem uralten Köter, aber der ist alles in allem völlig harmlos», log ich.

Jetzt schien er zu überlegen.

«Moment mal, ich muss nur kurz was klären. Ich rufe dich gleich zurück, okay?»

Ein paar Minuten später war er tatsächlich wieder in der Leitung. Er fragte, ob er seinen Freund Tobias mitbringen dürfte. Schließlich besäße er ja kein Auto, und Tobi habe sich gerade einen alten Renault Twingo gekauft. Warum nicht, dachte ich, dann hat er hier draußen wenigstens menschliche Gesellschaft. Außerdem kamen sie zu zweit sicher besser mit dem Hund klar. Ich sagte ihm, dass ich einverstanden sei, und bat ihn, am Freitag möglichst noch vor Einbruch der Dunkelheit da zu sein, damit ich ihnen das Anwesen bei Licht zeigen konnte. Ich wollte die Nacht nämlich in Hamburg verbringen, weil ich am Samstagmorgen ja bereits um kurz nach fünf am Flughafen sein musste.

Die nächsten zwei Tage verbrachte ich mit konzentrierter Arbeit und mäßigem Weinkonsum. Ich wollte mir meinen guten Schnitt nicht kaputt machen. Freitagnachmittag erschienen Jonas und Tobi. Ich erklärte ihnen alles, was sie wissen mussten. Es hatte etwas Rührendes, wie die beiden mit ihren Schlaf- und Rucksäcken bewaffnet ins Haus schlurften. Vermutlich würden sie die nächsten beiden Nächte an ihrer PlayStation sitzen, unterbrochen von kleinen Pausen, in denen sie sich Cola und Pizza reinzogen. Jonas war in allem etwas bedächtig, fast ein wenig phlegmatisch, außerdem hatte er seinen Babyspeck noch nicht ganz abgelegt. Wenn ich in Betracht zog, wie ich in dem Alter drauf gewesen war, sollte ich mich wahrscheinlich glücklich schätzen, dass mein Sohn nicht nach mir kam, auch wenn er mir ein ganz kleines bisschen langweilig erschien. Was soll's?, dachte ich. Er ist eben eher ein Spätzünder. Der wird schon noch seinen Spaß bekommen. Die Zeit drängt ja nicht.

Karpow tat die ganze Zeit so, als wäre er der umgänglichste Hund unter der Sonne. Er war wirklich ein Meister der Verstellung. Den Trick mit den Fleischknochen brauchte ich den Jungs gar nicht zu erklären, denn Karpow schwänzelte freundlich um die beiden herum, als könne er kein Wässerchen trüben. Ich nahm mir vor, das nicht persönlich zu nehmen. Als es zu dämmern begann, packte ich ein paar Klamotten zusammen und machte mich auf den Weg nach Hamburg. Ich ließ den beiden noch fünfzig Euro Kostgeld da und erklärte ihnen, wo sie den kleinen Supermarkt und den Fleischer im Ort finden, dann fuhr ich los.

Leichter Dunst stieg aus den Wiesen auf und waberte über die kahle Landschaft. Ich fand das sogar ganz heimelig und wunderte mich, wie schnell ich mich an das Leben auf dem Lande gewöhnt hatte. Doch jetzt freute ich mich vor allem auf die Stadt und einen Abstecher zu meinem Freund Carlo in die BarKasse, auf ein paar frischgezapfte Pils. Nachdem ich das Dorf hinter mir gelassen hatte, wurde der Nebel stärker. Dann, als ich gerade den zweiten Kreisel passierte, fing der Motor plötzlich an zu stottern. Ich nahm Gas weg, und für einen Moment lief er wieder rund, um dann endgültig zu verrecken.

«Scheiße, Scheiße, Scheiße!», schrie ich. «Was bin ich nur für ein Idiot!» Ich hatte mich so an die Warnlampe gewöhnt, die seit etwa achtzig Kilometern leuchtete, dass ich einfach vergessen hatte zu tanken. Ich ließ den Wagen auf dem Seitenstreifen ausrollen, stieg aus und trat ein paar Mal kräftig gegen den linken Vorderreifen. Nach einer Weile musste ich mir eingestehen, dass sich auf diese Weise weder der Tank noch der Reservekanister füllen würde. Immerhin hatte ich einen Kanister dabei. Das war doch schon mal ein Anfang, versuchte ich konstruktiv zu bleiben.

Dann sah ich ein paar Scheinwerfer im Dunkeln auftauchen. Das Schöne an dieser Situation war ja, dass sie an Eindeutigkeit kaum zu überbieten war: ein Autofahrer, der bei eingeschalteter Warnblinkanlage neben seinem Fahrzeug steht und einen Benzinkanister schwenkt. Was konnte das wohl bedeuten? Gefühlten hundertfünfzig Fahrern schien dieses Bild jedoch erhebliches Kopfzerbrechen zu bereiten. Denn anstatt abzubremsen und mir ihre Hilfe anzubieten, wurden sie zwar zunächst etwas langsamer, gaben aber abrupt wieder Gas, sobald sie die Situation erfasst hatten, und verschwanden in der Dunkelheit.

Ich hatte gerade beschlossen, mich quer auf die Fahrbahn zu legen, als ein VW-Bus stoppte. Das Fahrzeug wurde von mehreren dicken Schichten einer grellbunten Bemalung zusammengehalten und machte auch im Leerlauf noch Geräusche, die unmöglich nur von einer defekten Auspuffanlage herrühren konnten. Jemand kurbelte die Seitenscheibe herunter. Ein Gemisch aus Rauchschwaden und Reggaemusik quoll heraus. Da drinnen herrschten definitiv schlechtere Sichtverhältnisse als hier draußen.

«Sagen Sie, sind wir hier richtig?», fragte einer der Mitfahrer, nachdem er die Musik leiser gedreht hatte. «Wir wollen nach Marxen, das muss so 'n kleines Kuhdorf hier in der Nähe sein. Das beknackte Navi ist nämlich im Arsch.»

Kein Wunder, ich hätte da drin auch sofort den Geist aufgegeben, dachte ich und fragte mich anschließend, wen die wohl in Marxen besuchen wollten. Sie waren in etwa im Alter meines Sohnes … Komisch.

«Immer geradeaus», sagte ich und deutete in die Richtung, aus der ich gekommen war, «sind keine fünf Kilometer.»

Der Typ wandte sich wieder seinen Mitfahrern zu und rief:

«Seht ihr, ich sag euch doch, wir sind voll richtig hier!»

Anschließend nickte er mir zu und begann, die Scheibe wieder hochzukurbeln. Ich hob meinen Kanister an, in etwa auf Kopfhöhe, und sagte:

«Hallo, darf ich auch mal eine Frage stellen?»

«Klar doch.»

Der Bursche kurbelte die Scheibe wieder ein Stück herunter.

«Ich habe hier nämlich ein kleines Problem.»

Ich zeigte auf den leeren Kanister in meiner linken Hand, schüttelte ihn ein wenig und zuckte dann mit den Schultern.

«Sie haben kein Benzin mehr», erfasste der junge Mann nun scheinbar mühelos die Situation. Ich nickte müde.

«Wir sind gerade an einer Tanke vorbeigekommen, gleich nach der Autobahn, keine drei Kilometer von hier entfernt.»

«Würdet ihr mir vielleicht einen Riesengefallen tun?»

Keine fünfzehn Minuten später hatte ich meinen Kombi wieder flottgemacht und befand mich auf dem Weg nach Hamburg. Als das bekiffte Trio erst einmal begriffen hatte, was ich wollte, zeigte es sich überaus freundlich und hilfsbereit. Die drei Jungs luden mich in ihren Bus ein, fuhren mit mir zurück zu der Tankstelle und setzten mich anschließend wieder bei meinem Auto ab, ohne Murren, ohne blöde Sprüche. Ich bot ihnen einen Zehner Spritgeld an, was einhellig abgelehnt wurde. Trotzdem hatte sich bei mir ein übler Verdacht eingenistet. Was wollten die da draußen, ausgerechnet in Marxen? Ich ersann einen perfiden, aber höchst wirkungsvollen Plan, mit dem ich mir Gewissheit darüber verschaffen wollte, was an diesem Wochenende auf dem Kalinskihof abgehen würde.

Kaum war ich in meiner Wohnung angekommen, rief ich Facebook auf und registrierte mich unter dem Namen meiner Tochter Isabelle. Ich lud ein Foto hoch, ein etwas älteres zwar, aber ich hatte kein aktuelles von ihr zur

Hand. Nachdem ich das Scheinprofil erstellt hatte, suchte ich nach Jonas und fand ihn auch gleich. Ich wählte die Option «Als Freund/in hinzufügen» und schrieb folgende Nachricht: «Na, kleiner Bruder, was geht ab?» Nun wurde es spannend. Ich hoffte, dass die beiden noch keine Facebook-Freunde waren, denn jeder hatte seinen eigenen Freundeskreis, und Isabelle betrachtete Jonas hauptsächlich als ihren kleinen dummen Bruder, der er ja auch war.

Jetzt merkte ich erst, dass es eiskalt in meiner Bude war. Ich machte mich daran, alle Heizkörper aufzudrehen, musste jedoch feststellen, dass ich sie gar nicht abgedreht hatte (das wäre auch echt nicht mein Stil gewesen). Hassenstein hatte mir tatsächlich die Heizung abgeschaltet! Wozu hatte ich ihm denn das Geld gegeben? Der Halsabschneider hatte tausend Euro einkassiert! Immerhin, der Strom floss noch in Strömen. Ich hatte Licht und konnte mir einen Kaffee kochen, das war doch schon mal was. Außerdem hatte ich Internet. Und schon nach weniger als einer Stunde kam die Bestätigung per Mail. «Jonas und Isabelle sind jetzt Freunde», meldete Facebook. Ich folgte dem angegebenen Link. «Wie komme ich denn zu dieser Ehre, altes Schwesterherz?», war sein knapper Kommentar, und ich bekam, was ich mir erhofft hatte: Zugang zu Jonas' Facebook-Profil.

Dort wurde ich auch sofort fündig: Jonas hatte alle seine dreiundsiebzig Facebook-Freunde am kommenden Samstag zu einer «fetten Party auf dem Lande» eingeladen, inklusive Wegbeschreibung. Dazu hatte er die Adresse vom alten Kalinski mit einem Routenplaner verlinkt. Es handelte sich um eine Motto-Party, Thema: Halloween! Stimmt, am Wochenende wurde dieses beknackte Ami-Ritual gefeiert.

Es gab mir Rätsel auf, wie sich dieser Mist so schnell in Deutschland etablieren konnte. Doch da war noch ein anderes Problem: Düster malte ich mir aus, wie die Facebook-Horde um die Kühltruhe herumstand und die wahre Attraktion ihrer Halloween-Party entdeckte.

Das konnte ich nicht zulassen und fasste einen Entschluss: Du willst, dass deine Gäste verkleidet erscheinen? Kannst du haben! Gibt es etwas Besseres, als inkognito an einer heimlichen Party seines missratenen Sohnes teilzunehmen? Diese Steilvorlage wollte ich mir wirklich nicht entgehen lassen.

Arme Camilla, ich muss dir eine herbe Enttäuschung bereiten, dachte ich. Bis mir eine ziemlich gute Idee kam. Wenige Minuten später hatte ich mein Töchterlein am Telefon.

«Fandst du Camilla eigentlich sehr daneben neulich?», fragte ich scheinheilig.

«Camilla? Wieso das denn? Die ist doch ganz nett», meinte Isabelle. «Der Einzige, der hier vollkommen daneben ist, bist ja wohl du, oder?»

«Äh,was? Okay, okay, das möchte ich mal überhört haben, Fräulein Tochter. Jetzt pass mal auf, es ist nämlich so, du musst Camilla die Daumen drücken. Sie hat morgen ihren großen Auftritt in London. Und du sollst sie begleiten, damit sie da nicht ganz allein hinmuss. Ich habe auch schon ein Flugticket für dich.»

Was soll ich sagen? Kurze Zeit später hatte ich sie so weit. Isabelle sagte tatsächlich zu. Auf meine Tochter ist echt Verlass!

KAPITEL 13

Ich drehte das Bierglas in meiner Hand und hielt den bernsteinfarbenen Inhalt gegen das Licht einer der Funzeln, die über dem Tresen hingen. Das war schon eine feine Sache, so ein frischgezapftes Pils, vor allem, wenn man sich diesen Genuss schon seit Wochen versagen musste. Carlo beugte sich zu mir herüber, grinste breit und fragte:

«Und er hat dir tatsächlich ans Bein gepinkelt?»

Dass ich nicht an diesen Vorfall erinnert werden wollte, war ihm anscheinend egal.

«Du bist doch nicht angepisst wegen der Sache, oder?» setzte er nach und brach in donnerndes Gelächter aus. Angepisst, hahaha, sehr witzig. Der Tatsache, dass sich praktisch alle anwesenden Stammgäste ebenfalls vor Lachen krümmten, konnte ich entnehmen, dass jeder hier im Raum bestens über den peinlichen Vorfall informiert war. Eigentlich hatte ich mir den Empfang etwas herzlicher vorgestellt. Die Kommunikation funktionierte hier besser als in jedem Internetforum. Ich sagte: «Bepisst euch doch selber, ihr Blödmänner!», und stürzte mein Bier runter. Carlo nahm mir sogleich das leere Glas ab und zapfte ein neues an.

«Nichts für ungut», sagte er, als er mir das Pils hinstellte, «das hier geht aufs Haus.»

Ob ich denn inzwischen besser mit dem Köter klarkäme, wollte er dann wissen, und wie es bei seiner alten Freundin Biggi gewesen sei. Ich bedankte mich mit einem Kopfnicken für die noble Geste und meinte, ich wolle mir weitere Peinlichkeiten lieber ersparen. Zumal ich ja nun wüsste, wie derartige Vertraulichkeiten bei ihm aufgehoben seien.

Carlo fand, ich sollte mal locker bleiben, schließlich gäbe es weit Schlimmeres, als von einem renitenten Köter angepinkelt zu werden. Doch bevor er mit einer seiner berüchtigten Horrorgeschichten aus dem Bereich *spektakuläre Motorradunfälle* aufwarten konnte, in deren Verlauf meist lebenswichtige Extremitäten abgetrennt wurden, klingelte das Telefon. Carlo griff nach dem Hörer eines antiken schwarzen Gerätes. Es waren die Jungs vom Stammtisch, die wissen wollten, wo das Bier bleibt. «Sehr witzig, geht ja gleich los!», rief er in die Sprechmuschel und drohte dem johlenden Trupp mit der Faust.

Kurz darauf erreichte mich eine Kurzmitteilung. Camilla schrieb, dass sie heute Abend extrafrüh ins Bett ginge, um morgen, an ihrem großen Tag, topfit zu sein. Und sie freue sich schon sehr darauf, mit mir nach London zu fliegen. Ich wünschte ihr eine gute Nacht und schrieb, dass ich mich auch schon sehr freue. Es machte ja nun wirklich keinen Sinn, dem armen Ding die wohlverdiente Nachtruhe zu rauben.

Ein paar Bier später machte ich mich vom Acker und ging hinauf in meine eiskalte Bude. Irgendwo musste ich eine Wärmflasche haben, fiel mir ein, und tatsächlich fand ich sie im Badezimmer hinter der Tür. Sie lag in einem Eimer mit Feudelutensilien, deren Existenz mir völlig unbekannt war. Ich nahm mir vor, bei nächster Gelegenheit das Bad durchzuwischen, wohl wissend, dass sich eine solche Gelegenheit in den nächsten zweihundert Jahren kaum ergeben würde. Feine Sache, so eine heiße Wärmflasche, dachte ich, als ich in mein klammes Bett stieg, und schlief sofort ein.

Ich träumte von einer seltsamen Flugreise. Das Gate wirkte eher wie eine S-Bahn-Station, die ich mit Hilfe einer Rolltreppe erreicht hatte, die erstaunlich steil nach oben führte. Hier oben war es windig und wackelig. Ich hatte leichte Höhenangst, doch dann kam das Flugzeug endlich. Camilla saß hinten rechts, offenbar war sie bereits eine Station vor mir zugestiegen. Sie trug einen pinkfarbenen Sicherheitsgurt, den sie selber mitgebracht hatte. Jetzt fiel mir ein, dass ich meinen zu Hause liegen gelassen hatte. Ich wollte zu ihr gehen, doch der Boden entpuppte sich plötzlich als Rollband, das sich in die verkehrte Richtung bewegte.

Dann sah ich den Schaffner. Er hatte einen Hund dabei, der einen Maulkorb trug. Als ich erkannte, dass es sich um Karpow handelte, war ich einigermaßen beunruhigt. Außerdem wurde mir klar, dass ich keine Fahrkarte hatte. Die hatte ich ja meiner Tochter überlassen. Auf einmal setzte sich Paula Kalinski auf meinen Schoß und drückte mir ihren Fahrausweis in die Hand. Sie war irgendwie mit mir verbündet und lächelte mich verliebt an. Dann küsste sie mich ganz zart auf die Wange und flüsterte: «Du darfst dem Hund nicht in die Augen sehen, sonst durchschaut er, dass du schwarzfährst.» Ihre Stimme war samtweich und eindringlich, doch ich konnte nicht anders: Als wir kontrolliert wurden, schaute ich in Karpows schöne, braune Augen. Er lächelte seltsam, als er das Bein hob, und dann spürte ich, wie es warm an meinem Bein herunterlief.

«Scheiße, Scheiße, Scheiße!», fluchte ich. Das ganze Bett war durchnässt. Ich stand auf und holte mir ein paar Handtücher. Die beknackte Wärmflasche schleuderte ich auf dem Weg ins Bad in den Mülleimer. Das Ding war zur

Hälfte ausgelaufen. Anschließend fiel ich in einen tiefen traumlosen Schlaf.

Ich kannte nur einen einzigen Kostümverleih in Hamburg, und der befand sich in einer kleinen Seitenstraße, kurz hinter der Kreuzung Heußweg. Es war ein winziger, unübersichtlicher Laden mit jeder Menge Klamotten auf Kleiderstangen, die entlang der Wände aufgestellt waren. Der Verkäufer wirkte irgendwie vorzeitig gealtert, jedenfalls machte er keinen besonders motivierten Eindruck. Als er mich sah, warf er seinen Kopf in den Nacken, als wolle er seine lange Mähne aus dem Gesicht schütteln, doch Haare suchte man an dem Typen vergeblich. Vielleicht hat er sich die Fransen gerade erst abgeschnitten, dachte ich und schaute probehalber auf dem Fußboden nach:

«Ich benötige kurzfristig ein Halloween-Kostüm.»

«Junge oder Mädchen?», fragte der Verkleidungsfachmann. Er schaute mich unverwandt an:

«Benötigen Sie das Kostüm für einen Jungen oder ein Mädchen?»

«Weder noch», ich räusperte mich kräftig. «Es ist eher für mich gedacht.»

«Oh», der Typ schaute mich an, als hätte ich gerade auf seinen Teppich uriniert. Als wäre es so ungewöhnlich, dass Leute, die auf die fünfzig zugehen, sich kurzfristig ein Halloween-Kostüm ausleihen wollen.

Dann sagte er: «Das sieht allerdings schlecht aus», und warf wieder seine imaginären Haare aus dem Gesicht.

«Aber Kostüme verleihen Sie schon, oder?»

«Gewiss doch, aber sehen Sie, morgen ist Halloween, überall sind Partys. Sie kommen ein wenig spät.»

«Bis vor zwei Stunden wusste ich selber nicht, dass ich da hinmuss», knurrte ich. Jetzt schien der Mann Mitleid zu bekommen. Er griff in ein Regal hinter sich und reichte eine schwarze Kunststoffmaske über den Tresen:

«Wie wäre es mit einem Gorillakostüm?»

Eine Maske war zwar noch kein Kostüm, und der Primat, der dafür Modell gesessen hatte, hatte offensichtlich an schweren Depressionen gelitten, aber der entscheidende Punkt war ein ganz anderer: Mit dem Ding auf dem Kopf würde mich garantiert kein Schwein erkennen. Ich betrachtete die Geschmacklosigkeit aus wabbeligem Plastik und billigem Kunstfell von allen Seiten, dann fragte ich:

«Haben Sie eine Umkleidekabine? Ich würde das Kostüm gern mal anprobieren.»

Dieser Blick! Der Frühvergreisung war offensichtlich auch sein Humor zum Opfer gefallen.

«War 'n Scherz», bekannte ich freimütig und stülpte mir die Maske über, worauf der Kostümmann auf einen Gegenstand wies, der sich bei näherem Hinsehen als Spiegel entpuppte. Vor mir stand ein Affe mit auffällig schmächtigem Körper und viel zu kurzen Armen. Ich machte ein paar Gorilla-Geräusche und hampelte ein bisschen vor dem Spiegel herum. Eine richtige Halloween-Verkleidung sah garantiert anders aus. Ich riss mir die Maske vom Kopf und fragte:

«Und wo ist der Rest?»

«Der Rest von was?»

«Na, der Rest von diesem Affenkostüm? Mit nur so einer Maske fühle ich mich noch etwas unverkleidet. Oder soll ich als Zwitter auf der Halloween-Party herumlaufen, halb Mensch, halb Affe?»

Mein Gegenüber ließ nicht erkennen, was es darüber dachte, und warf den Kopf in den Nacken.

«Tut mir leid, aber wir haben derzeit nur noch diese Masken», sagte er dann und zeigte mir eine zweite Variante mit weit aufgerissenem Maul, weißem Gebiss und knallroter Zunge, als könne die den fehlenden Kunstfell-Overall mit eingearbeiteten Affengliedmaßen ersetzen.

«In Kombination mit einem schwarzen Rollkragenpullover und einer schwarzen Hose sieht das ganz passabel aus», ergänzte mein Kostümberater jetzt.

«Und falls Sie irgendwo noch eine Barbiepuppe auftreiben, können Sie als ‹King Kong und die weiße Frau› gehen», schlug er vor. Der Mann läuft langsam zu Hochform auf, dachte ich, gleich fragt er bestimmt:

«Wollen Sie die gleich anbehalten? Dann packe ich Ihnen Ihr altes Gesicht in den Karton ein.»

Ich zahlte neunundzwanzig Euro und verzichtete auf die bunte Verpackung, die dazugehörte.

Den ganzen Morgen schon fühlte ich mich auf seltsame Weise mit dieser Paula verbunden. So als wären wir uns tatsächlich begegnet. Ich hatte ihr Bild ganz deutlich vor Augen und konnte mich gut an ihre sanfte Stimme aus dem Traum erinnern.

Es war ein schöner Tag. Und obwohl die Sonne mittags nicht mehr allzu hoch stand, saßen einige Gäste in den Cafés entlang der Osterstraße noch draußen und trugen dunkle Sonnenbrillen. Ich setzte mich dazu und bestellte mir einen Kaffee mit Latte. Auf dem Nachhauseweg zog ich ernsthaft in Erwägung, mir bei Karstadt eine Barbiepuppe zu kaufen. Doch angesichts meiner angespannten Finanzlage hielt ich es nicht für ratsam, weitere zwanzig Euro zu investieren, nur um mein Partyoutfit zu vervollständigen. Einen schwarzen Rollkragenpullover würde ich in meinem Klamottenbestand sicher finden und eine Hose auch. Das musste reichen.

KAPITEL 14

Ich drehte das Seitenfenster ein Stück herunter und hörte schon das Gewummer der Bässe. Sie hatten tatsächlich eine Profianlage hierhergeschafft. Von den winzigen Boxen, die bei Kalinski im Regal standen, konnte der Sound jedenfalls nicht stammen. Dann kamen die ersten Autos in Sicht. Bereits fünfzig Meter vor der Einfahrt zum Hof war alles zugeparkt. Überwiegend Kleinwagen, zwei Smarts, ein Käfer, ein alter Mercedes und ein schwarzer Kleinbus mit der weißen Aufschrift «Hieronymus Mango – Polymediale Klangsysteme». Ich fuhr etwa hundert Meter weiter und parkte meinen Kombi unter einer großen, kahlen Buche. Dann schnappte ich mir die Gorillamaske und ging zurück zum Hof.

Haus und Nebengebäude waren in grünliches Licht getaucht. Michael Jackson brüllte: «You know I'm bad, I'm bad – You know it.» Als ich die Einfahrt erreichte, setzte ich mir die Maske auf und ging über den Vorplatz. Vor dem Haus hatte sich eine kleine Traube von Leuten gebildet. Ich erkannte eine Hexe mit Hakennase und Besen. Sie stand neben einer Art Zombie-Doktor mit aschfahlem Teint und blutverschmiertem Kittel. Beide warteten darauf, hereingelassen zu werden. Jetzt kramten sie Geldscheine hervor. Offenbar musste ein Obolus entrichtet werden. Nicht zu fassen, die haben hier eine Diskothek eröffnet, dachte ich und zögerte einen Moment. Soll ich da wirklich reingehen? Vielleicht kennen die sich alle total gut, und ich falle sofort auf. Dann packte mich etwas an der Schulter und quietschte:

«Mach hin, Mister Kong, hier draußen ist es arschkalt!»

Hinter mir standen zwei spärlich, aber identisch gestylte Vampirladys, deren Outfit im Wesentlichen aus Eckzähnen und Absätzen beeindruckenden Formats bestand. Der Mittelteil war weitgehend unbekleidet geblieben, kein Wunder, dass die beiden sich die Ärsche abfroren. Sie schoben mich durch die halbgeöffnete Tür. Darth Vader knöpfte mir zehn Euro «Vergnügungssteuer» ab und drückte mir anschließend eine türkisfarbene Tablette in die Hand. Ecstasy, dachte ich, ob Jonas weiß, was hier vor sich geht?

«Warte mal», rief mir eine der Vampirladys hinterher und hielt mir ihre Pille hin, «hier, für dich, so ein Gorilla braucht bestimmt die doppelte Dosis, oder? Ich hab Fahrdienst heute, und mein Führerschein läuft noch auf Probe.»

Sehr vernünftig, dachte ich, nahm die Drogen an mich und schaute mich in der Diele um, die offenbar zur Tanzfläche umfunktioniert worden war. Aus den Lautsprechern dröhnte inzwischen Techno, oder war es House? Keine Ahnung. Es hatte sich bereits ein Pulk von Gästen gebildet, um die schnellen Beats mit partytypischem Gezappel zu begleiten. Ein Eberkopf überragte die übrigen Tanzenden um

Längen. Dann entdeckte ich Jonas. Er steckte unter einer Freddy-Krueger-Maske und ließ sich gerade von einem Typen mit Kürbisfresse eine Flasche Bier rüberreichen. Er trug sogar ein Ringelshirt und hatte einen schwarzen Hut auf. Seine rechte Hand steckte in einem Handschuh mit stilisierten Metallklingen an den Fingerkuppen. Klarer Fall, da hatte sich jemand rechtzeitig um sein Kostüm gekümmert.

Ich hatte meinen Sohn sofort erkannt, und zwar an der Art, wie er sich bewegte. Sein Gesicht konnte ich ja auch gar nicht sehen. Dennoch war ich todsicher, dass sich Jonas unter der Maske verbarg. Mist, wenn das so einfach war, erkennt er mich womöglich auch. Andererseits rechnet er hier natürlich nicht mit seinem Vater, beruhigte ich mich. Trotzdem, ich musste extrem vorsichtig sein. Und wo war eigentlich der Hund? Ich beschloss, testweise eine der Pillen einzuwerfen und mich in den übrigen Räumen umzuschauen. Ich besorgte mir ein Bier und spülte das türkise Teil damit runter, auf dem ich einen eingeprägten Schmetterling entdeckt hatte. Partydrogen wollte ich schon immer mal ausprobieren.

Ich ging in den Wohnraum. Hier war alles weitgehend unverändert, wenn man von den zahllosen Teelichtern absah, die jemand im ganzen Raum verteilt hatte. Außerdem brannte der Kamin, und überall hingen verkleidete Leute herum. Sieht ganz gemütlich aus mit dem offenen Feuer, dachte ich. Ich ging zu der Tür hinüber, die zum Arbeitszimmer führte, und stellte befriedigt fest, dass sie wenigstens die abgeschlossen hatten. Den Kamin mache ich mir demnächst auch mal an, entschied ich und begab mich in Richtung Küche.

Auf dem Weg dorthin fiel mir ein, dass ich dringend nach dem Gefriergut schauen musste. Ich durchquerte die Diele und befand mich kurz darauf im Halbdunkeln des Stallteils. Vor der Kühltruhe angekommen, stellte ich fest, dass die Leuchtdioden minus achtzehn Grad anzeigten, so weit, so gut. Auf einmal hörte ich, wie sich jemand von außen der Tür näherte. Schon drangen Licht und Lärm herein, schnell trat ich einen Schritt zurück in die Dunkelheit.

Eine Person machte sich an der Truhe zu schaffen und verschwand ebenso plötzlich, wie sie gekommen war. Ich kam hinter dem Balken hervor. Leider hatte ich nur ein schemenhaftes Bild wahrgenommen, von einer buckligen Gestalt, die einen Eimer trug. Als ich den Deckel anhob, traf mich der Schlag. Die gesamte Kühltruhe war randvoll mit Eiswürfeln. Mein Puls raste. Um Himmels willen, dachte ich und schaufelte mit bloßen Händen in dem Eis herum, bis ich ganz weit unten den toten Kalinski entdeckte. Ziemlich beunruhigt setzte ich meinen Weg in die Küche fort.

Dort sah ich Karpow. Der Hund lag auf dem Rücken und ließ sich von einer der beiden Vampirladys den Bauch kraulen. Ab und zu hob er den Kopf, um der Blutsaugerin die Hand abzuschlecken. Die Küche war zu einer Caipirinha-Bar umfunktioniert worden. Auf der Arbeitsfläche stand eine große Plastikschüssel, in der sich ein Berg von Limetten auftürmte. Eines der Spülbecken war mit Eis zugeschüttet und anschließend mit diversen Schnapsflaschen gespickt worden. Der Küchentisch stand quer zur Spüle. Hier füllte der Barchef, ein zombieartig geschminkter Glatzkopf, den Stoff in Plastikbecher ab. Im

Hintergrund wirkte der bucklige Knecht, dessen Aufgabe darin bestand, die Limetten mit einer überdimensionalen Quetschvorrichtung zu malträtieren, die aus einem riesigen Stößel und einem Holzmörser bestand. Gerade war er noch im Stall gewesen und hatte frisches Eis geholt.

«Wo bleiben die Limetten? Elender Faulpelz!», rief der Glatzkopf und schlug mit einer Lederpeitsche nach dem Buckligen, der daraufhin den Gequälten mimte und sich übertrieben in Schmerzen wand, was von den Anwesenden teils mit Gelächter, teils mit Spott quittiert wurde. Die Meute schien bester Stimmung zu sein. Aus der Diele dröhnte weiter Techno- oder House-Sound herüber, und mir fiel wieder ein, was ich an dieser Musik nicht mochte. Man konnte die einzelnen Stücke nicht unterscheiden, hatte Mühe herauszuhören, wann eines endete und ein neues begann.

Hannibal Lecter musste sich die Limetten-Bowle mit Hilfe eines langen Strohhalms einflößen, da ihm aufgrund der Zwangsjacke, in der er steckte, buchstäblich die Hände gebunden waren. Doch seine Begleiterin, ein spinnenartiges Wesen mit einer Art Pettycoat, an dem diverse haarige Beine befestigt waren, half ihm dabei. Ich ließ mir auch so einen Drink reichen und fing an zu bedauern, dass bei mir keinerlei Rausch einsetzte. Dann entdeckte ich, warum Karpow sich inmitten der durchgeknallten Horde so wohl fühlte. Sein Wassernapf war mit Bier gefüllt. Gerade hatte er sich aufgerappelt und schleckte das Zeug gierig in sich hinein. Er machte einen total entspannten und friedlichen Eindruck. Da hätte ich ja nun auch drauf kommen können, dachte ich und nahm mir vor, den Köter in Zukunft häufiger mal besoffen zu machen.

Im nächsten Moment betrat die dunkle Seite der Macht die Küche. Offenbar hatte Darth Vader seinen Job als Kassen- und Drogenwart bereits beendet. Vielleicht waren ihm auch die Pillen ausgegangen. Er griff sich ebenfalls einen Strohhalm. Kurz danach kam Freddy Krueger herein, Hand in Hand mit etwas, das sich bei näherem Hinsehen als fleischfressende Pflanze entpuppte. Gar nicht schlecht, dachte ich, ihre Kopfbedeckung glich verblüffend den beiden weit geöffneten Blatthälften einer Venusfliegenfalle mit ihren langen wimpernartigen Fortsätzen. Dazwischen befand sich ein hübsches, kaffeebraun geschminktes Gesicht. Der Rest ihres Körpers steckte in einem dunkelgrünen Ganzkörperkondom aus sehr elastischem Material. Ich konnte an den signifikanten Stellen jedenfalls keine Falten entdecken. Die beiden schlenderten an mir vorbei, bedienten sich an den Caipirinhas und verzogen sich in der hinteren Ecke des Raumes.

Dort lehnten sie sich an die Wand, schlürften ihre Drinks und fingen nach einer Weile an, vollkommen ungeniert aneinander herumzufummeln. Jonas hatte seine Maske hochgeklappt und beugte sich zu der Pflanze hinunter. Die biss sich sogleich in seinem Gesicht fest, worauf sich ihre klebrigen Blatthälften schlossen. Offensichtlich fand er es ziemlich geil, ihr als Nahrung zu dienen, denn sein Beckenbereich hatte sich nun weitgehend verselbständigt. Ich peilte mit meinem Affengesicht den Barkeeper an, schielte jedoch ununterbrochen in Jonas' Richtung. Bis gestern hatte ich noch geglaubt, er sei eher der schüchterne Typ. Jetzt hoffte ich, dass sie es nicht gleich hier in der Küche trieben.

Einmal, das war inzwischen schon ein paar Jahre her,

hatte ich Jonas dabei erwischt, wie er zusammen mit einem Freund eine Wassermelone penetrierte. Für einen Moment war ich vollkommen fassungslos darüber gewesen, mit welcher Macht der Geschlechtstrieb sich an harmlosen Heranwachsenden verging. Eingekeilt zwischen Erektionen und Chromosomen waren sie ihm hilflos ausgeliefert. Doch ich erinnerte mich zum Glück daran, dass auch ich in jenem Alter eine Reihe von bizarren Experimenten angestellt hatte, um mich auf dem Gebiet des «Reinsteckens» kundig zu machen. Als ich mich wieder gefasst hatte, fragte ich die beiden, ob sie für den diesjährigen Landeswettbewerb «Jugend masturbiert» trainierten. Ohne eine Antwort abzuwarten, empfahl ich den Sportsfreunden, auf eiweißreiche Wettkampfkost umzustellen, falls sie eine Chance in der Konkurrenz «Notzucht mit Pflanzen» haben wollten ...

Ich zog in Erwägung, zu den beiden hinüberzugehen, meinem Sohn väterlich auf die Schulter zu klopfen und zu der Kleinen etwas zu sagen wie: *Sex mit Pflanzen, das hat sich bei ihm schon recht früh abgezeichnet. Scheint sich zu einer echten Obsession entwickelt zu haben!*

Doch ich ließ es selbstverständlich, mein eigen Fleisch und Blut derart zu kompromittieren. Stattdessen kramte ich die zweite Ecstasy-Pille aus meiner Hosentasche und ließ sie in meinen Drink fallen. Dann rührte ich mit dem Strohhalm darin herum und sog die schäumende Brühe anschließend in einem Rutsch auf. Die Vampirlady von vorhin hatte recht gehabt, Gorillas brauchten tatsächlich eine stärkere Dosis.

«Hallo, King Kong, na, wo hast du deine weiße Frau gelassen?», säuselten die knallrot geschminkten Lippen einer vollbusigen Horrorbraut, die in einer schwarzen Korsage und Netzstrümpfen steckte. Die obere Hälfte ihres rundlichen Gesichtes blieb weitgehend hinter einem Trauerschleier verborgen.

Ich hätte mir doch so 'ne Puppe besorgen sollen, dachte ich, dann könnte ich die hervorholen und ihr zärtlich die Haare kämmen. Ich schüttelte meinen zotteligen Kopf, grunzte zweimal und verließ die Küche in Richtung Tanzfläche, wo sich inzwischen ein Großteil der Horrorgesellen versammelt hatte. Ich schaute dem Treiben eine Weile zu und spürte, wie der monotone Rhythmus allmählich auf mich überging. Einem spontanen Impuls folgend, durchquerte ich die tanzende Menge und betrat den Wohnraum. Hier machte ich eine interessante Entdeckung. Es war der große Perserteppich, der meine Aufmerksamkeit erregte. Obwohl ich schon seit ein paar Wochen in diesem Haus ein und aus ging, hatte ich mir bisher weder dessen Farbgebung noch seine Ornamentik genauer angeschaut.

Zunächst fiel mir auf, dass die Farben strahlten, als wären sie von innen beleuchtet. Doch das Besondere war, dass die Rottöne deutlich hervortraten, während die Farbflächen in blauen und braunen Tönen mehr und mehr zurückwichen. Plötzlich erkannte ich, dass der gesamte Teppich ein dreidimensionales Profil bot. Um ihn zu überqueren, musste ich zunächst über den erhabenen rötlichen Rand steigen, dann ging es in eine tiefblaue Rinne hinab und schließlich wieder hinauf auf ein gelbes Plateau. Ich wollte gerade einen Sensenmann mit schwarzer Kutte auf meine Entdeckung aufmerksam machen, als ich hörte, dass etwas mit der Musik nicht stimmte.

Bum, bum, bum, bum, bum – shack.

Bum – shack, bum – shack.

Bum, bum, bum, bum, bum – shack.

Bum – shack, bum – shack.

Das Klanggebäude hatte seine Färbung geändert, und mit ihm veränderten sich auch die Strukturen auf dem Teppich. Alles geriet in Bewegung. Es sah total faszinierend aus, wie sich das Höhenprofil nun ständig anpasste. Ein Klangteppich, dachte ich, genau so sieht ein Klangteppich aus, und hielt das für eine ziemlich bahnbrechende Erkenntnis. Dann öffnete jemand das Fenster, und ich spürte wie ein Windzug in den Raum strömte. Er erfasste die Musik und trug sie mit sich. Ich konnte genau hören, wie der Sound einmal im Kreis durch das Zimmer wirbelte und schließlich durch das Fenster verschwand. Das war ja wohl der Hammer! Auf einmal war es vollkommen still im Haus. Für einen Moment starrte ich wie gebannt auf das Fenster. Dann drehte ich mich um und schaute zur Diele hinüber, wo die Leute immer noch tanzten. Und das, obwohl kein einziger Ton zu hören war – seltsam! Dann sah ich ihn:

KALINSKI! ER TANZTE!

Seine Haut war kalkweiß. Reste von Kopfbehaarung, die von dickem Raureif überzogen waren, standen bizarr in alle Richtungen ab. Die Wolldecke hing an seinem dürren Leib und bauschte sich auf, als er sich wie ein Derwisch im Kreis drehte. Auf einmal ahnte ich, was das zu bedeuten hatte. Kalinski, der Untote, er hat sich befreit. Natürlich, es ist Halloween, die Nacht, in der solche Kreaturen wieder lebendig werden. Und das ist verdammt noch mal meine Schuld, meine und Möllers, denn wir waren es schließlich, die ihm seine letzte Ruhestätte verweigert haben. Will er sich an mir rächen? Bislang sah es nicht danach aus. Vielleicht erkannte er mich aber auch nicht.

Neben mir wurde ein weiteres Fenster geöffnet. Die Nachtluft war angenehm kühl, eine leichte Brise wehte hinein. Ich sah eine weiße Gestalt durch den Garten schweben. Ein Bettlaken, dachte ich, auch nicht schlecht, ein schlichtes und dennoch wirkungsvolles Kostüm. Dann hörte ich die Musik. Erst ganz leise, dann rasch anschwellend. Schon kam der Sound wieder zurück ins Haus geströmt und erfüllte alle Räume mit seinem treibenden Beat. Jetzt spürte ich, wie ein energetisierendes Kribbeln meinen Körper erfasste: Auf einmal war mir alles egal – ich musste unbedingt tanzen.

Ich hatte keine Ahnung, wie lange ich mich auf der Tanzfläche ausgetobt hatte. Doch plötzlich sah ich Kalinski durch die Haustür verschwinden. Das war der Moment, in dem ich wusste, was zu tun war: Ich muss ihn begraben, noch heute Nacht! Ich bin Ape Man, der Held aus einem Fantasy-Game, und meine Mission besteht darin, einen blutrünstigen Zombie zu erlösen. Ich spürte, wie meine Muskeln vibrierten, und fühlte mich stark, stark wie der König des Urwaldes. Wenig später hatte ich ihn eingeholt. Er lehnte an einem der Obstbäume und rauchte. Ich schlich mich von hinten an den untoten Dichter heran. Ich überlegte einen Moment, wo sich der empfindlichste Punkt am Kopf einer Leiche befindet. Dann hob ich meinen Arm, formte meine Faust zu einem gewaltigen Hammer, bündelte meine magischen Kräfte und schlug zu.

«Was soll das denn werden?», fragte Kalinski mit einer Fistelstimme, die sein fortgeschrittenes Alter verriet, und schaute mich misstrauisch an. Ich hatte ein beträchtliches Stück Borke aus dem Baumstamm gehauen.

«Ich schlage Ihnen kräftig auf den Kopf, und dann begrabe ich Sie. Das ist völlig schmerzfrei, denn Sie sind ja bereits seit ein paar Wochen tot.»

Kalinski schien nicht recht zu verstehen. Vielleicht lag es an dem Hall, der jedem meiner Worte folgte. Es hörte sich an wie bei einem Telefonat nach Übersee. Außerdem schwitzte ich unter dieser Maske wie ein Affe.

«Ich garantiere Ihnen, diese Prozedur ist ganz in Ihrem Sinne», ergänzte ich und hörte den kompletten Satz leicht zeitversetzt noch einmal. «Sie dient schließlich Ihrer Erlösung.»

Jetzt guckte er mich an. Der Raureif in seinem Haar sah irgendwie verklumpt aus. Sein Blick wirkte ein wenig verängstigt:

«Hey, ich seh zwar aus wie ein Zombie, aber das ist nur meine Verkleidung, okay?»

Ich ließ den Hammerarm sinken. Kalinski schien nun leicht verärgert.

«Du bist doch auch kein echter Gorilla, oder was?», schnauzte er mich an und zog sich anschließend eine aschgraue Maske vom Kopf. Ein paar Wattefasern lösten sich aus dem Kunsthaar und rieselten ins Gras. Darunter erschien das verschwitzte Gesicht einer jungen Frau.

«Sehr witzig, du hast mir einen ganz schönen Schreck eingejagt, blöder Wichser!»

Mit diesen Worten ließ er mich im Garten stehen. Ein echter Transformer, dachte ich, und er hat wesentlich mehr drauf, als ich dachte.

Nach ein paar Stunden nahmen die seltsamen Halluzinationen allmählich ab. Schließlich fand ich mich im Wohnzimmer wieder, auf dem großen Sofa, in einer Position zwischen Sitzen und Liegen. Das Feuer war fast heruntergebrannt. Ich zog in Erwägung, einen Holzscheit nachzulegen, doch ich fühlte mich einfach zu schwach. Immerhin hörte ich keinen Hall mehr, und das Farbengebirge hatte sich wieder in einen Teppich verwandelt. Im Sessel gegenüber saß Freddy Krueger. Er hatte inzwischen seine Maske abgenommen und den Kopf hinten auf der Lehne abgelegt. Er schien an die Decke zu starren oder war vielleicht eingeschlafen, das konnte ich von meiner Position aus nicht sehen. Dann erschien Darth Vader hinter meinem Sohn und beugte sich zu ihm herunter. Ich hörte, wie er sagte:

«Das Eis ist alle, wir können keine Caipirinhas mehr machen, und ich glaube, da liegt 'ne Leiche in der Kühltruhe.»

«'ne Leiche?», fragte Jonas, ohne seinen Kopf zu bewegen. Mein Herz war gerade stehengeblieben.

«Sieht so aus», meinte die dunkle Macht. Jetzt fing meine Pumpe wie wild an zu schlagen. Mindestens zweihundertvierzig Beats pro Minute! Sie waren bis zum Boden der Kühltruhe vorgedrungen, und Darth Vader hatte soeben den toten Kalinski entdeckt.

«Klar, 'ne Leiche. Was sonst? Is' ja schließlich 'ne Halloween-Party. Wie viel von dem Zuckerrohrschnaps haben wir denn noch? Lohnt es sich, wenn jemand losfährt und versucht, einen Beutel Eis bei 'ner Tankstelle aufzutreiben?»

«Keine Ahnung», sagte Darth Vader, «guck doch selber nach, ist schließlich deine Party.»

«Unsere Party», korrigierte Jonas. Wahrscheinlich steckte Tobi unter dem Star-Wars-Kostüm, dachte ich, und im selben Moment bestätigte sich meine Vermutung. Er nahm seine schwarze Kunststoffmaske ab und ließ sich neben Jonas auf die breite Sessellehne fallen.

«Okay, es ist unsere Party», sagte er und legte seine Maske auf den Boden. «Vergiss das mit dem Eis. Ich denke, wir kommen auch ohne ganz gut klar. Auf jeden Fall ist noch 'ne Menge Bier da.»

Dann beugte er sich zu Jonas herunter und flüsterte:

«Sag mal, wer steckt eigentlich unter dem Gorilla da drüben? Der Typ glotzt mich an, als würde ich mit zwei Köpfen herumlaufen.»

Jonas zuckte nur mit den Schultern, aber Tobi schaute schon wieder zu mir rüber. Dann sagte er:

«Na, King of Kong, was geht ab? Schön warm unter der blöden Maske, oder?»

Ich sollte mich besser vom Acker machen, wurde mir schlagartig bewusst. Die meisten Leute hatten inzwischen längst ihre Verkleidung abgelegt und sich zu erkennen gegeben. Ich gab mir einen Ruck und stand auf. Dann grunzte ich ein paar Mal, trommelte mit den Fäusten auf meine Brust und verließ den Wohnraum.

In der Diele waren noch immer ein paar Gestalten am Tanzen. Ich wich einer Hexe aus, deren spindeldünne Arme wie wild durch die Gegend wirbelten, und bewegte mich weiter in Richtung Ausgang. Plötzlich hörte ich ein fieses Knurren. Karpow! Der Köter stand vor der Tür und guckte mich mit blutunterlaufenen Augen böse an. Er hatte bereits die Zähne gefletscht und bellte zweimal, als ich es wagte, mich der Haustür um einen weiteren Schritt zu nähern. Das Tier hatte vermutlich seinen Rausch ausgeschlafen und lief nun erneut zu Hochform auf. Vermutlich hatte er einen dicken Kopf und war entsprechend schlecht drauf.

Aus Dr. Jekyll war wieder Mr. Hyde geworden. Einige Gäste schauten neugierig herüber, was da vor sich ging. Dann erschien Tobi in der Diele und rief:

« Der Hund hat wahrscheinlich schlechte Erfahrungen mit blöden Affen wie dir gemacht! Brauchst nur die Maske runterzunehmen, damit er Ruhe gibt. »

Ich sollte die Maske tatsächlich abnehmen und dem kleinen Wichser kräftig in den Arsch treten, dachte ich. Doch dann kam mir eine bessere Idee. Ich zog den Beutel aus der Hosentasche, nahm den Fleischknochen heraus und hielt ihn Karpow vor die Nase. Dann sagte ich: « Fass! », und warf das Teil quer über die Tanzfläche zu Tobi hinüber. Der hatte sich gerade zu Jonas umgedreht:

« Hey, Jonas, komm mal rüber, gleich wird sich zeigen, wer unter der Gorillamaske steckt! »

Doch als er « Fass! » hörte, schaute er sofort wieder zu mir. Jetzt sah er, wie der Hund auf ihn zugehetzt kam. Es war erstaunlich, mit welcher Geschwindigkeit sich die Bulldogge durch den Raum bewegte. Man konnte die Bestürzung in Tobis Gesicht ablesen, als ihm klar wurde, dass er keine Chance hatte. In diesem Moment landete der Knochen auf seiner schmächtigen Brust. Noch bevor er reagieren konnte, hatte Karpow ihn umgeschmissen und ihm die Beute vom schwarzen Umhang geklaubt.

Gut, dass ich an die Knochen gedacht hatte, lobte ich mich und schloss die Tür hinter mir. Dann machte ich mich auf den Weg zu meinem Kombi. Als ich an dem Briefkasten vorbeikam, sah ich, dass der rote Metallbügel nach oben geklappt war. Ich nahm die Süddeutsche und ein Kuvert heraus, warf einen kurzen Blick darauf und lächelte. Die Schrift hatte ich sofort erkannt.

Es war bestimmt schon weit nach Mitternacht. Über den Weiden stieg ein dünner Nebel auf. Es war nasskalt, aber fast windstill. Da war sie wieder: Ich sah eine weiße Gestalt über die Wiesen huschen. Es sah aus, als würde das Bettlaken tatsächlich schweben. Aber das konnte nur daran liegen, dass der Bodennebel die Beine verdeckte. Dann tauchte endlich mein Kombi aus dem Dunst auf. Ich öffnete die Tür und suchte nach meinem Mobiltelefon. Ich fand es schließlich im Handschuhfach und schaltete es ein, es war bereits nach 3:00 Uhr. Kurz darauf gingen zwei Mitteilungen ein.

«ARSCHLOCH!!!», hatte Camilla gesimst.

Die Mitteilung von Isabelle war nicht ganz so knapp gehalten:

«Blöder Feigling», stand dort. Wie ich vermutet hatte, die beiden schienen sich prächtig zu verstehen. Als ich an der Einfahrt vorbeikam, sah ich, wie weitere Gäste das Haus verließen. War eine ziemlich abgedrehte Party, dachte ich, das muss man den Kids echt lassen. Dann machte ich mich auf den Weg nach Hamburg.

KAPITEL 15

Ich drehte das Autoradio lauter. Im Nachtprogramm lief ein geiler Song von Gil Scott Heron. Als die Elbbrücken endlich aus dem Nebel auftauchten, durchzuckte ein greller Blitz die Nacht:

«Scheiße, Scheiße, Scheiße!», brüllte ich. Ich kannte

diese verfickte Radarfalle doch ganz genau. Dann musste ich grinsen, denn mir war gerade eine geniale Idee gekommen. Ich wusste jetzt, wie ich dem Krimi eine überraschende Wendung geben konnte. Natürlich, es würde eine Partyszene geben, ein Kostümfest, in dessen Verlauf Täter und Ermittler die Rollen tauschten. Der wahre Mörder würde sich schließlich dadurch verraten, dass er mehr wusste, als er wissen durfte. Er nagelt den Kommissar mit einer Information fest, die nur der Mörder haben konnte: Er weiß, was auf dem Foto einer Überwachungskamera zu sehen ist! Die Falle schnappt zu, und der kluge Kommissar kann mal wieder zeigen, dass er den richtigen Riecher hatte. Der Täter würde seinem eigenen Ehrgeiz zum Opfer fallen, nur weil er auch einmal jemanden überführen wollte.

«Je später der Abend, desto schöner die Gäste», stellte Carlo fest und zapfte mir ein Pils an. «Was machst du überhaupt hier? Wolltest du deine Süße nicht nach London begleiten?»

Ich hatte noch Licht in der Kneipe brennen sehen und Lust auf ein Gutenachtbier bekommen. Außerdem war ich neugierig, wer sich hier um diese Zeit noch herumtrieb. Jetzt nahm ich die Gorillamaske ab und glotzte Carlo ungläubig an:

«Woher wusstest du, dass ich unter dieser dämlichen Maske stecke? Ich hab doch noch gar nichts gesagt.»

«Dich erkennt man an deinen O-Beinen», stellte Carlo ungerührt fest, «und an deinem eierigen Gang. Außerdem: Wer außer dir sollte hier um kurz nach drei wohl sonst reinkommen?»

Zugegeben, ich habe O-Beine. Und das, obwohl ich gar

nicht Fußball spiele. Meine Kicker-Karriere endete nämlich ebenso verfrüht wie tragisch. Es war mein erster Einsatz in einem Punktspiel der E-Jugend. Ich spielte für den Eimsbütteler F. C. von 1901 und war als linker Stürmer eingesetzt. Das Drama ereignete sich direkt nach der Halbzeitpause. Von den Verteidigern völlig unbehelligt, erreichte ich den Strafraum und versenkte die Kugel durch einen Flachschuss in die kurze Ecke. Erst als sich der Ball schon von meinem Fuß gelöst hatte, erkannte ich das Problem.

Ich werde das verzweifelte Gesicht des Torwarts nie vergessen, unseres Torwarts! Ich hatte nicht gepeilt, dass nach der Halbzeit die Seiten getauscht worden waren, sondern war auf den eigenen Keeper zugestürmt, und niemand hatte sich mir in den Weg gestellt. Ich reklamierte sofort lautstark, beteuerte, dass es sich um einen Irrtum handelte und ich quasi hereingelegt worden sei, doch der Schiedsrichter zeigte sich unbestechlich und wertete das Tor als regulären Treffer. Durch dieses tragische Ereignis wurde meine Profi-Laufbahn bereits im zarten Alter von neun Jahren unwiderruflich beendet. Jetzt kam Enrico zu mir herübergewankt. Er zeigte auf meine Affenmaske und meinte:

«Sieht echt geil aus. Hab dich zuerst gar nicht erkannt, als du vorhin reingekommen bist.»

Das hörte ich gern. Enrico war Stammgast in der Bar-Kasse und gehörte zu jener Handvoll Hartgesottener, die bei Festivitäten wie dieser niemals freiwillig das Feld räumten. Seine Frau Maja stand neben einem weiteren Pärchen, das ich nur vom Sehen kannte. Sie nickte mir zu. Anschließend zündete sie sich eine Zigarette an. Das mit dem Rauchverbot wurde in den frühen Morgenstunden nicht mehr so genau genommen. Enrico griff sich die Maske, schaute sich das Affengesicht an und sagte:

«Sieht bisschen traurig aus, der Gute. Aber sind ja auch vom Aussterben bedroht, die Viecher, näh?» Dann sah er mich mit glasigen Augen erwartungsvoll an. Offenbar rechnete er mit einem Statement in Sachen Artenschutz oder zumindest mit irgendwelchen Anzeichen von Zustimmung. Doch ich blieb stumm.

«Darf ich mal?», fragte er; und als ich nickte, stülpte er sich das Ding über den Kopf. Er machte ein paar grunzende Geräusche, trommelte mit den Fäusten auf seine Brust und hüpfte eine Weile in der Bar umher.

«Du solltest auch mal ein bisschen Ausdauersport treiben», rief er dann zu seiner Frau hinüber, die sich gerade nach vorn gebeugt hatte, um ihre Kippe aufzuheben. Er zog sich die Maske vom Kopf und glotzte auf ihre dicken, von Cellulite befallenen Oberschenkel, die unter dem kurzen Rock zum Vorschein kamen.

«Wieso? Hast du etwas an meiner Figur auszusetzen?», fragte Maja jetzt skeptisch. Sie hatte sich inzwischen wieder aufgerichtet und zog angriffslustig an ihrer Zigarette.

«Nein, nein, ich dachte nur, das hält schließlich fit und sorgt dafür, dass man gut in Form bleibt, auch das Bindegewebe und so.»

«Das Bindegewebe?», fragte Maja spürbar genervt. Sie kniff die Augen zusammen, fixierte zunächst ihren Ehemann und schaute dann an ihrem drallen Körper herunter. «Was geht dich mein verdammtes Bindegewebe an?»

Als sie feststellte, dass in absehbarer Zeit nicht mit einer Antwort zu rechnen war, stemmte sie ihre freie Hand in die Hüfte und meinte:

«Wenn du so großen Wert auf eine straffe Haut legst, dann hättest du eine Bockwurst heiraten sollen!»

Bockwurst, dachte ich, das ist es! Ich musste dringend eine Kleinigkeit essen und winkte Carlo zu mir herüber.

«Es ist gleich vier», stellte er fest und rührte sich nicht von der Stelle. Ich erinnerte ihn freundlich daran, dass ich nicht um die Zeitansage, sondern um einen kleinen Snack gebeten hatte; und tatsächlich, Carlo setzte sich in Bewegung. Im Weggehen grummelte er etwas Schwerverständliches, aus dem mein von Hunger geplagtes Bewusstsein jedoch mühelos den Begriff «Frikadelle» herausfilterte. Keine fünf Minuten später machte ich mich gierig über zwei Buletten her, die Carlo irgendwo in seiner verdreckten, kleinen Küche aufgetrieben und in der Mikrowelle heiß gemacht hatte. Ich hätte ihn liebend gern um Senf gebeten, aber ich wusste, dass man den Bogen niemals überspannen sollte, bei Carlo schon gar nicht. Frisch gestärkt, schnappte ich mir die Gorillamaske und trottete nach Hause.

Was mich stutzig machte, war, dass die Haustür nicht verschlossen, sondern nur angelehnt war. Drinnen saß jemand bei Kerzenschein. Ich betätigte den Lichtschalter im kleinen Flur, nichts geschah. Es war arschkalt hier drinnen.

«Camilla?», fragte ich und lauschte in die Stille.

Dann hörte ich etwas rascheln. Es klang, als wenn sich jemand in einem Schlafsack bewegt. Ich öffnete die Glastür zum Wohnzimmer.

«Die Tür stand offen, Volvo, ich schwöre es. Und außerdem schuldest du mir noch 'n Euro.»

Tieschen! Dieser Penner hatte sich doch tatsächlich in meiner Wohnung eingenistet. Und jetzt zielte er auch noch mit dieser verdammten Schreckschusspistole auf mich. Das unorganisierte Verbrechen hatte eine völlig neue Qualität angenommen, es war nicht zu glauben.

«Die Tür stand offen? Wieso das denn, das gibt's doch gar nicht!», protestierte ich. Ich war todmüde und musste sofort und umfänglich schlafen.

Seine dürre Gestalt warf im Kerzenschein merkwürdige Schatten auf die Zimmerwand hinter ihm.

«Wärst du so nett, endlich die Scheißknarre runterzunehmen? Was fällt dir überhaupt ein, an meine Sachen zu gehen?»

Ich nahm ihm die Pistole aus der Hand. Dann machte ich ihm klar, dass ich im Moment einfach zu fertig sei, um ihn rauszuschmeißen. Er könne sich also entspannen. Morgen früh würde das jedoch ganz anders aussehen, und dann könne er sich auf etwas gefasst machen. Früher hatte Tieschen den «Arbeiterkampf» verteilt und davon gefaselt, dass wir für die Diktatur des Proletariats kämpfen müssten. Was hier vor mir stand, war bestenfalls noch eine Karikatur des Proletariats. Ich ließ den Mann stehen und verzog mich ins Schlafzimmer. Kein Strom, jetzt hatten diese Halsabschneider von den Stadtwerken mir auch noch den Saft abgedreht.

Am nächsten Morgen erwachte ich mit einem abartigen Kater, der sich, im Gegensatz zu mir, gehörig gewaschen hatte. Ich nahm eine eiskalte Dusche, verfluchte Gott und die Welt einschließlich des gesamten Kapitalistenpacks, das sich darin eingenistet hatte, und versuchte, Leute wie mich obdach- und rechtlos zu machen. Bei Tieschen hatten sie es vor Jahren schon geschafft, und nun hatten sie sich auf mich eingeschossen.

Erfreut stellte ich fest, dass der Exkommunist sich bereits verdrückt hatte, er hatte es nicht mal für lohnenswert gehalten, mein armseliges Hab und Gut durchzuwühlen. Alles war noch an seinem Platz. In meiner Post fand ich gleich zwei oberamtliche Schreiben, deren Zustellung sich unter Zuhilfenahme meines Postboten automatisch beurkundet hatte und die insofern rechtskräftig geworden waren. Ein paar Stempel und Unterschriften bezeugten dies. Ganz entgegen meiner Gewohnheit machte ich den Fehler, beide zu öffnen.

Bei dem einen handelte es sich um eine Durchsuchungsanordnung, die den Gerichtsvollzieher Herrn Zeise dazu berechtigt hatte, meine Wohnungstür gewaltsam öffnen zu lassen, da er mich fortgesetzt nicht angetroffen hatte. Leider hatte er in meiner Wohnung nichts finden können, das es zu pfänden und verwerten lohnte. Allerdings waren bei der Aktion Kosten entstanden, die ich als Schuldner zu tragen hätte. Um diese möglichst niedrig zu halten und mir bei meiner Rückkehr den Zutritt nicht unnötig zu erschweren, habe er darauf verzichtet, den Einbau einer neuen Schließanlage in Auftrag zu geben.

Bei dem zweiten Schreiben handelte es sich um die Ankündigung einer Räumungsvollstreckung zwecks Freigabe der wegen mehr als dreimonatigen Mietrückstands fristlos gekündigten Wohnung. Auch dieses Schreiben war von Zeise unterzeichnet. Erst machen die einem völlig unnötigerweise das Schloss kaputt (ich hatte immer wieder betont, dass bei mir nichts zu holen ist!), sodass sich Obdachlose in meiner Wohnung breitmachen. Und dann soll ich den Irrsinn auch noch bezahlen? Das kann doch nicht wahr sein. Aber am meisten ärgerte ich mich über mich selber: Wie konnte ich nur so blöd sein, solche Briefe zu öffnen? Ich versuchte, mich wieder zu beruhigen. Die Probleme würden sich bestimmt in absehbarer Zeit ganz von alleine wegeskaliert haben, da war ich zuversichtlich. Ich musste nur darauf achten, dass ich mich nicht in diesen Prozess einmischte.

Stattdessen widmete ich mich nun weitaus angenehmerer Korrespondenz. Ich zog Paulas Brief aus meiner Hosentasche und musste mir eingestehen, dass ich total gespannt darauf war, was sie geschrieben hatte. Doch dazu wollte ich mir ein gemütlicheres Plätzchen suchen. Ich raffte ein paar Klamotten zusammen, die ich mit aufs Land nehmen wollte, und stopfte sie in eine Sporttasche. Die Pistole legte ich dazu, denn ich wollte in meiner Bude nicht noch mal von Tieschen oder sonst wem bedroht werden, auch wenn man damit niemanden wegpusten konnte. Und das Schloss musste ich unbedingt reparieren lassen. Ich verließ die Wohnung, packte die Tasche in meinen Kombi und beschloss, erst einmal frühstücken zu gehen.

Sonntagmittag waren die Cafés in der Osterstraße alle ziemlich überfüllt. Doch ich hatte Glück und fand Platz an einem kleinen Tisch im Café Vengo. Dort bestellte ich mir ein Frühstück mit allem Drum und Dran und öffnete anschließend den Brief. Tatsächlich: Paula kündigte an, dass sie Kalinski bald besuchen kommen wollte, und ich musste mir eingestehen, dass ich mir genau das gewünscht hatte. Es sei an der Zeit, einen Schlussstrich zu ziehen, schrieb sie, und zu schauen, was man miteinander anfangen könne. Ja, dachte ich, schauen wir mal, was wir miteinander anfangen können – nur dass ich gar nicht gemeint war. Das Foto zeigte sie auf einem Motorrad. Sie hatte den Helm auf dem Tank abgestellt und trug eine dunkle Sonnenbrille. Im Hintergrund war ein Hafen zu erkennen. Ich drehte das Foto um. Es war im August dieses Jahres entstanden, stammte also vom letzten Sommer. Und was mache ich, falls sie tatsächlich da draußen auftauchen sollte? Wenn sie erfuhr, dass ihr Vater gestorben war? Jetzt wusste ich, was ambivalente Gefühle waren.

Ich muss ihr schreiben, dachte ich, sie soll möglichst schnell erfahren, dass es zu spät ist. Ich muss mir eine plausible Geschichte ausdenken, ihr klarmachen, dass sein Tod noch für eine Weile geheim bleiben musste. Blöde Idee! Soll ich ihr etwa mitteilen, dass ich erst mal mit seinem aktuellen Roman fertig werden muss, bevor wir die Trauerfeier organisieren können? Und alles nur, damit ein geldgeiler Agent ordentlich absahnen kann? Wohl kaum …

Apropos Geld: In meiner Brieftasche steckten noch genau achtzig Euro. Wenn ich mein Frühstück bezahlt hatte, blieben mir noch etwa fünfundsechzig Euro, und davon musste ich mindestens dreißig in den Tank meines Kombis stecken, falls ich es mir nicht zur Angewohnheit machen wollte, ohne Sprit liegen zu bleiben. Kurz gesagt, ich war mal wieder pleite. Ich musste Möller bitten, mir noch einen Tausender vorzustrecken. Immerhin hatte ich schon rund hundert Seiten geschrieben. Ich nahm mir vor, ihn darauf anzusprechen. Spätestens morgen würde er mich ohnehin wieder nerven.

Ich gab der Bedienung zu erkennen, dass ich zahlen wollte. Dann rief ich Jonas an, und da er nicht an sein Handy ging, hinterließ ich eine Mitteilung auf seiner Mailbox. Ich kündigte an, dass ich gegen 15:00 Uhr in Hamburg losfahren würde. Es war mittlerweile kurz nach zwei und ein milder Tag für den ersten November. Ich sollte die Gelegenheit nutzen und noch ein bisschen durch die Stadt schlendern.

KAPITEL 16

Ich drehte den Kopf. Mein Blick folgte einem schwarzen Kleinbus, der meine Aufmerksamkeit erregt hatte. Ich durchfuhr gerade einen der Kreisel, die den Landstrich zwischen der Autobahnabfahrt und dem Kuhdorf namens Marxen verunstalteten. Jetzt erkannte ich die Aufschrift: «Hieronymus Mango – Polymediale Klangsysteme». Hoffentlich erwische ich sie nicht mitten beim Aufräumen, überlegte ich, als ich in den Wirtschaftsweg einbog, der zu Kalinskis Gehöft führte.

Jonas und Tobi standen draußen neben dem Twingo. Sie schienen abfahrbereit, machten allerdings einen etwas bedrückten Eindruck. Außerdem sahen sie ziemlich blass aus. Vermutlich litten sie unter einem mörderischen Kater, warum sollte es ihnen auch besser gehen als mir?

«Na, wie war euer Wochenende? Ich hoffe, ihr habt euch nicht allzu sehr gelangweilt», fragte ich.

«Nö, war ganz okay», meinte Jonas und wich meinem Blick aus.

«Schon ein bisschen unheimlich, so einsam, wie es hier draußen ist, oder?»

«Keine Ahnung», meinte Jonas.

Na ja, sagte ich, es sei immerhin die Halloween-Nacht

gewesen. Hätte ja sein können, dass ein paar Jugendliche aus dem Dorf aufgekreuzt wären, womöglich als Monster verkleidet, bot ich an, sah aber ein, dass es keinen Zweck hatte. Warum sollten die beiden zugeben, dass sie heimlich eine Party gefeiert hatten? Hätte ich an ihrer Stelle auch nicht. Dann fiel mir der dicke, blaugrüne Knutschfleck ins Auge, der sich neben Jonas' Adamsapfel befand. Ich sagte:

«Aha, wie ich sehe, hattet ihr Damenbesuch.»

«Wie kommst du denn darauf?», protestierte Jonas und griff sich unwillkürlich an den Hals.

«Soso, also kein Damenbesuch. Dann hast du den Knutschfleck von Tobi, denn gestern war dein Hals noch frei von Lustmalen dieser Art.»

«Quatsch! Hör mal auf, uns hier auszufragen. Erstens sind wir nicht schwul, und zweitens haben wir dir einen Gefallen getan, wenn ich daran erinnern darf.»

«Nicht schwul? Aha, gut, gut.»

«Auf gar keinen Fall. Da kannst du beruhigt sein.»

«Dann hattet ihr vielleicht Vampirbesuch? Oder war es etwa 'ne fleischfressende Pflanze?»

Jetzt warfen sich die beiden vielsagende Blicke zu. Dann starrte Jonas auf meine Sporttasche. Der Reißverschluss war nicht ganz geschlossen. Ein Stück Kunstfell schaute heraus.

«Übrigens, in der Kühltruhe liegt etwas, das wie eine Leiche aussieht», sagte Tobi und schaute mir in die Augen. Es machte mir keine Mühe, seinem herausfordernden Blick standzuhalten. Schließlich hatte er es mit einem ausgewachsenen Gorillamännchen zu tun.

«Ich weiß. Das ist der Besitzer.»

«Der, der dich gebeten hat, auf den Hof aufzupassen?», fragte Jonas.

«Genau der», gab ich an. «Könnte sich aber auch um einen Wildschaden handeln, 'n totes Reh oder so was.»

«Aha», sagte Jonas und verdrehte die Augen. «Übrigens, es gibt da noch ein kleines Problem.»

«Und das wäre?»

«Der Hund. Er ist heute Morgen abgehauen. Ich hatte ihn rausgelassen und nicht darauf geachtet, dass das Tor offen stand. Seitdem ist er weg, tut mir echt leid.»

«Scheiße! Und wie lange ist das her?»

«Zwei Stunden, schätze ich», meinte Jonas und warf Tobi einen fragenden Blick zu. Der nickte nur.

Dann verabschiedeten sich die beiden und fuhren davon.

Das Haus befand sich in einem ganz passablen Zustand. Auf den ersten Blick deutete nichts darauf hin, dass hier noch vor wenigen Stunden die Sau los gewesen war. Es roch ein bisschen nach Kamin, und ich erinnerte mich daran, gleich heute Abend wieder ein gemütliches Feuer darin zu entfachen. Dann ging ich ins Arbeitszimmer. Alles lag an seinem Platz, auch das Manuskript, das ich in einer der unteren Schubladen des Schreibtisches verstaut hatte. Ich wollte gerade die Arbeit an dem Roman wiederaufnehmen und hatte zu diesem Zweck ein frisches Blatt Papier in die Schreibmaschine gespannt, als ich es draußen bellen hörte.

Tatsächlich, dachte ich, der Köter ist freiwillig wieder zurückgekommen. Ich ging zur Haustür und sah zu meiner Überraschung, dass Karpow von jemandem an der Leine geführt wurde, und zwar von einer Person, die ich kannte. Ihr letzter Auftritt war mir nachhaltig in Erinnerung geblieben. Es war mir etwas peinlich, ihr so unvermittelt gegenüberzustehen. Die zierliche Person hatte ein hübsches Gesicht. Ihre Haare waren unter einem Kopftuch verborgen. Sie hielt mir die Leine hin, die sich bei näherer Betrachtung als ein Stück Paketband entpuppte, und sagte:

«Hier, besser auf Köter passen, sonst verweglaufen sich das.»

Da ich ihr weder den Hund abnahm noch in der Lage war zu antworten, summte Kalinskis Putzfrau ein wenig, was mich nur noch mehr verunsicherte.

«Okay», sagte ich, nachdem ich mich gefasst hatte. «Vielen Dank, dass Sie mir den Hund wiedergebracht haben.»

«Karpow gehen zu Hundfrau, läufiges», sie zeigte zum Dorf rüber. «Das Bauer sehr böse, nix wollen Vervielmachung.»

Ich musste grinsen. Aha, so war das. Dafür konnte ich ein gewisses Verständnis aufbringen.

«Dienstag ich putzen dich. Bitte nicht noch mehr vergessen dreißig Euro zu hinlegen, ja?», verkündete sie nun. Der Themenwechsel kam etwas überraschend für meinen Geschmack. Ich geriet gleich wieder aus der Fassung und begann herumzudrucksen:

«Nein! Äh, nicht mich. Das war möglicherweise ein Missverständnis.»

«Nix Misständnis! Ich putzen dich, saugen viel alles, wischen feuchte Küche, du bezahlen dreißig Euro. Jedes Dienstag so, immer, nix Misständnis!»

«Ja, ja, natürlich. Das Haus, die Wohnung, alles sauber machen, aber nicht mich, bitte!»

«Letzte Mal, habe genommen nur, was szustand. Anita immer alles sauber und ehrliche.»

Mit diesen Worten entknotete sie Karpow, drehte sich um und ging summend von dannen. Es war kühl und dämmerte bereits. Mir standen Schweißperlen auf der Stirn.

Eine knappe Stunde später war meine kleine Welt wieder in bester Ordnung. Ich hatte mir einen leckeren Roten entkorkt (der Weinkeller hatte die Halloween-Nacht ohne erkennbaren Schaden überstanden), und im Kamin brannte ein lustiges Feuer. Die Schreibmaschine hatte ich ins Wohnzimmer verfrachtet und auf den flachen Tisch vor der Sitzgarnitur gestellt. So konnte ich auf der vorderen Kante des Sessels sitzen, schreiben und gleichzeitig das Kaminfeuer beobachten. Dann klingelte mein Handy. Möller teilte mir mit, dass der letzte Monat angebrochen war. Ende November müsste ich das Manuskript abgeben, sonst wäre alle Mühe umsonst gewesen.

Die Geduld der Verlagsleute sei überstrapaziert. Sie hätten sogar überlegt, das ganze Projekt abzublasen, weil es für das Weihnachtsgeschäft praktisch schon zu spät war. Wenn die ganzen Vorbestellungen nicht vor Weihnachten ausgeliefert werden könnten, würden die meisten Buchläden ihre Order ohnehin stornieren. Wer kaufte im Januar schon Bücher? Ich versprach, den Termin zu halten, forderte jedoch einen weiteren Vorschuss in Höhe von eintausend Euro, da ich total pleite sei und mich anderenfalls außerstande sähe, meine Arbeit zu vollenden. Ich erinnerte ihn außerdem daran, dass mein letztes Geld für die blöde Kühltruhe draufgegangen sei. Doch Möller blieb hart. Er sagte, ein paar Wochen würde ich schon noch durchhalten, und wenn ich von Brot und Wasser lebte. Sobald er das Manuskript in den Händen halte, bekäme ich die restlichen zweitausendfünfhundert Euro aus dem Vorschuss plus fünfhundert für meine Auslagen. Vorher gäbe es keinen Cent.

Ich sagte: «Arschloch», und legte auf, oder war es umgekehrt? Ich nahm mir jedenfalls fest vor, das Kalinski-Fragment nun wirklich zu Ende zu bringen. Scheißegal, wie die Leser es finden, ob ihnen der Stilbruch auffällt oder nicht und, wenn ja, was sie davon halten. Ich haute in die Tasten und war zu jeder Schlamperei bereit. Hauptsache, ich würde bald fertig werden und meine dreitausend Euro bekommen.

Es klingelte erneut. Nein, das war nicht mein Handy. Es war Kalinskis Telefon. Ein dunkelgrüner Apparat, der auf einem Anrufbeantworter stand. Ich war jetzt bereits fast vier Wochen hier, doch dieses Telefon hatte bisher nicht ein einziges Mal geläutet. Der Alte kann wirklich nicht viele Freunde gehabt haben, dachte ich und starrte weiter auf das Gerät. Es klickte und surrte dann leise, als sich der AB einschaltete. «Hallo, Papa», sagte eine weibliche Stimme. Ohne zu überlegen, griff ich nach dem Hörer:

«Hallo, hier Vogt.»

Ich holte tief Luft:

«Vogt bei Kalinski. Was kann ich für Sie tun?»

«Ach so, ich dachte schon, ich hätte mich verwählt. Hier ist Paula Kalinski. Ich möchte meinen Vater sprechen.»

«Ihren Vater», wiederholte ich unschlüssig und überlegte fieberhaft, was ich tun sollte.

«Ja, Kurt Kalinski, den Krimiautor, meinen Vater», bestätigte sie.

Ich brachte keinen Ton heraus. Ihre Stimme hörte sich warm an. Warm und vertraut.

«Ist etwas nicht in Ordnung?», fragte sie nun.

«Nein, nein», log ich, «alles in bester Ordnung. Ihr Vater ist nur gerade nicht im Haus. Was kann ich ihm ausrichten?»

«Ich habe ihm geschrieben, dass ich demnächst nach Deutschland komme und ihn dann gern besuchen würde. Nun bin ich seit gestern Abend in Hannover, bei alten Freunden. Ich wollte in den nächsten Tagen vorbeikommen und meine Drohung wahrmachen», jetzt lachte sie. «Sie sind bestimmt sein Assistent, oder? Hat er sich endlich Hilfe geholt?»

Prima Vorschlag, dachte ich und sagte: «Ja, ich helfe ihm bei seinem aktuellen Roman. Ich recherchiere einige Fakten im Internet und sorge ansonsten dafür, dass er seine Ruhe hat», bei konstant achtzehn Grad minus, fügte ich in Gedanken hinzu. Was machte ich hier eigentlich? Wieso, verdammt, bin ich überhaupt ans Telefon gegangen? Und was tue ich, falls sie tatsächlich hierherkommt?

«Sehr schön, das freut mich. Es scheint fast so, als würde der alte Herr endlich Vernunft annehmen, kaum zu glauben. Und wie ist es so mit dem Grantler? Haben Sie sich an seine Marotten gewöhnt?»

«Ja, äh, ich meine: nein, offen gestanden noch nicht so richtig.»

«Richten Sie ihm bitte aus, dass ich in den nächsten Tagen spontan vorbeikommen werde. Oder nein, noch besser, richten Sie ihm gar nichts aus. Ich werde ihn einfach überraschen, und mein Anruf bleibt unser kleines Geheimnis.»

«Nein, das geht nicht», protestierte ich, obwohl ich liebend gern ein kleines Geheimnis mit ihr geteilt hätte. «Er braucht in den kommenden Tagen absolute Ruhe. Er muss mit seinem Roman fertigwerden, und wir sind erheblich im Verzug.»

«Ach was, so ein kleiner Besuch wird ihn schon nicht aus der Bahn werfen, schließlich bin ich seine Tochter, und außerdem hat er ja Sie», beunruhigte sie mich, dann legte sie auf.

«Ja, er hat mich», hörte ich mich sagen, aber es tutete längst in der Leitung, und mir klopfte das Herz bis zum Hals.

Nach diesem Anruf brauchte ich fast zwei Stunden und eine Flasche Rotwein, um wieder runterzukommen und mich auf den Roman zu konzentrieren. Erst nachdem ich mir eingestanden hatte, dass ich mich in Paula Kalinski verliebt hatte – eine Frau, der ich noch nie im Leben begegnet war und die ich bisher nur von Fotos, Briefen und einem einzigen Telefonat kannte –, kehrte Ruhe in meinem Geist ein. Ich legte zwei Scheite auf die Glut und setzte mich an die Olivetti. Bis 2:00 Uhr nachts schrieb ich fünfundzwanzig Seiten in einem Stück. Anschließend war ich total fertig, schlurfte die Treppe hinauf, kroch in meine Kammer und schlief sofort ein.

Der Tod steht mir gar nicht schlecht, dachte er, als er seine wehende Gestalt im Spiegel vorbeihuschen sah. Er war neugierig, musste wissen, was dieser Stümper mit seinem Roman anstellte. Das und der alte Wachhund waren die einzigen beiden Dinge, die ihn noch mit diesen alten Gemäuern verbanden. Ansonsten genoss er seine neue Freiheit in vollen Zügen. Vor allem, dass er nicht mehr schreiben musste.

Aha, der Möchtegernautor hatte es sich mitsamt der Schreibma-

schine vor dem Kamin gemütlich gemacht, dachte er, als er im Wohnzimmer stand, offenbar hat er immer noch nicht begriffen, dass es sich beim Schreiben um eine höchst anspruchsvolle Tätigkeit handelt, die es per se ausschloss, dass man es sich dazu möglichst bequem oder gar gemütlich machte. Kalinski blätterte eine Weile in den Manuskriptseiten herum, setzte sich dann in den Sessel und begann zu lesen. Ab und zu stöhnte er unwillig, schüttelte seinen Kopf oder massierte sich die Stirn.

Der Stümper scheint tatsächlich zu einem Ende zu kommen, erkannte er nach einer Weile, und er musste sich eingestehen, dass er nicht durchschaute, wie er das Ganze aufzulösen gedachte. Auf jeden Fall hatte die Story eine ganz andere Entwicklung genommen, als er damals geplant hatte. Dies hatte nichts, aber auch gar nichts von einem Kalinski, urteilte er und ließ die Seiten in seinen Schoß sinken.

Wenn dieser Schmierfink nur bald fertig würde, dachte er und kraulte dem Hund die kräftige Brust, dann können sie endlich mit meinem Tod an die Öffentlichkeit gehen und mich unter die Erde bringen. Bei diesem Gedanken und mit der Aussicht, in absehbarer Zeit als heimlicher Gast an seiner eigenen Beerdigung teilnehmen zu können, verbesserte sich seine Laune umgehend. Er beschloss, noch einen kleinen Abstecher ins Obergeschoss zu unternehmen und sich dann wieder in sein Übergangsheim zu verkriechen.

KAPITEL 17

Ich drehte den Wecker ein Stückchen in das schwache Tageslicht, es war kurz vor 9:00 Uhr. Unten in der Diele bellte Karpow wie verrückt. Ich kroch aus dem Bett und schaute aus dem kleinen Dachfenster. Vor dem Gartentor parkte ein silberfarbener Audi. Ich zog mir eine Hose und einen Pullover an, lief die Treppe hinunter und ließ den Hund zur Tür hinaus. Draußen war niemand zu sehen. Also ging ich in die Küche und setzte Wasser für den Kaffee auf. Plötzlich stand bei den Obstbäumen ein Mann mit einer Kamera. Er hielt das Gerät schützend vor seinen Körper, denn vor ihm hatte sich Karpow aufgebaut. Ich öffnete einen der Fensterflügel und spürte, wie die kühle Herbstluft hereingezogen kam.

«Bitte rufen Sie Ihren Hund zurück!», rief der Typ. Irrigerweise glaubte er, dass endlich Hilfe nahte.

«Meinen Hund? Das ist nicht mein Hund.»

«Hören Sie, das Vieh hat nach mir geschnappt. Ich glaube, meine Hose ist kaputt. Sie müssen etwas tun! Ich bitte Sie!»

«Tut mir leid», sagte ich, «der Köter hört absolut nicht auf mich. Im Gegenteil. Ich bin froh, dass er mich nicht angreift.»

Und dieses Privileg werde ich wegen dir Blödmann garantiert nicht aufs Spiel setzen. Karpow knurrte und bellte weiter. Er fixierte den Eindringling und vollführte ab und zu Scheinangriffe, die der Mann mit Hilfe seiner Kamera zu parieren versuchte. Auf diese Weise drehten sich beide im Kreis. Jetzt sah ich, dass Karpow ihm tatsächlich ein großes Dreieck aus der braunen Cordhose gerissen hatte.

«Hören Sie!», rief ich. «Ich verrate Ihnen einen Trick: Sie dürfen dem Hund auf keinen Fall zeigen, dass Sie Angst vor ihm haben.»

Vielleicht hatte Karpow etwas gegen Männer meiner Altersgruppe, überlegte ich.

«Außerdem kann ich Sie beruhigen. Er betrachtet Sie nicht als Nahrungsquelle, sondern nur als Eindringling», fügte ich hinzu. Draußen hatte sich unterdessen eine Pattsituation eingestellt. Karpows Aggressionsspiegel war etwas gesunken, jedoch ließ er sein Opfer nicht aus den Augen und knurrte, sobald es sich bewegte. Ich nutzte die Ruhephase, um mir eine Tasse Kaffee einzugießen.

«Was wollen Sie eigentlich hier?», fragte ich, nachdem ich einen Schluck genommen hatte.

«Mein Name ist Matthias Brandt, ich recherchiere im Auftrag einer großen deutschen Tageszeitung an einer Geschichte über Kurt Kalinski, den Krimiautor.»

«Springer?», wollte ich jetzt wissen.

«Und wenn?», fragte der Reporter. Ich zuckte mit den Schultern.

«Wollen Sie Kaffee?»

«Äh, nein, danke, im Moment nicht. Ist Herr Kalinski denn hier?»

«Nein.»

«Und wer sind Sie, wenn ich fragen darf?»

Ich? Hm, wer bin ich eigentlich, überlegte ich einen Moment. Dann fiel es mir wieder ein:

«Ich bin sein Assistent.»

«Ah, sehr gut! Dann können Sie mir unter Garantie weiterhelfen. Stimmt es, dass Kalinski in einer Schaffenskrise steckt und dass er mit seinem neuen Roman nicht termingerecht fertig wird?»

Mist! Ich hätte mich besser als Gärtner ausgeben sollen.

«Hören Sie, ich bin nicht autorisiert, mit der Presse über diese Themen zu sprechen», versuchte ich abzublocken. Gut, dass Karpow mir den Typen auf Distanz hielt. Kurz hatte ich in Erwägung gezogen, den Mann mit Hilfe des Knochentricks aus seiner misslichen Lage zu befreien. Jetzt verwarf ich den Gedanken sofort wieder.

«Angeblich soll der Buchhandel bereits unruhig werden. Der Geschäftsführer einer großen Online-Buchhandlung teilte mir mit, dass er eine Schadenersatzklage in Betracht zieht, falls der neue Kalinski bis Ende Dezember nicht ausgeliefert wird. Das kann teuer werden. Kann sich Herr Kalinski das leisten?»

Der Kerl war echt unangenehm und ziemlich gut informiert. Woher hatte er all diese Details? Wenn er herausfand, was hier wirklich abging – wow, das wäre vermutlich die Story seines Lebens. Ich sah schon die Headline:

STAR-AUTOR TOT IN TIEFKÜHLTRUHE! LETZTES WERK VON BETRÜGERN VOLLENDET

Ich musste den Typen möglichst schnell loswerden.

«Sie sollten sich langsam zurück in Richtung Gartentor bewegen», riet ich dem sensationsgeilen Pressemann. «Wie ich Karpow kenne, sammelt er nur seine Kräfte, um anschließend noch vehementer auf Sie loszugehen. So hat er das bei mir jedenfalls neulich gemacht», log ich.

«Um Himmels willen», entfuhr es Herrn Brandt nun, und er setzte sich tatsächlich in Bewegung. Karpow folgte ihm Meter für Meter, ständig sprungbereit und in gefährlich geduckter Haltung, bis sie die Pforte erreichten. Dann hatte der Journalist es endlich geschafft. Er zog das Tor hinter sich zu und wischte sich den Schweiß mit dem Handrücken von der Stirn.

«Wir sollten telefonieren!», rief er dann herüber. «Wenn Sie mir Ihre Nummer geben würden?» Doch ich schüttelte nur den Kopf.

«Hören Sie, meine Auftraggeber sind in der Regel sehr großzügig, wenn es um interessante Informationen geht. Vor allem, wenn Sie aus erster Hand und exklusiv geliefert werden. Das sollten Sie sich mal durch den Kopf gehen lassen.»

Dann zog er eine Visitenkarte aus seiner Brieftasche, öffnete den Deckel des Briefkastens und legte sie dort hinein. Anschließend startete er seinen Audi und verschwand. Was die von Springer wohl springen lassen, wenn ich ihnen die ganze Geschichte erzähle?, fragte ich mich und schloss das Fenster. Ich hatte das Gefühl, dass die Sache allmählich außer Kontrolle geriet. Ich musste mich unbedingt auf den Roman konzentrieren, dachte ich und ging zur Haustür. Karpow wartete schon ungeduldig und trabte sofort in die Küche, nachdem ich ihm geöffnet hatte. Braver Hund, sagte ich, als er an mir vorbeikam. Dann hörte ich, wie er sich über seinen mit dem stinkenden Trockenfutter gefüllten Fressnapf hermachte, und freute mich, dass ich mir mein Frühstück selber aussuchen konnte.

Als ich am Spiegel in der Diele vorbeiging, fiel mir der Traum von letzter Nacht wieder ein. Kalinski stand am Fußende meines Bettes. Er war in ein weißes Bettlaken eingehüllt und sah aus wie jemand, der sich nicht allzu große Mühe mit seinem Geisterkostüm gemacht hatte. Er sagte: «So wird das nichts, die Leute werden sofort merken, dass der Roman nicht aus meiner Feder stammt», und war wieder verschwunden.

Dann wurde mir klar, dass mein Bett schwankte, und ich wusste auch gleich, warum: Es stand auf einer kleinen Plattform, die sich an der Spitze eines wackeligen, irre hohen Gerüstes befand. Unten war Kalinski und rief: «Hochstapler erkennt man daran, dass sie sofort abstürzen, wenn es ernst wird», und rüttelte an einer der drei brüchigen Stützen, auf der das ganze Kartenhaus aufgebaut war. Die Bewegung setzte sich bis nach oben fort, und ich wusste, dass gleich alles zusammenbrechen würde. Paula sprach auf einmal zu mir. Sie erinnerte mich daran, dass ich fliegen konnte; und im selben Moment wusste ich, wie das ging. Es war ein Bewegungsablauf, der dem Brustschwimmen ähnelte und eine ganze Menge Kraft erforderte, doch es funktionierte. Noch bevor die Plattform einstürzte und mit mir und meinem Bett in der Tiefe verschwand, flog ich über eine flache Landschaft. Ich hatte große Mühe, die Höhe zu halten, doch die Gefahr war gebannt. Überall hielt ich Ausschau nach Paula, doch ich konnte sie nirgends entdecken.

Ich stellte meinen Kaffeebecher auf dem Wohnzimmertisch ab und überflog die Seiten, die ich in der letzten Nacht geschrieben hatte. Dafür musste ich die Blätter zunächst in die richtige Reihenfolge bringen. Ich nahm mir vor, das Manuskript in Zukunft wieder in einer der Schubladen des Schreibtisches zu verstauen, bevor ich mich schlafen legte – sicher ist sicher. Dann betrat Karpow das Wohnzimmer. Er wälzte sich genüsslich auf dem Perserteppich, grunzte satt und zufrieden und sprang anschließend auf das Sofa. Dort kratzte er eine Weile mit seinen Vorderpfoten auf den Kissen herum und kuschelte sich in die Polster. Für die nächsten Stunden würde der Köter schlafen, stellte ich zufrieden fest. Ich machte mich an das Manuskript und arbeitete bis tief in die Nacht.

Am nächsten Morgen erwachte ich von dem Geräusch eines startenden Düsenjets. Einen Moment später registrierte ich, dass es sich um den Start eines Staubsaugers handelte. Scheiße, dachte ich, das ist Anita, Kalinskis Putzfrau, und ich habe vergessen, ihr die dreißig Euro hinzulegen. Ich griff nach meiner Brieftasche und schaute hinein. Mist, genau dreißig Euro. Ich musste hinuntergehen und ihr klarmachen, dass ich sie heute nur für eine Stunde in Anspruch nehmen konnte. Anderenfalls war ich pleite. Ich zog mir einen Rollkragenpulli und eine Jeans über und lief die Treppe hinunter. Unten in der Diele stand der Staubsauger, aber er lief jetzt nicht mehr, und Anita war nirgends zu sehen. Dann hörte ich sie summen. Offenbar befand sie sich in der Küche. Tatsächlich, sie war gerade dabei, das Spülbecken abzuseifen, und trug ein Kopftuch und rosa Gummihandschuhe.

«Hallo», sagte ich.

«Hallo», sagte sie.

«Äh, wie lange sind Sie schon hier?»

«Neun hier. Immer neun anfangen.»

Ich schaute auf die Uhr, es war Viertel vor zehn. Glück gehabt, dachte ich.

«Heute Dienstag. Putzen neun bis zwölf, verstehen?», bekräftigte sie nun.

«Äh, ja, im Prinzip schon. Aber heute nicht. Heute nur eine Stunde für zehn Euro, verstehen Sie?»

«Nix verstehen! Prinzip: Ich putzen dich, saugen viel alles, verwischen Küche, du bezahlen dreißig Euro. Jedes Dienstag so, immer! Nix eine Stunde, nix zehn Euro! Klar verstehen?»

«Ja, ja, natürlich. Das Haus, die Wohnung, alles sauber

machen, aber nicht heute. Heute nur eine Stunde, bitte!», flehte ich.

«Und was hier?», fragte sie jetzt, einer ihrer rosa Gummihandschuhe wies auf den Küchenfußboden. «Viel Dreck von Pfotenhund, Haare auch, muss wegverwischen, feucht.» Sie schmiss den Lappen in die Spüle und kam ein paar Schritte auf mich zu. Ich wich unwillkürlich zurück, denn sie hatte schon wieder angefangen, gefährlich zu summen. Ich stand buchstäblich mit dem Rücken zur Wand, während Anita sich mit in die Hüften gestemmten Armen vor mir aufbaute. Sie war fast einen Kopf kleiner als ich, was ihre Autorität allerdings in keiner Weise schmälerte. Ich konnte ihrem herausfordernden Blick nicht standhalten und schaute aus dem Fenster. Dann unterbrach sie ihr Summen und sagte halblaut:

«Versaustallung nix gut! Ich putzen dich, du zahlen. Klar verstehen?»

Anschließend nahm sie ihr Gesumme wieder auf. Ihr rosa Gummihandschuh fuhr an meiner Jeans entlang.

«Gut», brachte ich gepresst hervor und zückte meine Brieftasche. Ich entnahm meine letzte Kohle und legte die Scheine auf den Küchentisch:

«Keine Versaustallung, auf keinen Fall. Drei Stunden, dreißig Euro, klare Sache.»

Dann verließ ich schnell die Küche, zog mir einen Mantel über und machte einen Spaziergang ins Dorf. Ich hatte noch zwei Euro und fünfundachtzig Cent. Das reichte aus, um eine Tüte Fleischknochen für Karpow zu kaufen.

Was mag sie wohl denken, wer ich bin, fragte ich mich auf dem Rückweg, warum erkundigt sie sich nicht nach dem Verbleib des alten Kalinski?

Der Kies knirschte, als ich den Weg zum Haus erreichte. Ein Windstoß trieb ein paar bunte Blätter vor sich her. Irgendwann müsste jemand mal das ganze Laub zusammenharken, dachte ich und freute mich darüber, dass dieser Jemand nicht ich war. Dann zuckte ich zusammen. Da stand schon wieder ein Auto im Hof, ein Wagen mit zweifarbiger Lackierung und auffälliger Beschriftung auf Motorhaube und Türen. Außerdem zwei Personen, eine davon sprach gerade in ihr Funkgerät.

«Wir stehen jetzt vor der Tür, scheint aber niemand im Haus zu sein», hörte ich den Beamten sagen. Verdammt, dachte ich, entschieden zu viel Besuch für einen Tag, und wollte gerade kehrtmachen – zu spät!

«Guten Tag. Gehört Ihnen dieses Anwesen?», rief mir jemand zu. Ich schaute hinüber und sah eine junge Polizistin in Blond. In ihrer dunkelblauen Dienstkleidung machte sie eine gute Figur.

«Nein, ich bin hier eigentlich nur zu Besuch.»

«Aha, dann Sie sind vermutlich Herr Vogt, nicht wahr?»

«Stimmt. Und woher wissen Sie das?» Ich näherte mich zögerlich und wartete auf eine Antwort.

«Hallo, Herr Vogt, Dressler mein Name, vom Polizeirevier in Winsen.» Nun folgte ein amtlicher Händedruck. «Wir haben gerade das Kennzeichen Ihres Kombis überprüft. Ist auf Ihren Namen zugelassen, in Hamburg-Eimsbüttel. Sie können sich bestimmt ausweisen.»

Ein Stoffschild auf ihrer Jacke wies die Frau als POM Dressler aus. Ich hatte es demnach mit einer Polizeiobermeisterin zu tun. Ich reichte POM Dressler meinen Personalausweis und registrierte, dass im Haus der Hund kläffte.

«Danke. Sie leben also in Hamburg», stellte sie fest und lächelte mich an. Ich nickte. «Der Besitzer, ein Herr Kalinski, ist der im Haus?»

Ich schüttelte den Kopf und log: «Nein, der ist auf Reisen.»

«Und Sie kümmern sich derweil um Haus und Hof?»

Ich wechselte auf Nicken und Wahrheit sagen: «Und um den Hund.»

«Nun, es ist mir etwas unangenehm, aber wir müssen hier einem merkwürdigen Hinweis nachgehen.»

Ein ungutes Gefühl stellte sich ein, eher eine Vorahnung der stockfinsteren Art.

«Irgendein Verwirrter hat Meldung gemacht, dass auf diesem Hof eine Leiche aufbewahrt wird», erklärte sie, «und zwar in einer Kühltruhe.»

«In einer Kühltruhe», wiederholte ich mechanisch und zwang mich, ihr Lächeln zu erwidern. Das war's dann wohl, Feierabend, jetzt ist alles aus.

«Ich weiß, das klingt ziemlich bescheuert», grinste sie. «Doch wir müssen die Sache nun mal überprüfen. Leider, auch wenn wir das selbst nicht wirklich ernst nehmen.»

«Wer kommt denn auf solche Ideen?», fragte ich, vergeblich bemüht, meine Verzweiflung zu verbergen.

«Das wissen wir auch nicht. Der Hinweis ist anonym eingegangen.»

«Anonym, aha. Und Sie müssen der Sache trotzdem nachgehen?»

Freundliches Nicken von Seiten der Beamtenschaft.

«Haben Sie denn eine Kühltruhe?», fragte der Kollege und wechselte das Standbein. Er wirkte bereits ein klein wenig ungeduldig.

«Ja», sagte ich, «äh, nein. Ich meine, ich will sagen, es ist eher eine Gefriertruhe.»

Schwachsinn, was rede ich hier für einen Mist? Meine Nerven flatterten wie eine Zeltplane im Orkan. Im Hintergrund wurde die Haustür geöffnet. Anita, sie schaute herüber und verschwand sofort wieder.

«Aha», bemerkte die Beamtin. Ihr Tonfall klang nun eher sachlich, das Lächeln war spurlos verschwunden, «und worin besteht der Unterschied?»

Vier geschulte Ermittleraugen durchbohrten mein von schlechtem Gewissen perforiertes Selbstwertgefühl. Ich begann zu schwitzen. Mir fiel beim besten Willen kein Unterschied ein.

«Wie auch immer. Am einfachsten wäre es, Sie würden uns das Gerät kurz zeigen», schlug die Polizistin vor. «Wir werfen einen Blick hinein, und die Sache ist aus der Welt.»

Prima Vorschlag, sie werfen einen Blick hinein, und die Sache ist aus der Welt – nur dass zwischendrin mal kurz die Handschellen klicken.

«Und wenn ich sie Ihnen nicht zeige?»

«Dann kommen wir in zwei Stunden mit einem Durchsuchungsbefehl wieder», kommentierte der Kollege kühl.

Das Spiel ist aus, gestand ich mir ein. Seltsam, in diesem Moment war das gar kein so schlechtes Gefühl. Der ganze Stress war mir sowieso allmählich auf den Zwieback gegangen. Ich geh jetzt da rein und zeig ihnen den tiefgefrorenen Kalinski, fertig ist der Lack.

Wenig später standen wir vor der Kühltruhe. Im Vordergrund zeigten die Leuchtdioden minus achtzehn Grad Celsius, im Hintergrund bellte der Köter. Alles in Ordnung so weit.

«Bitte schön, da ist sie», sagte ich und hielt schon mal meine Handgelenke hin.

Die Blonde öffnete den Deckel. Dann schauten beide hinein.

«Nichts», sagte POM Dressler und zuckte mit den Schultern. «Wie wir vermutet haben.»

Ich trat zu den Beamten und guckte nun ebenfalls hinein. Tatsächlich, nichts, gar nichts. Ich schaute mich im Stall um. Doch in dem funzeligen Licht konnte ich Kalinski nicht entdecken.

«Aber die Leiche war doch da drin», stammelte ich.

«Sehr witzig», meinte die Polizistin und klappte den Deckel wieder zu. «Na, wenigstens ist Ihnen der Humor nicht vergangen. Also, nichts für ungut, und entschuldigen Sie die Störung. Wie gesagt, wir müssen solchen Hinweisen nachgehen.»

«Ich würde sie abschalten», riet POM Dressler, als wir wieder draußen standen.

«Abschalten?», fragte ich irritiert.

«Verbraucht 'ne Menge Strom, so ein großes Kühlgerät. Macht ja keinen Sinn, solange nichts drin ist, oder?»

Ich starrte sie an.

«Nochmals vielen Dank für Ihre Kooperation.»

Die beiden gingen zu ihrem Dienstwagen hinüber.

«Ach, noch etwas, Herr Vogt.» Jetzt drehte sie sich um. «Lassen Sie sich bitte möglichst bald einen neuen Ausweis ausstellen. Ihrer ist bereits seit April abgelaufen.»

Ein paar Minuten später durchquerte ich die Diele. Ich hatte eine Weile draußen gestanden, die kühle Herbstluft eingesogen und versucht, mich wieder zu beruhigen. Außerdem wollte ich sichergehen, dass die Bullen wirklich weggefahren waren. Aus der Küche hörte ich es weiter knurren und bellen. Sie musste Karpow dort eingesperrt haben. Ich ging zurück zur Kühltruhe und öffnete den Deckel: Kalinski! Er lag tatsächlich wieder an seinem Platz, sorgfältig in seine grüne Wolldecke gehüllt. Dann begab ich mich in die Küche. Ich ließ den Hund heraus und stellte fest, dass der Boden an einigen Stellen noch feucht war. Wo war sie geblieben? Zusammen mit Karpows Pfotendreck verschwunden, sorgfältig wegverwischt, von Versaustallung keine Spur.

Warum hat sie das getan?, fragte ich mich. Wieso hat sie mich gerettet? Und vor allem, wer hatte diesen verdammten Hinweis gegeben? Wer außer Möller wusste von dem toten Dichter auf Eis? Konnten das Tobi oder Jonas gewesen sein? Fragen über Fragen. Ich zermarterte mir das Hirn, doch ich fand keine plausible Erklärung.

KAPITEL 18

Ich drehte die Radmuttern fest. Gut, dass ich wenigstens ein Reserverad dabeihabe, dachte ich zufrieden, als ich den Wagenheber wieder herunterließ. Es war schon die zweite Panne, die ich auf der Strecke nach Hamburg erlebte. Doch dieses Mal konnte ich das Problem aus eigener Kraft beheben, ein gutes Gefühl. Ich würde mal wieder zu spät kommen, das war klar, aber daran war man ja gewohnt, auch wenn mich in diesem Fall keine Schuld traf. Ich putzte mir die schmierigen Finger notdürftig mit einem alten Lappen ab, wickelte ihn um das Radkreuz und verstaute beides in der Felge des kaputten Rades. Dann schlug ich die Heckklappe zu und setzte meine Fahrt nach Hamburg fort.

Ich freute mich darauf, meine Kinder zu sehen. Schon wieder war Nikolaustag, schon wieder war ein verdammtes Jahr vergangen. Unglaublich, wie schnell das ging, wenn man erst ein gewisses Alter erreicht hatte. Das Leben glich im Grunde einer Tankfüllung. Da dauerte es auch immer eine geraume Zeit, bis die Anzeige die Fünfzigprozentmarke erreicht hatte. Doch die zweite Hälfte verrann dann umso schneller, und ehe man sich's versah, begann die Reserveanzeige zu leuchten. Wie lange man es dann noch machte, stand in den Sternen. Klar war jedoch, dass es mit immer größeren Schritten dem Ende zuging.

Zum Glück galt dies auch für das Kalinski-Fragment. Ich war tatsächlich fast fertig mit dem Krimi. Morgen würde ich die letzten Seiten schreiben. Dann hatte ich endlich Ruhe, vor allem vor Möller, der mich in den letzten vier Wochen fast wahnsinnig gemacht hatte mit seiner ständigen Drängelei. Dabei war ich am Ende nur eine Woche in Verzug. Zum Glück hatte Carlo mir mit ein paar Scheinen unter die Arme gegriffen, nachdem mein Agent sich strikt geweigert hatte, mir weiteren Vorschuss zu gewähren. Nun stand ich mit knapp vierhundert Euro bei meinem Tresenmann in der Kreide.

Seit meiner Trennung von Beate war der sechste Dezember der einzige Anlass, bei dem sich die Familie beziehungsweise das, was davon übrig geblieben war, noch traf. Norbert Degner, mein Exschwiegervater, war vor zwei Jahren gestorben, was von keinem der Hinterbliebenen als großer Verlust empfunden wurde. Norbert hatte es mit Hilfe dubioser Kapitalanlagen zu einem erheblichen Vermögen gebracht. Doch der Erfolg hatte ihn zu einem Großkotz gemacht, der unter chronischer Selbstüberschätzung litt und seine Gäste wahlweise durch Monologe über sein reaktionäres Weltverständnis oder mit taktlosen Fragen wie «Hast du deine erste Million immer noch nicht im Sack?» und «Ist sie endlich schwanger oder packst du das auch nicht?» nervte. Als großer Freund patriarchalischer Rituale hatte er vor vielen Jahren die Tradition des Nikolaus-Brunchs ins Leben gerufen. Natürlich folgte die Familie seinem Ruf, um sich am sechsten Dezember fortan seine mit verbalen Gemeinheiten gespickten Geldzuwendungen abzuholen. Mir hatte er einmal einen Fünfziger mit den Worten «Lass dir mal einen blasen. Ich möchte nicht, dass meine Tochter das macht» zugesteckt.

Was seine Nachkommen ihm allerdings wirklich übelnahmen, war seine späte Läuterung. Norbert hatte auf dem Totenbett beschlossen, die Beichte abzulegen und anschließend sein gesamtes Vermögen der katholischen Kirche zu vermachen. Als ruchbar wurde, um welche Summen es dabei ging, war der Erzbischof von Hamburg persönlich erschienen, in Begleitung eines bibeltreuen Notars. Noch während die erzbischöfliche Tinte auf dem Testament trocknete, wurde meinem Exschwiegervater der Persilschein in Form einer Generalabsolution erteilt. Seine Frau Gunilla durfte das Haus in Wedel weiter bewohnen und erhielt eine Apanage, die es ihr ermöglichte, ein Leben in bescheidenem Wohlstand zu führen. Beide Rechte endeten jedoch mit ihrem Tode. Seine einzige Tochter und die

Enkelkinder gingen leer aus. In dem Bewusstsein, die kommenden Nikolaustage endlich ohne die mit Beleidigungen gewürzten Almosen feiern zu können, hatte der Familienrat entschieden, die Tradition des Nikolaus-Brunchs weiterzuführen.

Ich nahm die erste Abfahrt nach dem Elbtunnel. Wenige Minuten später durchquerte ich die Einfahrt zur Villa meiner Exschwiegermutter. Da stand der VW-Beatle meiner Exfrau und ein Twingo. Daneben parkte ein Kleinwagen mit englischem Kennzeichen. Ich läutete an der Tür, die mir kurz darauf von Beate geöffnet wurde.

«Schön, dass du auch noch auftauchst. Wir dachten schon, du willst dich drücken.»

«Hätte ich Grund dazu?», fragte ich und bekam je einen verlogenen Kuss auf beide Wangen. Auch Gunilla Degner, Beates guterhaltene Mutter, ließ es sich nicht nehmen, mich an ihre von Perlenketten verzierte Brust zu drücken und mich daran zu erinnern, dass ich trotz allen Kummers, den ich ihr bereitet hätte, nach wie vor ihr Lieblingsschwiegersohn sei. Beate und ihre Mutter waren der Inbegriff dessen, was man hier in Hamburg als *Elbletten* bezeichnete: in den noblen Elbvororten aufgewachsene, sportlich-schlanke Edelzüchtungen in Echtblond, deren wesentlicher Bestimmungszweck in anspruchsvoller Freizeitgestaltung (Tennis, Segeln, Golf), mäßigem Reproduktionsdrang (ein bis zwei Kinder) und einem Hang zu kühlem Understatement bestand, der sich vorzugsweise in Jil-Sander-Klamotten und Cabriolets der Luxusklasse ausdrückte. Bei Gunilla handelte es sich um eine in die Jahre gekommene Ausführung dieser Spezies, die von Flegeln wie mir respektlos als «Perlhuhn» bezeichnet wurden.

Nachdem ich mich auf möglichst diplomatische Weise aus ihrer Umklammerung befreit hatte – «Kannst du noch stehen, ohne dich an mir festzuhalten, Gun?», fragte ich mit Blick auf den lippenstiftverschmierten Champagnerkelch in ihrer Hand und lächelte –, schlenderte ich in das geräumige Esszimmer hinüber, das hier als Salon bezeichnet wurde. Den Spitznamen hatte sie übrigens mir zu verdanken, weil ich fand, dass ihre sarkastischen Bemerkungen bisweilen die Durchschlagskraft einer Gewehrkugel entwickelten. Der Nikolaus-Brunch war bereits in vollem Gange. Ich schaute mich in dem Raum um und entdeckte zu meiner Bestürzung Camilla. Sie alberte gerade mit Isabelle herum, die einen jungen Mann an der Hand hielt, dessen Hautfarbe mich frappierend an Ebenholz erinnerte. Ich lächelte so unverspannt wie möglich und sagte:

«Hallo, Leute, ich hoffe, ihr habt ohne mich angefangen. Ich hatte eine kleine Reifenpanne.» Dann zeigte ich zum Beweis meine schmutzigen Hände und verzog mich auf das Gäste-WC. Anschließend ging ich zurück in den Salon, wo mir Beate ein Glas Champagner in die Hand drückte, um mit mir anzustoßen.

«Lass uns versuchen, Burgfrieden zu halten», schlug sie vor, «wenigstens für ein paar Stunden», und hob ihren Kelch ein wenig an.

«An mir soll es nicht scheitern», sagte ich und nahm einen großen Schluck von der Puffbrause.

Dann kam Jonas zu uns herüber. Er wurde von seiner fleischfressenden Pflanze begleitet, die mir jetzt als Nadine vorgestellt wurde. Unverkleidet sah sie eher harmlos aus. Ich hatte sie dennoch sofort erkannt. Es lag an der Art, wie sie sich an Jonas' Körper schmiegte. Ich begrüßte die frisch Verliebten so herzlich wie möglich. Im Augenwinkel registrierte ich, dass Isabelle mit dem farbigen Unbekannten herumknutschte. Camilla hatte sich von dem Pärchen gelöst und zupfte an ihrem enganliegenden Kleid herum. Es dauerte eine Weile, bis sie den knapp bemessenen Stoff über ihrem wohlproportionierten Marschflugkörper glattgezogen hatte. Dann kam sie auf unsere kleine Gruppe zu.

Auch das noch, dachte ich: Mein Sohn war einer Venus-Fliegenfalle auf den Leim gegangen, meine Tochter hatte sich offenkundig in einen Typen verliebt, dessen Hautfarbe dazu geeignet war, einen reaktionären Vollspießer aus mir zu machen, und nun brachte sich auch noch dieses fehlgeleitete Cruise-Missile gegen mich in Stellung.

«Na, wie war der Contest neulich?», fragte ich, die Flucht nach vorn antretend. Seit der äußerst knapp gehaltenen Kurzmitteilung aus der Halloween-Nacht hatte ich nichts mehr von Camilla gehört. Das war jetzt über einen Monat her.

«Bist du sicher, dass dich das interessiert?», fragte sie in einem zickigen Tonfall. Da ich rhetorische Fragen hasste, antwortete ich mit «Nein».

«Dachte ich mir», sagte Camilla. «Jedenfalls haben Isabelle und ich uns in London bestens amüsiert. Gut, dass du ihr das Ticket überlassen hast.»

«Gern geschehen. Ich war kurzfristig verhindert und dachte mir gleich, dass ihr beide euch vermutlich prima versteht.»

«Ja, das haben wir. Wir haben zwei Tage und Nächte durchgefeiert. Und Isabelle hat sich sogar verliebt. Gordon ist Türsteher im Lime-Club, einer total angesagten Disco in der Brick Lane. Letztes Wochenende sind wir noch einmal dort gewesen. In dem Contest habe ich übrigens den dritten Platz belegt.»

Aha, dachte ich und sagte:

«Interessant, äh, toll. Bin gespannt auf die Langfassung, die du mir bei Gelegenheit sicher erzählen wirst.»

«Ich glaube kaum, dass sich eine solche Gelegenheit ergeben wird», sagte sie nun, lächelte erst mich, dann Beate an und machte kehrt. Äh, Moment mal, hatte sie mir etwa den Laufpass gegeben? Ich spulte das Gesagte noch einmal zurück und hörte es mir ein zweites Mal an. Kein Zweifel, Miss Songcontest hatte mich gerade rausgewählt. Meine Exfrau erwiderte Camillas Lächeln. Dann nahm sie mich ins Visier. Der Triumph, den sie in diesem Moment empfand, war mit Händen greifbar. Aber das reichte ihr natürlich nicht:

«Ja, ja, so sind sie, diese jungen Dinger. Man muss ihnen ihre Fehlgriffe verzeihen. Schließlich kann man nur aus Fehlern lernen, die man selbst gemacht hat. Auch wenn es manchmal verdammt schwer fällt, ihnen dabei zuzuschauen.» Dann seufzte sie tief, nahm einen Schluck Schampus und fuhr fort: «Na ja, Hauptsache, sie lernen aus ihren Erfahrungen und machen die Fehler nicht ein zweites Mal, oder? Wie siehst du das, mein Lieber?» Sie ging, ohne eine Antwort abzuwarten, zu ihrer Mutter hinüber und prostete ihrem Vorbild in Scharfzüngigkeit freundlich zu. Gut, dass wir verabredet hatten, Burgfrieden zu halten, dachte ich, sonst hätte sie mir wahrscheinlich erst den Kopf und dann den Schwanz abgehackt.

Nicht alle Schwarzen verfügen über unanständig große Genitalien, versuchte ich mir klarzumachen, während ich scheinbar lässig auf die beiden zuschlenderte.

«Black», sagte der Mann und nickte mir freundlich zu.

«Ich weiß», antwortete ich einigermaßen ferngesteuert und schaute verstohlen auf seinen Hosenstall.

«Er heißt Black, Gordon Black, kapierst du das nicht?», zischte meine Tochter und warf mir einen bösen Blick zu.

«Hi, Mister Weiß», sagte er nun. «How are you?»

«Oh, I'm fine», erwiderte ich und nahm mir eines dieser winzigen belegten Weißbrote, die hier Kanapees genannt wurden. Anschließend tat ich so, als würde ich dem Gespräch weiter folgen. Vielleicht hatten sie gar nichts miteinander, dachte ich. Doch dann fiel mir wieder ein, wie fatal ich Jonas kürzlich erst unterschätzt hatte, und ich gab diese Hoffnung sofort wieder auf. Was bin ich für ein Scheißspießer! Beate kam mit einer frischgeöffneten Flasche herum und schenkte den Gästen nach. Ich schaute zu Gunilla rüber und bemerkte, dass sie einen ihrer knorrigen Zeigefinger auf mich gerichtet hatte und mir signalisierte, mich zu ihr zu gesellen.

«Kaffee und Milch», sagte sie, als ich neben ihr stand, und schaute zu Gordon und Isabelle hinüber. Die Durchschlagskraft ihrer Bemerkungen bestand darin, dass sie ein Gespür dafür hatte, wo es ihren Opfern wehtat.

«Doppelter Espresso und Magermilch», korrigierte ich.

«Hm. Weißt du, warum sie so auf weiße Frauen aus sind?»

«Status, Neugier, Geltungsdrang – keine Ahnung? Wird das ein Quiz?»

«Nur bei einer weißen Frau können sie ganz sicher sein.»

«Ganz sicher, dass …?»

«Wenn nicht wenigstens Cappuccino dabei herauskommt, wissen sie, dass etwas faul ist.»

Ich nehme an, dass ich noch immer blöd glotzte, denn Gun fuhr sogleich fort:

«Was glaubst du denn, was dieser Seal gesagt hätte, wenn ihm die Klum ein käseweißes Töchterlein ins Nest gelegt hätte?»

Jetzt war der Groschen endlich gefallen.

«Sie sind nämlich sehr stolz, viel stolzer als unsere Männer», versicherte Gunilla. «Die lassen sich nicht so einfach ein Kuckucksei unterschieben», ergänzte sie dann und schaute mich vielsagend an. Anschließend ließ sie ihren Blick zu Jonas hinüberschweifen. Ich erstarrte. Diese Schlange! Wollte sie etwa andeuten, dass Jonas nicht von mir ...

Mir war auf einmal übel geworden. Mich fröstelte. Gun hatte einen Volltreffer gelandet, Blattschuss, wie der Waidmann sagen würde. Ich muss hier weg, dachte ich, und machte mich aus dem Staub.

«Was, du willst schon gehen?», fragte Beate mit schlechtgespieltem Entsetzen, als ich mir meine Jacke holte und Anstalten machte, mich zu verabschieden.

«Du musst mir unbedingt noch berichten, was du seit Wochen da draußen bei dem Krimiautor treibst. Jonas hat mir erzählt, dass du bei diesem ..., wie heißt er noch? Koslowski? Kempinski? Ach nein, Kalinski, nicht wahr? Dass du sein Haus hütest. Stimmt das?»

«Ja, das ist richtig. Ich sehe dort ein bisschen nach dem Rechten, ist eher ein Freundschaftsdienst.»

«Freundschaftsdienst, aha», wiederholte sie. Dann beugte sie sich zu mir nach vorn und senkte die Stimme. «Nur für den Fall, dass sich dieser *Freundschaftsdienst* zu einem lukrativen Geschäft für dich entwickeln sollte: Du weißt, dass ich es ohnehin spitzkriegen werde. Also rück lieber freiwillig damit heraus, denn ich kann sehr unangenehm werden, wenn ich merke, dass du mich bescheißt.»

Wer hat hier wen beschissen?, schrie ich, doch meine Lippen blieben stumm. Stattdessen sagte ich, dass es mir nicht gutginge, und verließ die Villa.

Verdammt, jetzt dreh ich endgültig durch, dachte ich. Das Gift tat bereits seine Wirkung, ich konnte keinen klaren Gedanken mehr fassen. Hatte sie mich wirklich betrogen, uns ein Kuckucksei ins Nest gelegt, und ich hatte es über die ganzen Jahre hinweg nicht bemerkt? Ich konnte es nicht fassen. Ich wollte das einfach nicht glauben. Warum ließ Gunilla das ausgerechnet heute durchblicken? Ich hatte keine Ahnung. Wusste Jonas etwa Bescheid? Hatte Beate es ihm gesagt? Was, wenn er es erfährt?

Bloß nicht ausrasten, dachte ich, als ich wieder in meinem Kombi saß und den Elbtunnel in Richtung Süden passierte. Ich musste diesen Roman zu Ende schreiben und nichts weiter. Anschließend würde ich mich um die anderen Probleme kümmern. War es nicht auch scheißegal, wer Jonas' Vater war? Verdammte Kacke! Nein, es war eben nicht egal, es war Betrug, es war unfair. Sie hätte es mir sagen müssen. Dann empfand ich nur noch Ohnmacht, ein Gefühl, das ich beim besten Willen weder verdrängen noch ertragen konnte. Erstaunlicherweise erwischte ich die richtige Autobahnabfahrt.

Vielleicht war einer dieser Bäume die Lösung, wenn ich frontal darauf zuhielt, dachte ich, nachdem ich den zweiten Kreisverkehr hinter mir gelassen hatte – ein Gedanke, der sich wie ein Pressluftmeißel in mein weiches Hirn bohrte. Ich sah, wie die Buchen und Birken an mir vorbeirasten. Welche Geschwindigkeit würde ausreichen, damit es eine sichere Sache wäre?, überlegte ich, trat das Gaspedal durch und löste den Sicherheitsgurt. Mein Kombi schien nicht gerade begeistert von dieser Idee, doch nach einer kurzen Verzögerung schaltete die Automatik eine Fahrstufe zurück, die Maschine heulte auf, und der Wagen schoss mit rasch zunehmender Geschwindigkeit die Allee entlang.

Was würde mit dem Roman passieren, wenn ich jetzt den Abgang machte, mit dem blöden Köter und mit Möller, dem Sklaventreiber? Plötzlich spürte ich, dass ich den Roman zu Ende bringen musste, einen Krimi, der nicht einmal unter meinem Namen erscheinen würde und der nur zur Hälfte meiner Feder entstammte. Ich wollte die letzten Seiten schreiben, das Werk vollenden. Und außerdem: Suizid, das passte doch gar nicht zu mir! Ich schüttelte entschieden den Kopf und nahm den Fuß vom Gas …

Dann erkannte ich, dass ich ein ernsthaftes Problem hatte. Der Tachometer zeigte inzwischen 165 km/h an, Respekt! Bloß, wie sollte ich bei der Geschwindigkeit die enge Linkskurve da vorne schaffen? Was bin ich für ein beknackter Idiot, dachte ich und hätte mich sehr gern wieder angeschnallt. Stattdessen trat ich die Bremse durch und merkte, wie das Rütteln des Antiblockiersystems einsetzte. Mir fiel ein, dass ich trotz Vollbremsung versuchen konnte zu lenken und konzentrierte mich auf den Verlauf der Scheißkurve. Dann spürte ich die Fliehkräfte. Und als mir klar wurde, dass ich es nicht schaffen würde, versuchte ich, eine der Lücken zwischen den Bäumen zu treffen. So eine Lücke ist eine ziemlich schmale Angelegenheit, vor allem, wenn man mit deutlich mehr als einhundert

Stundenkilometern unterwegs war und die verdammte Physik gerade verrücktspielt. Das Heck brach aus, ich geriet ins Schleudern und rauschte genau zwischen zwei fetten Bäumen hindurch. Einem der beiden fehlte ein ziemlich großes Stück Borke, und am Straßenrand blitzte ein Holzkreuz auf. Da hat wohl jemand weit weniger Glück gehabt, durchfuhr es mich, dann spürte ich einen Schlag und war weg.

KAPITEL 19

Ich drehte mich immer noch, immer um die eigene Achse. Ich hatte die Arme ausgebreitet und spürte, wie die Fliehkräfte mich stabilisierten, ein geiles Gefühl. Dann klopfte es. Jemand klopfte an die Scheibe. Ich öffnete die Augen und sah eine Gestalt. Es war eine Frau. Ich konnte nicht richtig scharf sehen, aber ich kannte sie, da war ich mir sicher. Ja, ich wusste, wer sie war, doch mir fiel ihr Name nicht ein. Jetzt öffnete sie die Tür, und ich konnte ihr Gesicht erkennen.

«Sind Sie verletzt?», fragte sie.

«Paula», sagte ich.

Die Frau zog die Augenbrauen zusammen: «Woher kennen Sie meinen Namen?»

«Ich habe die Fotos gesehen.»

«Welche Fotos?»

«Die Fotos, die Sie Ihrem Vater geschickt haben.»

«Meinem Vater? Sie kennen meinen Vater? Ach so,

dann sind Sie sein Assistent? Wir haben vor ein paar Wochen telefoniert. Was ist passiert? Geht es Ihnen gut?»

Ich fasste mir an die Schläfe und spürte eine dicke Beule, die sich direkt am Haaransatz gebildet hatte. Ich muss mit dem Kopf gegen den Türrahmen geknallt sein, überlegte ich. Dann griff ich zum Gurtschloss und stellte fest, dass ich gar nicht angeschnallt war. Ich schämte mich ein bisschen dafür und stieg aus.

Ich war etwa fünfzig Meter auf den Acker gerutscht. Der Kombi steckte bis zum Bodenblech im Dreck, aber die Maschine lief noch.

«Alles klar», sagte ich, stellte den Motor ab und schloss die Tür.

Wow, was war das denn? Ich konnte mich gar nicht satt sehen.

«Mir geht es gut», behauptete ich, obwohl ich mich mehr als wackelig fühlte. «Würden Sie mir einen Gefallen tun und mich mit ins Dorf nehmen? Ich muss wohl einen der Bauern bitten, mich mit dem Traktor hier herauszuziehen.»

«Klar», sagte Paula und schaute mir in die Augen. «Ich glaube, Sie haben gerade ziemliches Glück gehabt, oder?»

Das kann man wohl sagen, dachte ich und erwiderte ihren Blick. Diese Fotos waren von äußerst zweifelhafter Qualität, wie ich jetzt feststellen musste. Live und in 3-D sah sie nämlich noch viel besser aus, einfach umwerfend! Sie trug einen enganliegenden Rollkragenpullover, der knapp über ihren Hintern reichte. Ein Minirock war ein Dreck dagegen. Poabwärts vervollständigte eine knallenge Jeans das Outfit.

«Ja», antwortete ich und schaute für einen Moment zur

Allee zurück, «großes Glück gehabt.» Ich meinte definitiv nicht, dass ich die Lücke getroffen hatte.

Sie ging voraus. Ihre Stiefel versanken bis zum Knöchel im schweren Boden, was ihre Hüften zu atemberaubend geschmeidigen Bewegungen veranlasste. Noch ein paar Meter, und ich werde ohnmächtig, dachte ich. Dann drehte sie sich um und fragte:

«Ist wirklich alles in Ordnung?»

Das kommt dabei heraus, wenn die Schöpfung ihrem fatalen Hang zur Verschwendung erliegt, dachte ich und seufzte tief. Dann nickte ich und setzte mich in Bewegung.

Mein Blick fiel auf den Talisman, der an meinem Schlüsselbund baumelte, und ich sah, dass der Affe wie verrückt mit beiden Augen zwinkerte.

Keine zwei Stunden später saß ich mit Paula Kalinski vor dem brennenden Kamin. Ich konnte mein Glück nicht fassen …

«Kaum zu glauben, dass mein Vater solches Vertrauen zu Ihnen hat. Ich habe ihn als misstrauischen alten Knochen in Erinnerung, der sich von niemandem in die Karten gucken lässt. Er muss sich vollkommen verändert haben. Schade, dass er sich verkrümelt hat, um seinen neuen Roman fertigzuschreiben. Wohin, sagten Sie, ist er gefahren?»

«Er besitzt eine kleine Hütte an der Ostsee, keine drei Stunden von hier entfernt. In dem Häuschen gibt es weder Telefon noch Fernsehen, geschweige denn einen Internetzugang.»

«Aber hier ist es doch auch ziemlich einsam und ruhig.»

«Das könnte man meinen, doch der Schein trügt. Gerade

erst vor ein paar Wochen war so ein aufdringlicher Pressemensch hier, keine Ahnung, wie der die Adresse herausgefunden hat. Ein unangenehmer Typ, er stellte Kalinski zur Rede, wollte wissen, warum er seinen Krimi immer noch nicht fertiggeschrieben hat und ob er in einer Schaffenskrise steckt. Er machte Fotos, obwohl ich ihm das ausdrücklich untersagt hatte. Wenige Tage später hat sich Ihr Vater aus dem Staub gemacht. ‹Wenn die Meute erst einmal die Spur aufgenommen hat, dann gibt sie so schnell nicht auf›, hat er gesagt und mich gebeten, mit niemandem über seinen Aufenthaltsort zu sprechen.»

Ich stand auf und legte einen Holzscheit nach.

«Sie müssen mir verraten, wie Sie sein Vertrauen gewonnen haben.»

Ich lächelte: «Ich habe ihm nie irgendwelche Fragen gestellt, nehme ihn einfach so, wie er ist, frostig, spröde, tendenziell unterkühlt.»

«Wie wäre es mit einem Glas Rotwein?», fragte ich in die entstandene Pause hinein. Sie schaute mich an, lächelte ebenfalls und legte den Kopf schief. Dann nickte sie. Als ich nach ein paar Minuten mit dem Wein und zwei Gläsern wieder im Wohnraum erschien, hatte Karpow meinen Platz eingenommen und es sich neben Paula bequem gemacht. Er hatte eine seiner dicken Vorderpfoten auf ihren Oberschenkel gelegt und beäugte mich kritisch, während ich mit dem Wein hantierte. Paula kraulte ihm den Nacken. Ich hielt es für diplomatischer, mich in den Sessel zu setzen, verfluchte den dominanten Köter dafür, dass er mir den Platz streitig gemacht hatte. Zu gern würde ich mit ihm tauschen.

«Dass er sich einen Hund angeschafft hat, unglaublich!

Als ich ihn das letzte Mal besucht habe, da hat er noch in der Stadt gewohnt, in Eppendorf, in einer großen Altbauwohnung. Ich hätte niemals für möglich gehalten, dass er aufs Land zieht und sich einen Vierbeiner zulegt. Ich bin so gespannt, wie er jetzt aussieht, wie er so drauf ist …»

«Ich kenne ihn ja erst seit ein paar Jahren. Aber ich glaube, man kann sagen, dass er sich ganz gut gehalten hat.»

Was mache ich hier eigentlich?, fragte ich mich plötzlich. Ich lüge, dass sich die Balken biegen, und verplempere kostbare Zeit. Ich sollte an dem Roman arbeiten und sonst gar nichts. Doch Paula war eine Offenbarung, eine Frau, die es wert war, dass man sein Leben änderte. Die Frage war nur, wie ich das hinkriegen sollte. Bisher hatte ich es gründlich falsch angepackt, das war mal klar. Und wenn ich nicht wenigstens den Roman fertigstellen würde, dann hatte ich überhaupt keine Chance.

- Paula vorübergehend wegschicken.
- Den Roman fertigschreiben.
- Kalinski auftauen und anschließend für herztot erklären lassen.

So sah der Masterplan für die nächsten Wochen aus: glasklar und vollkommen aussichtslos. Doch ich hatte keine andere Wahl!

«Und was machen Sie sonst so?», wollte Paula nun wissen. Ich erzählte ihr, dass ich selbst auch einen Roman geschrieben hatte, dass sich aber bis dato kein Verlag gefunden hatte, der meinen Erstling drucken wollte. Außerdem sei ich geschieden und hätte zwei herzallerliebste, fast erwachsene Kinder, die so langsam anfangen, ihr eigenes Chaos anzurichten. Ich gab zu, dass es mir einigermaßen schwerfällt, unbefangen mit der Tatsache umzugehen, dass meine Tochter sich gerade in einen farbigen Türsteher aus London verliebt hatte, wofür Paula aus unerfindlichen Gründen sogar Verständnis signalisierte. Es fühlte sich ziemlich gut an, zur Abwechslung mal bei der Wahrheit zu bleiben. Paula hörte mir aufmerksam zu. Irgendwann im Laufe des Gespräches waren wir zum Du übergegangen. Dann wollte sie wissen, woran meine Ehe gescheitert war. Ich sagte:

«Ich glaube, meine Ex hat die Herausforderung gereizt, mein Leben in den Griff zu kriegen; und als sie gemerkt hat, dass sie das nicht schafft, jedenfalls nicht ohne meine Hilfe, war sie enttäuscht.»

«Und was hast du an ihr gefunden?»

«Ich war fasziniert davon, wie Beate ihr Leben unter Kontrolle hatte, wie sie alles plante und organisierte. Irgendwie bin ich wohl davon ausgegangen, dass sie mir ein paar Probleme vom Hals hält, und eine Zeitlang hat das ja auch ganz gut geklappt. Doch dann wurde mir nach und nach klar, dass sie mich niemals so akzeptieren würde, wie ich war. Sie hat sich in ihre Idee verliebt, wie ich sein könnte, und je mehr sie darauf hinarbeitete, dass ich mich in diese Richtung entwickelte, desto weniger war ich bereit dazu. Ich ließ sie dermaßen auflaufen, dass ich mich manchmal dafür schämte oder sogar hasste. Aber ich konnte nicht anders.»

Ich glaube, ich hatte noch nie so ehrlich über Beate und mich gesprochen, darüber, wie wir unsere Ehe kaputt gemacht hatten. Eigentlich war es mir selbst gerade erst bewusst geworden, in diesem Gespräch. Ich schaute zu Paula hinüber und bemerkte, dass ihr Gesicht allmählich verschwamm. Dann liefen mir ein paar Tränen über die Wangen, und ich schaute wieder ins Feuer. Was ist bloß los mit mir?, fragte ich mich. Ich war so froh, dass ich diese Frau getroffen hatte. Ich legte einen Scheit nach und beobachtete, wie die Flammen aufloderten, als sie sich über die frische Nahrung hermachten. Dabei knackte und zischte es gemütlich.

«Und bei dir?», fragte ich nach ein paar schweigsamen Minuten. «Wie ist es bei dir gelaufen?»

Paula warf einen langen Blick in ihr Weinglas und seufzte dann unmerklich. Jetzt schaute sie auf und lächelte mich an:

«Wie es bei mir war, erzähle ich dir lieber ein anderes Mal. Gehört auch eher zu den traurigen Geschichten, jedenfalls gab es kein Happy End. Außerdem merke ich, dass ich ziemlich müde bin. Ich werde besser zurück nach Hannover fahren. Aber wenn mein Vater wieder da ist, komme ich noch mal hierher. Vielleicht haben wir dann die Gelegenheit, uns weiter zu unterhalten. Das würde mich freuen.»

Ach je, jetzt blockt sie ab. Ich war sauer auf mich selbst: Du Blödmann! Wie kann man nur so unsensibel sein? Deinen Mist hat sie sich angehört, na und? Was heißt das schon? Gar nichts! Vor allem nicht, dass sie sich dir ebenfalls anvertrauen möchte. Sie kennt dich doch überhaupt nicht! Und das ist auch verdammt gut so, weil sie dich sonst zum Teufel jagen würde, und das zu Recht!

Ich war enttäuscht, denn ich konnte mir nicht vorstellen, dass ich noch einmal eine Gelegenheit wie diese bekommen würde. Aber was konnte ich tun? Ich ließ sie gehen. Als sie ihren Wagen gestartet hatte und die Rücklichter im Dunkeln verschwunden waren, ging ich wieder ins Haus und legte noch zwei große Scheite auf. Ich starrte in die Flammen. Schon wieder feuchte Augen, dachte ich, was bin ich bloß für ein Weichei, das kann doch alles nicht angehen. Karpow, der blöde Köter, sprang tatsächlich vom Sofa und verzog sich in die Diele. Ich wusste gar nicht, dass Hunde Scham empfinden. Später ging es mir ein bisschen besser. Ich holte die Olivetti aus dem Arbeitszimmer und schrieb drauflos, fast zwanzig Stunden lang. Die ganze Nacht und den halben nächsten Tag durch. Dann war ich fertig, fix und fertig. Bereits am frühen Abend schleppte ich mich die Treppe zu meiner kleinen Kammer hoch und schlief sofort ein.

«Nein», dachte er. «Ich kann das nicht zulassen. Ich muss diesen Möchtegernautor stoppen, bevor es zu spät ist. Der Roman darf nicht erscheinen. Ich dulde nicht, dass dieser Stümper mein Lebenswerk in den Dreck zieht.» Das weiße Gewand flatterte ein wenig, als er die Diele durchquerte. Dann betrat er den Wohnraum. Dort stand die alte Olivetti. Im Kamin glimmte noch ein Rest von der Glut. «Sehr gut», dachte er, «ich werde es an Ort und Stelle vernichten.» Er streichelte dem Hund ein paar Mal über Kopf und Rücken.

Dann klopfte er ihm die Brust und sagte: «Na, wo hat er das Manuskript gelassen, Karpow? Du hast es doch bestimmt beobachtet, oder? Such das Manuskript, such!» Doch der Hund wedelte nur unschlüssig mit dem Schwanz, legte den Kopf schief und schaute sein Herrchen erwartungsvoll an. Kalinski fing jetzt an, systematisch nach dem großen Papierstapel zu suchen, den er noch vor wenigen Tagen hier vorgefunden hatte, direkt auf dem Wohnzimmertisch, neben der Schreibmaschine. Doch er konnte nichts entdecken. Nachdem er sich auch im Büro umgeschaut und den Inhalt diverser Schubladen überprüft hatte, begab er sich ins Obergeschoss. Dort, da war er ganz sicher, würde er fündig werden.

KAPITEL 20

Ich drehte an einer Kurbel. Sie gehörte zu einem großen, alten Fleischwolf, wie sie früher in jeder Schlachterei standen. Eine Frau, es war die Verkäuferin aus der Metzgerei in Marxen, warf immer neue Fleischbrocken in den Trichter, doch statt Hackfleisch kamen zerknitterte Manuskriptseiten heraus. Man brauchte sie allerdings nur glatt zu ziehen und in die richtige Reihenfolge zu bringen, schon hatte man einen druckfertigen Roman. Zu blöd, dass ich darauf nicht früher gekommen war.

Dann sah ich, dass Kalinski vor dem Tresen wartete. Er lamentierte, er könne das Manuskript nicht finden, schließlich müsste er doch wenigstens das Ende kennen, wenn er es schon nicht selbst hatte schreiben können.

Ich zuckte nur mit den Schultern und drehte weiter an der Kurbel. Wenn wir in diesem Tempo fortfahren, haben wir bis Mittag schon das erste Buch fertig, hergestellt in solider alter Handwerkskunst, dachte ich und nahm mir vor, den Namen meiner fleißigen Helferin mit auf den Titel zu schreiben. Ja, das würde ich machen. Sie war eine gute Koautorin, denn sie achtete darauf, dass nur beste Zutaten in unserem Roman verwurstet wurden.

Dann sah ich, wie Kalinski mit einem dicken Stapel Papier aus der Metzgerei herauslief, offenbar hatte er das Manuskript doch noch gefunden. Kaum war er draußen, warf er alles auf die Straße, öffnete seinen Hosenstall und pinkelte drauf. Er rief mir zu, dass er zum Äußersten bereit sei, wenn ich ihm die Auflösung nicht verraten würde. Ich war starr vor Schreck, denn ich wusste genau, was als Nächstes passieren würde. Kalinski nahm ein Streichholz, zündete es an und warf es auf den Papierhaufen, der sich sofort mit einer Stichflamme entzündete. Der ganze Haufen brannte schon lichterloh, als ich endlich draußen war und mit bloßen Händen versuchte, die Flammen auszuschlagen.

Ich wachte davon auf, dass ich mit der Hand auf die Bettdecke schlug. Mir war heiß, mein Herz klopfte, ich hatte Panik. Wo war das Manuskript? Ich sprang aus dem Bett, hetzte die Treppe herunter und durchquerte den Wohnraum. Da stand die alte Olivetti, aber wo war … Mit einem Schlag realisierte ich, dass ich nur geträumt hatte. Wieder einer dieser lebhaften und äußerst einprägsamen Träume. Ich hatte das Manuskript gestern Nachmittag fertiggestellt und anschließend Möller angerufen. Der behauptete zwar, ich hätte den Bogen überspannt, sei eine volle Woche überfällig und es käme darauf an, ob der Verlag das Projekt überhaupt noch realisieren wolle, Rhabarber, Rhabarber – war aber trotzdem sofort angerauscht gekommen und hatte es mitgenommen. Insofern war also alles in bester Ordnung. Ich hatte meinen Job erledigt, und das Manuskript war in Sicherheit.

Nur meine Kohle hatte ich nicht. Als ich mein Geld verlangte, hatte Möller wieder herumgezickt. «Erst mal abwarten, ob der Verlag überhaupt noch willens ist, das Werk anzunehmen», sagte er. Dann schlug er vor, mir die dreitausend Euro zu überweisen, falls alles klappte, was ich vehement ablehnte. Wenn das Geld auf einem meiner überzogenen Konten landete, konnte ich die Scheine auch gleich in den Kamin stecken. Möller versprach daraufhin hoch und heilig, mir das Geld in den nächsten Tagen persönlich vorbeizubringen.

Ich bezweifelte, dass er sich daran halten würde, jetzt, wo er endlich hatte, was er braucht. Doch da hörte ich, wie sich ein Fahrzeug dem Hof näherte. Es klang wie Möllers Mini. Ich war gerade dabei, mir Kaffee zu kochen, und ging ein paar Schritte in die Diele. Tatsächlich, draußen schälte sich Möller aus seinem stylischen Kleinwagen. Er trug einen Ledermantel und eine dunkle Sonnenbrille. Voll der Retro-Look, dachte ich, vermutlich Lammfell, echt peinlich, der Typ. Dann machte ich die Tür auf, an der Karpow bereits Position bezogen hatte. Der Hund sprang bellend um den Eindringling herum, doch Möller ignorierte den Köter einfach und kam zum Eingang geschlendert.

«Was starrst du mich so an?», wollte er wissen und streckte seine kurzen Arme aus. Dann zeigte er auf seinen Mantel:

«Retro-Look! Echtes Lammfell. Voll angesagt.»

«Was du nicht sagst», meinte ich und fragte den Leichenschänder, ob er an einer Tasse retromäßig abgefiltertem Kaffee interessiert sei, was er bejahte. Dann zog er seinen Mantel aus und legte ihn auf dem Tisch in der Diele ab.

«Hier ist deine Kohle», sagte er wenig später, als er mir die dreitausend auf den Küchentisch blätterte. «Ehrlich gesagt, die Jungs vom Verlag waren ganz heiß auf den neuen Krimi. Keine Rede davon, dass sie das Projekt fallenlassen wollen.»

Ich war einigermaßen überrascht. Ich sammelte das Geld ein, stopfte mir das Bündel Scheine in die Hosentasche und erwiderte:

«Okay, dann können wir den toten Dichter ja endlich auftauen und seine längst überfällige Bestattung vorbereiten.»

«Nur nichts überstürzen, mein Lieber», wiegelte Möller ab und setzte sich auf einen der beiden Stühle. Dann stellte er seinen Kaffeebecher auf die Fensterbank.

«Zuerst warten wir mal ab, was sie zu deinem Manuskript sagen. Ich kann nur hoffen, dass sie uns den Schwindel abkaufen. Aber eins ist sicher, die Zeit arbeitet seit gestern Abend auf unserer Seite, denn der Verlag wird alles daransetzen, den Buchhandel noch vor Weihnachten mit dem frischgedruckten Kalinski-Krimi zu beglücken. Ich weiß zwar nicht, wie sie das schaffen wollen. Aber sie werden mit Sicherheit alle Hebel in Bewegung setzen.»

«Wieso sollten wir dann noch warten?», protestierte ich. «Wenn Kalinski offiziell tot ist, kann er auch kein Manuskript mehr ändern oder überarbeiten, selbst wenn es der Verlag für sonst wie grottig halten sollte.»

Im Hintergrund sah ich Karpow herumfuhrwerken, er zerrte etwas hinter sich her, das entfernt an einen Mantel erinnerte.

«Ich glaube, du verkennst die Situation ein wenig. Welcher Arzt den aufgetauten Kalinski auch immer in Augenschein nimmt, wird feststellen, dass der Tod nicht erst vor ein paar Stunden oder Tagen eingetreten ist. Und er oder sie wird deutliche Anzeichen dafür finden, dass diese Leiche für ein paar Wochen gut gekühlt gelagert worden ist.»

Offenbar machte ich ein blödes Gesicht, denn Möller setzte einen mitleidigen Blick auf, als er fortfuhr:

«Glaub mir, ich habe mir dazu einige Gedanken gemacht: Da werden noch ein paar Fragen auftauchen, womöglich wird sich sogar die Kripo einschalten; und es wäre besser für uns, wenn der Krimi dann schon im Handel ist.»

Besser für uns? Besser für dich!, dachte ich. Ich hatte

mir bisher natürlich noch keine Gedanken zu dem Thema gemacht. Mit einer tiefgekühlten Leiche unter einem Dach zu leben hatte mein Verdrängungsvermögen zwar auf die Probe gestellt, doch bei weitem nicht überfordert. Ich hatte das erfolgreich ausgeblendet, so wie viele andere Dinge auch. Außerdem konnte ich mich jeweils nur auf eine Sache konzentrieren, und in den letzten Wochen war das Manuskript diese eine Sache gewesen. Zugegeben, es war wieder eine gewisse Kapazität vorhanden, doch ich hatte überhaupt keine Lust, mich mit den Problemen meines geldgierigen Agenten zu befassen.

«Am besten wäre es, wenn du hier noch für ein Weilchen die Stellung halten würdest. Zumindest, bis der Roman erscheint.»

«Auf keinen Fall!»

«Ich will dir ja nicht zu nahe treten», sagte Möller, tat jedoch genau das Gegenteil, «aber ich glaube, du hast gar keine andere Wahl. Du lebst immerhin schon seit ein paar Wochen hier und hast mit Sicherheit jede Menge Spuren hinterlassen. Selbst wenn du dir die größte Mühe gibst, alle zu beseitigen, hast du keine Chance. Du weißt doch, wie pfiffig die bei der Spurensicherung heute sind.»

«Äh, Moment bitte, was willst du damit sagen?»

«Überleg doch mal. Wenn wir behaupten, dass Kalinski direkt nach Fertigstellung seines Romans verstorben ist, die Gerichtsmediziner aber nachweisen, dass er schon seit mindestens vier Wochen tot ist – das wirft doch Fragen auf, oder?»

Ich versuchte gar nicht erst, mir diese Fragen vorzustellen, wozu auch? Doch ich spürte einen unbändigen Groll in mir aufsteigen.

«Du hast doch gerade einen Krimi fertiggestellt. Was, glaubst du, wird die Kripo denken?»

«Keine Ahnung, ist doch auch scheißegal. Notfalls sagen wir einfach, wie es war. Was ist schon dabei? Schließlich ist er eines ganz natürlichen Todes gestorben, oder?»

Möller grinste: «Sicher, wir wissen das, aber wer wird uns das glauben? Abgesehen davon, der Verlag liefert das Buch niemals aus, wenn Zweifel an der Autorenschaft bestehen. Und die kämen mit Sicherheit auf, sobald bekannt wird, dass Kalinski bereits Wochen tot war, bevor sein Roman fertiggestellt wurde. Anders wäre es, wenn zu dem Zeitpunkt schon ein paar tausend Exemplare verkauft wurden; und mehr erwarte ich ja auch gar nicht von dir. Lass uns abwarten, bis sie das Buch gedruckt und in den Handel gebracht haben. Das dauert höchstens zwei bis drei Wochen, dann liegen die ersten Exemplare bei den Buchhändlern.»

Warum trete ich ihm nicht in die Eier?, schrie ich in mich hinein. Der Wichser hat es nicht anders verdient!

«Wenn sie herausfinden, dass sich ein völlig abgebrannter, erfolgloser Autor hier wochenlang aufgehalten hat, kommen die womöglich auf wer weiß was für Gedanken. Ich glaube, du hast im Moment genug andere Sorgen, oder? Darauf würde ich es wirklich nicht ankommen lassen», schob Möller hinterher.

Klarer Fall, mein Agent entpuppte sich gerade als genau das Arschloch, für das ich ihn von Anfang an gehalten hatte. Er versuchte mich zu erpressen, indem er mir den Mord an Kalinski in die Schuhe schob. Hatte er ihn vielleicht doch selber um die Ecke gebracht? Ich bekam Lust, ihm meine Imponierknarre an die Birne zu halten und eine ernsthafte Verwarnung auszusprechen. Gute Idee, dachte ich, doch wo hatte ich das Teil eigentlich hingelegt? Ach ja, die Pistole lag als Briefbeschwerer oben auf Kalinskis Poststapel. Ich nahm die Waffe aus der Schublade, näherte mich Möller von hinten und hielt ihm den Lauf an die rechte Schläfe. Dabei guckte ich grimmig und sagte:

«Ich will dir ja nicht zu nahe treten, aber du hast gerade den Point of no Return überschritten.»

Möller erstarrte.

Seine weitaufgerissenen Augen schielten nach der Waffe.

«Nun zur guten Nachricht: Wenn du den Schuss hörst, bist du bereits tot, denn die Kugel ist deutlich schneller als der Schall. Alles klar so weit? Kann es losgehen?», fragte ich lächelnd und schob den Sicherungsbügel zurück.

«Um Himmels willen, tu das nicht!», bettelte Möller.

«Sicher? Ich dachte, jemand sollte dich von der Qual erlösen, ein solches Arschloch zu sein», sagte ich freundlich und nahm die Pistole runter. Ich sicherte die Waffe und legte sie wieder in die Schublade.

«Na gut, wenn du meinst, dann bleibe ich halt noch ein paar Tage hier», seufzte ich gespielt angestrengt und beobachtete, wie Möllers Gesichtsfarbe zurückkehrte. Ein Prozess, der nicht besonders gleichmäßig verlief. Er sah mittlerweile ziemlich fleckig aus. In meiner Wohnung hatte sich vermutlich ohnehin längst ein Obdachlosenasyl etabliert, überlegte ich, während ich Möller nachschaute, der wortlos die Küche in Richtung Ausgang verließ. Ich muss dringend dafür sorgen, dass das Schloss repariert wird, nahm ich mir erneut vor. Immerhin war ich vorübergehend flüssig.

«Verdammt! Wo ist der Mantel?», hörte ich Möller fluchen, dann trat eine Pause ein. «Das kann doch nicht wahr sein! Gib das sofort her!» Als Antwort war ein sonores Knurren zu hören. Karpow hatte das Lammfell auf sein Sofa gezerrt und es sich anschließend darauf bequem gemacht. Offenbar war er nicht bereit, seine Beute kampflos aufzugeben. Ich dachte an die Tüte mit Fleischknochen, die ich im Kühlschrank aufbewahrte, schob den Gedanken jedoch gleich wieder beiseite. Karpows Knurren steigerte sich noch einmal, bevor Möller aufgab. Wenig später hörte ich, wie ein Fahrzeug gestartet wurde und sich rasch entfernte.

KAPITEL 21

Ich drehte mich im Kreis: Ich wollte mich nicht länger als nötig in meinem Exil aufhalten, aber Paula wiedersehen. Ich wollte, dass Kalinski endlich unter die Erde kam, aber das Erscheinen des Krimis nicht gefährden. Zugegeben, ich war ziemlich gespannt darauf, was die Kalinski-Leser davon halten werden, deshalb musste ich zumindest hierbleiben, bis der Roman auf dem Markt war. Und was Paula betraf: Die einzige Chance, sie wiederzutreffen, bestand darin, weiter das Anwesen zu hüten und zu hoffen, dass sie sich bald blicken lassen würde – so weit, so gut.

Das Problem war, jetzt, nachdem ich das Buch fertig hatte, fiel mir hier die Decke auf den Kopf. Ich sollte mir einen Abend freinehmen und nach Hamburg fahren, um auf andere Gedanken zu kommen. Außerdem wäre es mehr als vernünftig, einen Blick in meine Wohnung zu werfen. Vielleicht konnte ich das Schlimmste noch verhindern.

«Hör zu, du altes Stinktier, ich mache mal die Biege», sagte ich zu Karpow, «und du passt schön aufs Haus auf, kapiert? Spätestens morgen Vormittag bin ich zurück, und dann gibt's einen extragroßen Haufen von deinem dreifarbig stinkenden Nahrungsgranulat, versprochen.»

Karpow glotzte mich vom Sofa aus an. Dann stand er auf und begann auf seinem geliebten Mantel herumzuscharren. Einen Ärmel nahm er ins Maul, drehte sich im Kreis, zerrte unwillig daran, hielt schließlich inne und ließ sich auf die Lammfellunterlage plumpsen. Ich suchte ein paar Sachen zusammen und machte mich auf den Weg in die Elbmetropole.

Wieso werden Menschen zu Ausbeutern, nur weil sie ein paar Mietshäuser besitzen? Ein Phänomen, dem der Deutsche Mieterbund und eine Menge Rechtsanwälte ihre Existenz verdanken, stellte ich fest, als ich bei Hassenstein klingelte. Dann zog ich eine Grimasse vor dem magischen Auge, durch das mein Vermieter mich vermutlich gerade beobachtete.

«Herr Vogt, Sie wollen doch nicht etwa Ihre Schulden begleichen?», quäkte es aus einem kleinen Lautsprecher, neben dem ein Lämpchen rötlich flackerte.

«Was dachten Sie denn? Sehe ich aus, als wollte ich Ihnen ein Abo andrehen?»

Nach einer Weile öffnete sich die Tür einen Spaltbreit.

«Wie viel?», fragte ich.

«Drei Mieten à fünfhundert Euro, das macht tausendfünfhundert Euro.»

«Und die Räumungsklage?»

«Die nehme ich zurück, aber nur, wenn Sie mir die Miete für die nächsten zwei Monate gleich im Voraus bezahlen. Das wären dann insgesamt zweitausendfünfhundert Euro.»

Ich mochte meine Wohnung, doch ich verachtete den Mann, dem sie gehörte. Es verursachte körperliche Schmerzen, ihm so viel Geld in den gierigen Schlund zu schmeißen. Manchmal komme ich mir auf eine seltsame Art fremd vor, dachte ich und sah mir dabei zu, wie ich Dagobert Duck zweitausendfünfhundert Euro überreichte. Hassenstein zählte das Geld nach. Dann sagte er, er schätze sich glücklich, mich als Mieter zu behalten, und werde gleich morgen seinen Anwalt instruieren, die Klage fallenzulassen. Ich könne mich auf ihn verlassen. Das glaubte ich ihm sogar.

«Du brauchst dir doch bloß in irgendeinem Baumarkt einen neuen Schließzylinder zu holen. Den setzt du ein, und fertig ist der Lack», meinte Carlo und reichte mir ein frischgezapftes Pils rüber.

In meiner Wohnung war es brütend heiß. Die Haustür hatte offen gestanden. Drinnen waren sämtliche Heizkörper voll aufgedreht und bollerten, was das Zeug hält. Na klasse, dachte ich und freute mich bereits auf die nächste Nebenkostenabrechnung. Im Flur stapelten sich die neuesten Ausgaben von Hinz & Kunzt, diesem Obdachlosenmagazin, und im Wohnraum lagen zwei Schlafsäcke und ein paar mit Klamotten gefüllte Plastiktüten auf dem Fußboden. Die Küche sah aus wie ein Schweinestall, aber sonst schien alles in bester Ordnung. Ich drehte die Heizkörper runter und ging direkt in die BarKasse, um mir bei meinem

Kneipenwirt Rat zu holen. Als Erstes legte ich ihm die vierhundert Euro auf den Tresen, die er mir dankenswerterweise vorgeschossen hatte.

«Am besten, du baust den alten Zylinder vorher aus und nimmst ihn gleich mit. Dann kann nix schiefgehen», fuhr Carlo fort.

Jetzt, wo ich meine Mietschulden beglichen und die Zwangsräumung vereitelt hatte, wollte ich auch die Verfügungsgewalt über mein Domizil zurückerlangen – die Aktion hatte ganz offensichtlich den Spießer in mir geweckt. Allerdings hatte ich wenig Lust, meine letzte Kohle für überteuerte Handwerker auszugeben. Carlos Vorschlag gefiel mir.

«Und wie geht das, so ein Schloss ausbauen?», wollte ich wissen.

«Nicht das ganze Schloss, nur den Schließzylinder, und das geht ganz einfach. Vorn am Schlosskasten, also diesem schmalen Metallteil, das du bei geöffneter Tür sehen kannst, befindet sich eine Kreuzschlitzschraube. Die muss gelöst werden, und schon kannst du den Zylinder herausziehen. Das einzige Werkzeug, das du dafür brauchst, ist ein Schraubendreher mit Kreuzschlitz.»

Während er sprach, hatte Carlo sich einen Bierdeckel gegriffen und eine kleine Illustration angefertigt. Anschließend schob er mir die Montageanleitung rüber und meinte: «Mein Großvater war Maurer und Stuckateur. Der sagte immer: ‹Wer ein Leberwurstbrot schmieren kann, der kann auch eine Wand verputzen.›»

Ich fand diesen Vergleich nicht sonderlich treffend, schätzte aber, dass er mir damit Mut machen wollte. Dann holte Carlo tief Luft, was vermuten ließ, dass sich ein weibliches Wesen von beträchtlicher Attraktivität näherte. Ich schaute mich um und sah eine mittelgroße Frau mit beeindruckender Oberweite auf den Tresen zusteuern. Carlo stand auf diesen Typ, voll sein Beuteschema, stellte ich fest und nahm einen großen Schluck von meinem Pils. «*Muss richtig was dran sein, sonst bringt das nix*», sagte er immer, und diese Lady hatte einiges zu bieten. Alles an ihr war von üppiger Natur und außerdem bestens proportioniert.

Carlo selbst war auch nicht gerade gertenschlank. Sechster Monat, würde ich sagen, wenn ich mir die Kugel anschaute, die er vor sich herschob. Hin und wieder ging er zu den Weight Watchers, aber nicht, um abzuspecken, sondern weil er sich in Gesellschaft von den dicken Weibern wohl fühlte. «Whale Watching» nannte er das: «Besser als jede Single-Börse und voll die korrekte Quote», schwärmte er, «auf siebzig bis achtzig Frauen kommen nur zwei bis drei Kerle!»

Ab und zu sprang sogar ein One-Night-Stand für ihn heraus. Dabei blieb es jedoch meistens, denn es gab da gewissermaßen ein strukturelles Problem, wie Carlo es ausdrückte: Während er total darauf abfuhr, waren seine Eroberungen stets unglücklich mit der Leibesfülle, die sie sich im Laufe der Jahre angefressen hatten. Mit einer von ihnen, ich glaube, sie hieß Petra, war er mal ein paar Wochen liiert gewesen. Doch dann hat ihn das Punktegezähle dermaßen abgetörnt, dass er die Biege gemacht hatte.

«Ich hätte gern einen trockenen Weißwein. Hast du 'n Chardonnay?», fragte die Frau nun, und ich sah, wie Carlos Augen zu leuchten begannen. Ich schaute auf die Uhr über dem Tresen. Es war zwanzig Minuten vor acht. Wenn ich mich beeilte, konnte ich es noch zum Baumarkt schaffen.

Ich sprang von meinem Barhocker, steckte den Bierdeckel mit der Skizze ein und sagte:

«Ich verschwinde mal und kümmere mich um mein Türschloss. Nachher schau ich vielleicht noch auf 'n Feierabendbierchen rein. Bis dann, Alter.»

Doch Carlo nahm mich schon gar nicht mehr wahr.

«Doppel-D?», hörte ich ihn im Weggehen fragen und bezweifelte, dass er so bei ihr landen konnte. Doch sie kicherte nur und sagte:

«Bingo! Sag bloß, du arbeitest nebenbei in einem Dessousladen?»

Dann hörte ich beide lachen.

Nachdem ich das Türschloss repariert und die Sachen von Tieschen und Wer-weiß-wem in den Hausflur gestellt hatte, fühlte ich mich schlecht. Ich bin auch nicht besser als dieser Hassenstein, ich sperre die Penner aus, nehme ihnen ihre Bleibe, und das, obwohl ich die Wohnung in den nächsten Tagen wahrscheinlich gar nicht benutzen werde. Die haben sich bestimmt schon gefreut, dass sie über Weihnachten ein Dach über dem Kopf haben.

Doch dann meldete sich zum Glück mein gesunder Egoismus zu Wort: Verdammt noch mal, das ist meine Wohnung, und die Jungs haben bloß meine Notlage ausgenutzt. Hätte dieser Blödmann von Gerichtsvollzieher nicht die Tür aufbrechen lassen, wären die ja gar nicht erst reingekommen, beruhigte ich mein Gewissen und machte mich noch am Abend auf den Weg nach Marxen. Kurz hinter den Elbbrücken setzte leichter Schneefall ein. Ich schaute auf die Außentemperaturanzeige meines Kombis. Das Instrument zeigte null Grad an, doch ich bezweifelte, dass der Schnee liegen bleiben würde.

KAPITEL 22

Ich drehte das Radio lauter, denn die Moderatorin hatte gerade den Wetterbericht angekündigt. Normalerweise interessiere ich mich nicht besonders für die Vorhersagen der Meteorologen. Doch heute Morgen war das anders. General Karpow hatte mich wie üblich aus dem Tiefschlaf gerissen, indem er seine Leine auf den Holzfußboden vor meinem Bett fallen ließ und anschließend laut bellte. Derart genötigt, war ich aufgestanden und einigermaßen überrascht, als ich aus dem Fenster schaute. Draußen war alles weiß. Offenbar hatte es die ganze Nacht über geschneit. Die Schneeschicht war bestimmt schon zehn Zentimeter hoch, und in diesem Moment fing es wieder an. Ich sah dicke Flocken am Küchenfenster vorbeischweben und spürte, wie sich eine naive Freude in mir breitmachte. Das hatte ich als Kind geliebt, morgens aufzuwachen, und die ganze Welt war verzaubert.

«Beste Chancen für weiße Weihnachten in Norddeutschland», frohlockte ein gut aufgelegter Wettermann, dessen Stimme aus dem blassgrünen Küchenradio kam. Und die Chancen, dass es über die Feiertage so bleibt, sind äußerst günstig, denn eine Kaltfront und weitere Schneefälle sind im Anmarsch, versprach der Typ aus dem Radio. In den Nächten Frost bis minus vierzehn Grad.

Super, dachte ich, kein nasser Pappschnee, kein ekliger Matsch, keine Graupelschauer, stattdessen dicke Flocken und klirrende Kälte. Wann hatten wir hier oben im Norden das letzte Mal so ein Bilderbuchwinterwetter? Ich erinnerte mich daran, wie toll es war, wenn die Außenalster zufror und Tausende von Hamburgern sich auf dem Eis vergnügten.

Die Aussicht, hier draußen einzuschneien, fand ich eigentlich ziemlich romantisch. Was mich nervte, war aber die Tatsache, dass Kalinski immer noch in der Tiefkühltruhe lag.

Ich schenkte mir einen Becher Kaffee ein und schlenderte durch die Diele. Dann öffnete ich die Tür zum Stallteil. Hier war es dunkel und kalt. Ich schaltete das Licht ein und sah, wie mein Atem kondensierte. Da vorn stand die Kühltruhe. Die grüne Kontrollleuchte zeigte an, dass die Temperatur bei den erforderlichen minus achtzehn Grad lag. Bei dem Gedanken an das darin befindliche Gefriergut fröstelte es mich. Ich lehnte mich an einen dicken, hölzernen Stützpfeiler, umschloss den Kaffeebecher mit beiden Händen und dachte nach. Dann hatte ich eine Idee. Draußen herrschten jetzt ebenfalls zweistellige Minusgrade. Heute Nacht sollte die Temperatur sogar noch weiter fallen. Scheiß auf Möller und seine Pläne, ich warte, bis es dunkel ist, und dann werde ich Kalinski da rausholen. Ich werde ihn irgendwo in den Schnee legen, und wenn ihn jemand findet, wird sich kein Mensch darüber wundern, dass er tiefgefroren ist.

Und falls ihn niemand findet, fragte ich mich und nahm mir vor, die Aktion besser noch einmal sorgfältig zu durchdenken. Was, wenn er erst entdeckt wird, nachdem die Frostperiode vorüber ist? Ich nahm einen Schluck von meinem Kaffee. Macht nichts. Sie können vielleicht irgendwie feststellen, dass er zwischendurch eingefroren war, aber es existiert ja eine plausible Erklärung dafür: der strenge Frost Mitte Dezember. Ansonsten wird die Untersuchung ergeben, dass Kalinskis Herz versagt hat –

Bingo! Ich beglückwünschte mich zu diesem genialen Plan und begab mich in die beheizten Räume des Wohnteils zurück.

Jetzt musste ich mir nur noch überlegen, was ich Paula sagen sollte, wenn bekannt wurde, dass Kalinski in der Nähe seines Hauses der Herztod ereilt hatte. Warum hatte ich ihr erzählt, dass er sich in sein Ferienhaus an der Ostsee zurückgezogen hatte? Ich könnte mich einfach dumm stellen und behaupten, dass ich mir das Ganze auch nicht erklären kann. Er sei aufgebrochen, als ich gerade in Hamburg war, und daher hätte ich mich nicht darüber gewundert, ihn am Abend nicht mehr anzutreffen. Vielleicht hatte er sich an dem Tag nicht gut gefühlt und einen Spaziergang gemacht. Dabei war es dann passiert.

Als es wenige Stunden später zu dämmern begann, öffnete ich eine Flasche Rotwein und zündete den Kamin an. Ich war inzwischen bei den Spaniern angekommen und hatte meine Vorliebe für Rioja entdeckt. Damit wollte ich mir ein wenig Mut antrinken und dann tun, was getan werden musste. Karpow hatte es sich auf seinem Stammplatz gemütlich gemacht und schlief mal wieder in bizarrer Rückenlage, sämtliche Gliedmaßen in unnachahmlicher Weise in die Luft gestreckt.

Nach dem dritten Glas spürte ich eine feurige Wärme durch meine Gefäße strömen und fühlte mich bereit, meinen kühnen Plan in die Tat umzusetzen. Ich schlich hinaus und schloss die Tür sorgfältig hinter mir. Dann zog ich mir einen dicken Pullover und Arbeitshandschuhe an, die ich in dem kleinen Werkraum gefunden hatte. Ich öffnete die Tür zum Stallteil, machte Licht und holte eine Schubkarre, die neben großen Stapeln von Altpapier stand, verblichene Ausgaben der Süddeutschen Zeitung. Die Karre schob ich neben die Truhe und öffnete den Deckel. An den kümmerlichen paar Haaren, die unter der Wolldecke hervorguckten, hatte sich Raureif gebildet. Das Gesicht war zum Glück vollständig verhüllt, sonst hätte ich es auch kaum fertiggebracht, die Leiche anzufassen. Erstaunlicherweise erschien es mir leichter, den Alten aus seinem Tiefkühlsarg herauszuheben, als ihn hineinzubekommen. Vermutlich lag es daran, dass seine Gestalt vollkommen erstarrt war. Dennoch kam ich dabei ins Schwitzen, was vermutlich eher an der mentalen Anspannung lag.

Ich hatte vorsorglich etwas Stroh in der Schubkarre verteilt und eine weitere alte Decke darübergelegt, sodass Kalinski einigermaßen weich fiel, als mir der steifgefrorene Körper aus den Händen rutschte. Dann schob ich den toten Dichter durch die Diele zur Tür hinaus in den Hof. Es schneite noch immer, doch inzwischen war ein lebhafter Wind aufgekommen, der die dicken Flocken heftig durcheinanderwirbelte. Ich setzte die Karre ab und schaute nach oben. Im schwachen Licht einer Außenlampe versuchte ich, einzelne Schneeflocken auf ihrem Weg zum Boden zu verfolgen. In diesem Moment hörte ich ein Motorengeräusch. Ein Fahrzeug näherte sich. Sekunden später streifte mich ein Lichtkegel. Kurz darauf wurde der Motor abgestellt, und die Scheinwerfer erloschen. Aus dem Haus drang Hundegebell.

Von mentaler Anspannung konnte nun keine Rede mehr sein, eher von Panik in Reinform. Eine Autotür wurde zugeschlagen, jemand betätigte die Zentralverriegelung, Schritte. Dann reagierte ich mechanisch. Ich packte die Schubkarre und schob sie bis vor das mannshoch an der

Außenwand gestapelte Brennholz. Anschließend verteilte ich ein paar Holzscheite auf der Leiche. Das Knirschen der Schritte kam näher.

«Bist du das, Volvo?»

Ich drehte mich um.

«Was machst du denn hier draußen?»

«Äh ... Brennholz – ich hole Brennholz.»

«Und was ist mit meinem Vater?»

Der liegt hier in der Karre, in eine alte Decke eingehüllt und steif gefroren bei minus achtzehn Grad, hab ihn nämlich gerade aus der Tiefkühltruhe geholt, sollte ich vielleicht sagen, dann hätte das Ganze jedenfalls ein Ende.

Sie war auf uns zugestapft gekommen. Jetzt blieb sie stehen und schaute erst zu mir, dann zum tiefgefrorenen Kalinski rüber, den ein paar Buchenscheite bedeckten.

«Der ist noch nicht wieder aufgetaut», sagte ich, um ihre Frage zu beantworten.

«Noch nicht wiederaufgetaucht», korrigierte sie mich und lächelte. «Schade! Darf ich trotzdem reinkommen?»

Als ich nickte, fragte sie, ob sie mir mit dem Holz helfen könne, was ich entschieden verneinte.

«Eigentlich hab ich noch genug Holz drinnen, direkt neben dem Kamin. Ich wollte nur mal schauen, ob die Vorräte schneefrei und trocken geblieben sind bei dem Wind.»

Ich war auf einmal wieder stocknüchtern und verspürte das dringende Bedürfnis, diesen Missstand mit ein paar Flaschen Rotwein zu beheben. Drinnen hörte man Karpow bellen.

Paula sah wieder phantastisch aus. Sogar der Hund veranstaltete einen Freudentanz vor Begeisterung. Er wackelte wie verrückt mit dem Hinterteil, leckte Paula die Hände,

Stiefel und Hosenbeine ab und ließ sie keine Sekunde aus den Augen. So zeigt man seine Freude, du emotionaler Eisblock, wollte er mir damit sagen. Im Haus angekommen, setzte Paula sich direkt vor den Kamin und zog die kniehohen Stiefel aus. Dann streckte sie ihre Beine in Richtung Feuer und meinte, sie müsse erst einmal die Füße aufwärmen. Karpow, der sich allmählich wieder beruhigt hatte, ließ sich neben Paula nieder und legte seine Schnauze auf ihren Oberschenkel. Ein dreister Besitzanspruch, der sogleich mit ausdauernden Streicheleinheiten beantwortet wurde. Der Köter setzte alles daran, mir meinen Gast streitig zu machen.

«Ich kann immer noch nicht fassen, dass er sich einen Hund angeschafft hat», sagte sie und zeigte dieses magische Lächeln, das ich von einigen Fotos kannte. Ich legte einen Scheit Holz nach und schaute nach draußen. Es schneite noch immer.

«Hast du eine Ahnung, wann mein Vater wiederkommt?»

«Schwer zu sagen», meinte ich und setzte mich neben Paula und den Hund.

«Glaubst du, er will über Weihnachten an der Ostsee bleiben?»

«Möglich wäre es. Ich denke, er kommt zurück, sobald er den Roman beendet hat.»

«Und wie lange kann das noch dauern?»

«Hm, weiß auch nicht. Eigentlich sollte er längst damit fertig sein.»

Paula schaute wieder ins Feuer und wiegte ihren Oberkörper leicht hin und her. Sie schien unschlüssig.

«Möchtest du ein Glas Wein trinken?»

«Ich glaube, ich sollte besser wieder fahren. Ich hatte heute Mittag in Hamburg zu tun und wollte auf dem Rückweg nur kurz checken, ob der Alte inzwischen wieder da ist. Ist ja nicht weit von der Autobahn hierher.»

«Wie du meinst», sagte ich und starrte in die Flammen.

«Reichst du mir mal die Stiefel rüber?», fragte sie und lächelte mich an. Ich erfüllte ihren Wunsch und beobachtete, wie sie ihre Schuhe anzog.

«Schön warm hier drinnen. Meine Füße sind jedenfalls wieder aufgetaut», sagte sie und stand auf. Dann ging sie in die Diele rüber, wo sie ihre Steppjacke abgelegt hatte. Ich folgte ihr.

«Tust du mir einen Gefallen?», fragte sie, als wir an der Haustür standen.

«Na klar», sagte ich, worauf sie mir einen Zettel in die Hand drückte.

«Ruf mich bitte an, sobald mein Vater zurück ist. Ich würde ihn nämlich wirklich gern wiedersehen. Er ist schließlich nicht mehr der Jüngste, und ich könnte es glaube ich, nicht ertragen, wenn ...»

Hier stockte sie und schaute mich an. Ich wich ihrem Blick aus und schluckte. Ich starrte auf eine Handynummer, die sie auf der Rückseite einer Visitenkarte notiert hatte. Dann umarmte sie mich und gab mir einen Kuss auf die Wange. Doch bevor ich mich dazu entschließen konnte, sie an mich zu drücken, hatte sie die Tür geöffnet und war verschwunden. Für einen Moment stand ich wie gelähmt da. Draußen hörte ich Karpow bellen. Er war natürlich hinter Paula hergerannt. Mein Pullover und die Arbeitshandschuhe lagen auf einem Stuhl in der Diele. Ich zog beides an und folgte dem Hund in das Schneetreiben.

Ich musste Kalinski loswerden, bevor es aufhörte zu schneien, das wurde mir auf einmal bewusst. Ich würde nämlich jede Menge Spuren hinterlassen; und wenn der Wind und der Schnee erst einmal nachließen, dann könnte man die noch tagelang erkennen und bis zum Hof zurückverfolgen. Die Schubkarre samt Ladung war bereits komplett von einer dünnen Schneeschicht bedeckt. Auf einmal spürte ich eine heftige Wut in mir. Eine Wut auf diesen blöden Kalinski und mein beschissenes Karma, das mir diesen tiefgefrorenen Klotz ans Bein gehängt hatte.

Ich wollte das endlich hinter mich bringen. Entschlossen packte ich die Holzscheite und warf sie in den Schnee. Dann griff ich mir die Karre und schob sie durch das offenstehende Gatter. Ich bog nach rechts in den Wirtschaftsweg ab. Doch der Schnee war dort so tief, dass ich kaum vorwärts kam. Irgendwo da draußen hörte ich Karpow bellen. Wo war der Köter bloß hingerannt? Als ich um die nächste Kurve kam, sah ich die Rücklichter eines Fahrzeugs in der Ferne schimmern. Ich konnte eine schemenhafte Gestalt ausmachen. Sie stieg aus dem Wagen und wurde sogleich stürmisch von einem Vierbeiner begrüßt.

«Paula», entfuhr es mir, ich keuchte vor Anstrengung. Karpow war hinter dem Auto hergerannt. Offenbar hatte sie sich festgefahren. Verdammt, was mache ich jetzt? Ich blickte hektisch umher. Rechts neben dem Weg verlief ein tiefer Graben. Sollte ich ihn einfach dort abkippen? Auf der anderen Seite befand sich eine große Eiche, an der ein Stapel Holzstämme lehnte.

Wenige Minuten später kam ich bei dem Wagen an. Er steckte tatsächlich in einer Schneewehe fest, die sich infolge des starken Windes gebildet hatte.

« Mist, ich bin steckengeblieben! »

« Setz dich wieder in den Wagen und leg den Rückwärtsgang ein », schlug ich vor. « Ich versuche dich da wieder rauszuschieben. »

Doch die Räder drehten sofort durch. Erst als Paula auf die Idee kam, die Fußmatten unter die Vorderräder zu legen, bewegte sich das Auto ein kleines Stück, und nach einer knappen Stunde fanden wir uns vor dem fröhlich prasselnden Kamin wieder. Karpow hatte es sich dieses Mal zum Glück auf seinem Sofa bequem gemacht und kaute versonnen auf einem Stück Lammfell herum, das er von einem der Ärmel abgetrennt hatte. Paula und ich hockten auf dem Fußboden und schauten ins Feuer.

« Hör mal, ich habe soeben eine Entscheidung getroffen », sagte Paula und nippte an ihrem Rotwein. « Ich werde mich hier einquartieren und so lange warten, bis mein Vater wiederkommt. Mir reicht es nämlich. Ich will eine Aussprache. Die Eiszeit muss endlich ein Ende haben. Tut mir leid, falls dir das nicht in den Kram passen sollte. »

Paula schaute mir direkt in die Augen. Sie machte einen entschlossenen Eindruck. Ich wusste nicht, was mir weniger in den Kram passen und mehr Freude bereiten konnte – kaum auszuhalten.

« Außerdem sind wir ja eingeschneit, ich kann hier also sowieso nicht weg », sie schaute in ihr Weinglas, dann ins Feuer und wieder zu mir herüber.

« Sogar mein Vater vertraut dir, warum sollte ich es nicht tun? Vielleicht bist du sogar die Verbindung zwischen uns, irgendwie ... » Paula stellte ihr Glas auf dem Boden ab. Dann lehnte sie sich an mich. Mir blieb nichts anderes übrig, als den Arm um sie zu legen.

«Außerdem ist es ein gutes Zeichen, dass er sich helfen lässt. Du hast einen positiven Einfluss auf ihn, das spüre ich.»

So viel zum Thema weiblicher Instinkt!

KAPITEL 23

Ich drehte eine Locke um meinen rechten Zeigefinger. Im Morgenlicht war ihr Haar gar nicht so dunkel. Kastanienbraun vielleicht, aber nicht schwarz. Das Bett war ziemlich schmal für zwei Personen, daher hatten wir die Nacht in Löffelchenstellung verbracht. Paula seufzte tief und wendete anschließend ihren Kopf zu mir. Ich sah ein paar feine Lachfältchen an dem mir zugewandten Auge. Auf der Wange, gleich neben der geschwungenen Oberlippe, saß ein kleiner, brauner Leberfleck.

«Gut geschlafen?», fragte ich.

«Herrlich», sagte sie. «Und du?»

Die Frage brachte mich in Verlegenheit, denn ich hatte kein Auge zugekriegt. Doch bevor ich antworten konnte, drangen Motorengeräusche zu uns hoch, und Karpow stimmte ein energisches Gebell an. Dann erstarb das Brummen unvermittelt, und man hörte, wie nacheinander zwei Türen zugeschlagen wurden. Das Hundegebell wurde immer lauter.

«Ich schau mal, was da los ist», sagte ich und schlüpfte aus dem Bett. Ich zog mir einen Pullover und eine Jeans über und lief die Treppe zur Diele herunter. Ich schaute durch das Fenster und erstarrte. Draußen vor dem Hoftor stand ein Polizeiwagen. Jetzt wurde an die Tür geklopft, Karpow bellte noch lauter. Ich rief:

«Moment, bitte, ich muss nur kurz den Hund versorgen», und ging zur Küche rüber. Ich füllte eine extragroße Portion dreifarbig stinkendes Trockenfutter in den Fressnapf, lief zurück in die Diele und streute eine Spur Futter aus, während ich mich in die Küche zurückzog. In einer kurzen Bellpause schüttelte ich die Brocken in den Blechnapf. Karpow spitzte die Ohren und drehte sich um. Dann witterte er das Futter und fraß sich umgehend bis in die Küche vor. Ich schloss die Tür hinter ihm und ging wieder in die Diele hinüber. Dann öffnete ich die Haustür.

Vor mir standen mal wieder zwei Polizisten. Die junge Beamtin sagte:

«Guten Morgen, Herr Vogt. Entschuldigen Sie die erneute Störung, aber wir haben ein paar Fragen. Dürfen wir reinkommen?»

POM Dressler lächelte freundlich, während ihr Begleiter an mir vorbei in die Diele spähte. Karpow hatte wieder begonnen zu kläffen. Ich kannte die beiden, sie waren hier schon einmal wegen der Kühltruhe vorstellig geworden.

«Ich fürchte, der Hund flippt aus, wenn ich Sie reinbitte. Der ist kaum zu bändigen, wenn fremde Leute auf den Hof kommen. Das letzte Mal hat er mir die ganze Küche verwüstet. Worum geht es denn?»

«Okay, wie Sie wünschen», sagte die Polizistin und schüttelte sich den blonden Pony aus dem Gesicht, «ein Mitarbeiter der Gemeinde, der für das Schneeräumen zuständig ist, hat angegeben, heute früh gegen 6:00 Uhr eine leblose Gestalt in einer Schubkarre entdeckt zu haben. Der Mann hat mit seinem Traktor den Wirtschaftsweg da vorn geräumt», sie deutete zum Gatter hinüber, «und hinter einem Holzstapel, keine hundert Meter von hier entfernt, eine Karre entdeckt.»

Jetzt stützte sie die Hand direkt neben dem Halfter mit der Dienstpistole auf und schaute mir in die Augen. Ich überlegte, welche Strafe mir wegen Verschleierung eines Todesfalls, fortgesetzter Leichenschändung, schwerer Urheberrechtsverletzung und Betrug drohen könnte, hatte jedoch keine Ahnung. Eines war sicher: Für den Rest meines Lebens würde es locker reichen.

«Und?», fragte ich und musste blinzeln, weil die Morgensonne mich blendete. «Haben Sie etwas gefunden?»

«Nein», sagte der männliche Polizist. «Seltsamerweise war keine Schubkarre zu entdecken, als wir uns die Sache vorhin angeschaut haben. Deshalb haben wir uns gedacht, wir fragen mal bei Ihnen nach. Schließlich wohnen Sie ganz in der Nähe.»

Prima, dachte ich, da hat sich das frühe Aufstehen ja wirklich mal gelohnt.

«Hm», machte ich und blinzelte wieder ins Gegenlicht.

«Ist Ihnen in der letzten Nacht irgendetwas aufgefallen? Etwas Ungewöhnliches?», setzte die Blonde nach. Allerdings, dachte ich und schüttelte den Kopf:

«Abgesehen von dem dichten Schneefall und dem starken Wind – nein, hier ist nichts Ungewöhnliches passiert. Tut mir leid, dass ich Ihnen nicht weiterhelfen kann.»

«Und eine Schubkarre ist Ihnen auch nicht abhandengekommen?», wollte POM Dressler wissen.

«Nein.»

«Kann es sein, dass Sie Feinde hier im Dorf haben?»

Ich zuckte mit den Schultern: «Nicht, dass ich wüsste.»

«Ist immerhin schon das zweite Mal, dass wir hierhergeschickt werden.»

«Ist Herr Kalinski wieder im Lande?», fragte der Kollege nun.

Ich schüttelte den Kopf.

«Aber Sie haben Besuch, nicht wahr?», fragte nun sie wieder.

Ich nickte.

«Vielleicht erlaubt sich jemand derbe Späße auf Kosten Ihres Gastgebers. Die Frage wäre allerdings, warum?»

So kann man das auch sehen, dachte ich.

«Und nun? Was werden Sie jetzt machen?», wollte ich wissen.

«Wir werden mal abwarten, ob in den nächsten Tagen eine Vermisstenmeldung reinkommt. Wenn ja, wird die Sache an die Kripo in Winsen weitergeleitet. Wenn nicht, passiert gar nichts. Der Mann kann sich ja auch geirrt haben», erläuterte der Kollege. Dann entschuldigte sich POM Dressler für die morgendliche Störung, und die beiden machten sich vom Acker.

«Was wollten die denn?»

Paula stand auf der Treppe und sah mich fragend an. Sie hatte sich die Bettdecke um die Schultern gelegt und machte einen fröstelígen Eindruck. Ich hatte mich beim ersten Morgenlicht aus dem Bett geschlichen, angezogen und war raus in das Schneetreiben, um die Schubkarre zu holen. Anschließend hatte ich Kalinski zurück in die Kühltruhe verfrachtet und mich wieder ins Bett geschlichen.

Danach war ich für ein Weilchen eingenickt, bis mich eine von Paulas hübschen Locken dermaßen an der Nase gekitzelt hatte, dass ich wach geworden war.

«Der Typ vom Schneeräumdienst hat angeblich hier in der Nähe eine leblose Gestalt entdeckt. Gleich heute Morgen, gegen sechs. Doch die Polizisten konnten nirgends jemanden finden und wollten wissen, ob uns etwas aufgefallen ist», sagte ich.

Paula zuckte mit den Schultern.

«Vielleicht ist diese Gestalt ja wieder zum Leben erwacht und inzwischen einfach abgehauen», schlug sie vor. Genau, meinte ich, so könne es gewesen sein, und kündigte an, in die Küche zu gehen, um den Hund rauszulassen und Kaffee aufzusetzen. Was würde ich darum geben, wenn ich den alten Kalinski tatsächlich wieder zum Leben erwecken könnte, dachte ich und fand sofort Gefallen an dieser Vorstellung. In einem Paralleluniversum war Kalinski vielleicht gar nicht tot, sondern spukte irgendwo in der Gegend herum. Vielleicht beobachtete er mich sogar und hatte sich köstlich über meine Anstrengungen amüsiert, seinen Roman fertigzuschreiben.

Ob ich Milch hätte, wollte Paula wissen und holte mich in die schaurig-schöne Realität zurück. Ich muss es ihr sagen, dachte ich. Es hat keinen Sinn, ihr weiter etwas vorzumachen. Sie kam die Treppe herunter. Ich blieb unten stehen und wartete, bis sie die letzte Stufe erreicht hatte. Hier nahm ich sie in die Arme und drückte sie ganz fest an mich. Ich muss ihr alles erzählen, ich muss nur die richtige Gelegenheit abpassen. Wenn ich ihr die ganze Geschichte erzähle, von Anfang bis Ende, wird sie mich vielleicht verstehen …

«Haben wir eigentlich …?», flüsterte sie mir ins Ohr.

«Was glaubst du?»

«Um ehrlich zu sein, ich bin mir nicht ganz sicher. Ich war nämlich gestern Abend ganz schön betrunken – das passiert mir sonst eigentlich nie.»

«Soso.»

«Also haben wir nicht, oder?»

«Nein, wir haben nicht. Abgesehen davon: Wenn es so belanglos gewesen wäre, dass du dich heute Morgen schon nicht mehr daran erinnern kannst, wäre ich ja schön blöd, es zuzugeben, oder?»

«Verstehe. Aber wir haben wirklich nicht?»

«Ehrenwort!»

«Gut, dann werde ich heute Abend etwas weniger trinken.» Sie nahm ihren Kopf von meiner Schulter und lächelte mich an.

«Gut, dann werde ich uns Kaffee kochen. Mal schauen, ob Milch da ist.»

«Vielleicht ist er einfach noch nicht so weit.»

Paula kniff die Augen zusammen, als überlegte sie, wie sie meine Bemerkung interpretieren sollte. Wir saßen in der Küche und tranken Kaffee. Sie hatte mich gefragt, ob Kalinski per Handy erreichbar sei, was ich notgedrungen verneinen musste, und anschließend ein ziemlich unglückliches Gesicht gemacht.

«Du meinst, er geht mir aus dem Weg, weil er *noch nicht so weit ist?* Nach all den Jahren?»

«Es könnte doch sein, dass er ein bisschen Angst vor der Begegnung hat.»

«Angst? Schön wär's, aber das glaube ich nun wirklich

nicht! Genau daran mangelt es dem Alten nämlich. Er respektiert mich nicht und kommt nicht damit klar, dass ich anders ticke als er. Er glaubt immer, alles besser zu wissen, vor allem, wenn es darum geht, was gut für mich ist.»

«Er hat ein schwaches Herz», schob ich nach. So schwach, dass er daran verstorben ist, dachte ich und lobte mich für den weitsichtigen Hinweis. Bald werde ich ihr alles erzählen, dann wird sie es ohnehin erfahren, und es trifft sie nicht mehr ganz unvorbereitet. Paula starrte mich plötzlich an, ihre großen Augen verrieten Besorgnis.

«Ist er herzkrank?», fragte sie und zog die Beine an den Körper. «Hatte er etwa einen Herzinfarkt?»

Verdammt, jetzt habe ich ihr Angst gemacht!

«Nein, nein, es ist nichts Ernstes. Er hat bloß einen viel zu niedrigen Blutdruck, in seinem Alter kann man ihn dazu eigentlich nur beglückwünschen. Er friert leicht und ist oft müde», versuchte ich sie zu beruhigen.

Er friert leicht – was bin ich nur für ein Arschloch? Der gerechte Zorn Gottes soll mich treffen, forderte ich, ein gleißender Blitz soll in mich fahren, der Boden soll sich auftun, und eine knorrige Hand soll nach mir greifen, um mich in den Höllenschlund hinabzuziehen oder mich wenigstens zu zerquetschen – aber nichts geschah.

Ich konnte ihr unmöglich die Wahrheit sagen, ausgeschlossen, es würde ihr das Herz brechen. Außerdem war ich total verrückt nach ihr, es hatte mich voll erwischt, und ich wollte ihr auf keinen Fall wehtun. Das war nicht zum Aushalten. Ich musste es ihr irgendwie beibringen, aber wie sollte ich das anstellen? Sie legte den Kopf schief und schlang ihre Arme um die aufgestellten Beine.

«Na gut. Wenn es nichts Ernstes ist. Ich dachte schon,

du verschweigst mir etwas, um mich zu schonen. Es war ein großer Fehler, dass ich nicht viel eher gekommen bin, das wird mir immer klarer.»

KAPITEL 24

Ich drehte die leere Weinflasche ins Licht. «Bodegas La Rioja Alta, Gran Reserva, 1997», mal sehen, ob wir davon noch ein paar Flaschen auf Lager haben, dachte ich und nahm mir vor, nachher gleich im Weinkeller nachzuschauen. Außerdem musste ich dringend den Kamin saubermachen und Holz reinbringen. Ich ging in die Küche hinüber, um das Kehrblech und einen großen, schwarzen Eimer aus der Abstellkammer zu holen. Paula stand vor dem weit geöffneten Kühlschrank und meinte, falls der Räumdienst es tatsächlich durch die Schneewehen schaffen sollte, würde sie versuchen, sich zum nächsten Supermarkt durchzuschlagen, um eine Ladung frisches Obst und Gemüse einzukaufen. Sie fragte mich, ob wir heute Abend nicht zusammen kochen wollten. Ich versprach mitzukommen, sobald ich die Asche beseitigt und für Nachschub an Brennholz gesorgt hätte.

Als ich mich wenig später am Kamin zu schaffen machte, klingelte das Telefon. Es war Kalinskis alter Apparat, mit den eckigen Tasten, der sich gleich nebenan im Büro befand. Ich zögerte. Wer konnte das sein? Sollte ich rangehen? Vielleicht war es die Polizei? Womöglich hatten sie Faserspuren am Holzstapel entdeckt und stellten weitere unangenehme Fragen. Vielleicht wollten sie sogar wiederkommen und das Haus auf den Kopf stellen. Das Klingeln beunruhigte mich zunehmend. Möller war es nicht, der würde mich auf dem Handy anrufen. Jetzt kam Paula in den Wohnraum gelaufen.

«Warum gehst du nicht ran? Es könnte doch mein Vater sein?», fragte sie. Ihr Blick suchte nach dem Telefon. In diesem Moment schaltete sich der Anrufbeantworter ein. Es klickte leise, worauf sich eine Frauenstimme meldete:

«Hier ist die Frau Kleinschmidt vom Rowohlt Verlag. Lieber Herr Kalinski, schade, dass ich Sie nicht persönlich erreiche. Ich hoffe, Sie sind da draußen nicht völlig eingeschneit. Nun zur Sache. Ich habe Ihr neues Manuskript vor ein paar Tagen fertiggelesen und muss Ihnen sagen, ich bin total begeistert! Der Roman ist wirklich phantastisch, so frisch und voller neuer Ideen. Jetzt ist das gute Stück schon in der Herstellung, und wir sind zuversichtlich, dass wir noch vor Weihnachten ausliefern können. Unsere Drucker fahren jedenfalls Sonderschichten und versuchen ihr Möglichstes. Sie wissen ja, dass der Buchhandel bereits ein paar tausend Exemplare geordert hat und nun mit den Hufen scharrt – verständlich so kurz vor dem Fest. Morgen werden die ersten, handverlesenen Vorab-Exemplare fertig. Ich schicke Ihnen eines per Kurier.

Noch etwas anderes. Wir müssen uns unbedingt unterhalten. Ich habe auch schon mit Ihrem lieben Agenten, Herrn Möller, gesprochen, denn wir möchten Ihnen ein Angebot unterbreiten, das Sie eigentlich nicht ablehnen können. Wir hier im Verlag sind nämlich überzeugt davon, dass der neue Kalinski ein riesiger Erfolg wird, und wünschen uns nichts mehr, als dass Sie sich gleich an den nächsten Krimi setzen. Aber darüber unterhalten wir uns besser persönlich. Ich wollte das nur schon einmal ankündigen. Sie haben ja meine Nummer. Bitte rufen Sie mich möglichst bald zurück. Also, dann alles Gute und viele liebe Grüße.»

Sieh mal an, dachte ich, offenbar hat sich die Mühe doch gelohnt. Ich musste zugeben, dass mir diese Lobeshymne gefiel. Doch was sollte ich jetzt machen? Ich wollte auf gar keinen Fall noch einen weiteren Kalinski-Krimi schreiben. Einen weiteren Roman gern, aber dann unter meinem eigenen Namen. Und wenn ich die Dame sofort anrief und ihr alles erklärte? Himmel, sie würde vermutlich komplett durchdrehen. Verdammt, worauf hatte ich mich da eingelassen? Auf einmal finden die den Krimi klasse, und ich konnte nicht einmal sagen: *Ja, das hab ich geschrieben! Gebt mir einen Vertrag, ich kann das, ich schreibe euch einen tollen Roman!*

«Das Manuskript ist also längst fertig!», rief Paula. Ich zuckte unwillkürlich zusammen. Mist, sie hatte ja alles mitgehört!

«Er lässt sich verleugnen, behauptet, er müsse dringend seinen Krimi zu Ende schreiben, alles Quatsch! Er will mich nicht sehen, stimmt's?»

Ich wich ihrem Blick aus, schaute auf die Reste von Asche, die sich noch im Kamin befanden.

«Aber das soll er mir wenigstens selber sagen, der sture Bock! Und du, du versuchst mich zu schonen, sagst mir nicht die Wahrheit.»

Sie hatte beide Hände in die Hüften gestemmt und warf den Kopf in den Nacken:

«Gib es ruhig zu, er will mich nicht sehen, hab ich recht? Ich finde das unfair, wie er mich behandelt. Das ist einfach nicht fair!»

Ich musste es ihr sagen – jetzt! Doch ich war wie gelähmt. Mich befiel das Gefühl, genau in diesem Moment die Chance meines Lebens zu verpassen.

«Okay», stammelte ich nach einer unerträglichen Pause. «Ich werde es dir erzählen.»

Paula legte den Kopf schief. Dann ließ sie die Hände sinken, ging zum Sofa hinüber und setzte sich neben Karpow. Dabei hatte ich doch gar nicht gesagt, dass sie sich besser hinsetzen sollte.

«Schieß los.»

Ich nahm all meinen Mut zusammen und atmete tief durch:

«Dein Vater hat vor ein paar Wochen …», hier stockte ich. Mein Herz klopfte bis zum Hals. Ich schluckte trocken und hatte das Gefühl, keinen einzigen Ton mehr herausbringen zu können. Paula hob die Schultern. Sie kniff die Augen zusammen.

«… eine deutlich jüngere Frau kennengelernt?», schlug sie vor und nickte dabei, als könne sie es mir auf diese Weise leichter machen, ihre Vermutung zu bestätigen.

«Äh …, du sagst es!», stieß ich hervor. Puh, das war knapp!

«… und sie könnte seine Tochter sein, stimmt's?»

Jetzt war ich es, der nickte. Fatale Erleichterung machte sich in mir breit.

«Sie heißt Anita und ist tatsächlich nicht viel älter als du.»

«Soso. Und das ist dem alten Herrn also peinlich.»

«Genau. Ich glaube, das ist ihm tatsächlich etwas unangenehm. Auch wenn es uns ja eigentlich gar nichts angehen sollte, mit wem er …»

«Mit wem er ins Bett geht? Das ist mir tatsächlich ziemlich egal. Aber ich finde es total albern, dass er nicht mit der Wahrheit rausrückt und sich in irgendeinem Ferienhaus vor mir versteckt. Dann noch zu behaupten, er müsse dringend an seinem Roman arbeiten, obwohl der längst im Druck ist.»

Am Abend hatte sie sich wieder beruhigt. Wir waren ins Nachbardorf gefahren und hatten uns in einem gutsortierten Supermarkt mit allem Nötigen für ein leckeres Abendessen versorgt. Die Nebenstraßen waren nach wie vor mit einer dicken Schneeschicht bedeckt und ziemlich glatt, aber befahrbar. Nach einem Endiviensalat mit gerösteten Pinienkernen, gehobeltem Parmesankäse und gebratener Hühnerbrust erzählte sie mir, dass es damals zum Bruch gekommen sei, weil ihr Vater ihren Freund und späteren Ehemann abgelehnt hatte.

Offenbar hatte Kalinski sich in dieser Sache vollkommen starrsinnig und autoritär verhalten. Er wollte sie tatsächlich dazu zwingen, mit Pablo zu brechen, nur weil er Vorurteile gegen Südamerikaner hatte. Pablo stammte aus Peru und studierte in Kiel Biologie, genau wie Paula. Beide hatten sich bei einem Zoologieprojekt kennengelernt und waren ein Paar geworden. Ich tunkte ein Stück Baguettebrot in das restliche Caesar-Dressing auf meinem Teller und dachte, Paula und Pablo, das klingt eigentlich nicht schlecht. Anschließend sprach ich diesen Gedanken aus.

«Ja, das klingt sehr romantisch, und ich dachte eine Weile, dass es ein gutes Omen sei. Doch nach ein paar Jahren stellte ich fest, dass Pablo sich mehr für Einzeller interessierte als für mich.»

«Einzeller?»

«Ja, er bekam eine Doktorandenstelle an der Universität Nijmegen in einem Forschungsprojekt im Bereich Mikrobiologie. Also gingen wir beide nach Holland. Die Niederländer sind ziemlich tolerant. Vor allem was das Zusammenleben mit Leuten anderer Nationalitäten betrifft. Ich habe dort mein Studium abgeschlossen und dann eine Stelle als wissenschaftliche Assistentin bekommen. Aber nicht bei den Mikrobiologen, sondern in der Veterinärmedizin. Pablo war sehr ehrgeizig. Vielleicht weil er sich und den anderen beweisen wollte, was ein Südamerikaner leisten kann. Er litt wegen seiner peruanischen Herkunft unter Minderwertigkeitskomplexen. Irgendwann ist er dann fremdgegangen. Mit einer blonden Doktorandin. Typisch, auch da musste er unter Beweis stellen, was für ein toller Kerl er ist. Ich habe zuerst versucht, ihm das zu verzeihen. Aber es funktionierte nicht. Wir haben uns mehr und mehr auseinandergelebt und dann getrennt. Das war vor einem Jahr, kurz vor Weihnachten.»

Im Laufe des Abends waren wir ins Wohnzimmer umgezogen und hatten es uns vor dem Kamin bequem gemacht. Ich hatte die zweite Flasche Rioja entkorkt und beide Gläser aufgefüllt.

«So hat der Alte am Ende doch recht behalten, schließlich hatte er mir prophezeit, dass es mit Pablo niemals gutgehen würde.»

Ich legte meinen Arm um Paula und hörte, wie sie seufzte.

Karpow bellte. Jetzt schnappte er sich die Leine und schleifte sie über den Holzfußboden bis zum Treppenabsatz. Dann bellte er erneut. Jeden Morgen das gleiche Theater, doch heute machte es mir gar nichts aus. Ich schwebte auf einer kuscheligen rosa Wolke, die alle Widrigkeiten fernzuhalten schien. Paula drehte sich zu mir um, schlug die Augen auf, gähnte ausgiebig und sagte:

«Was hältst du davon, wenn ich mir den Burschen schnappe, ins Dorf laufe und Brötchen hole? Und du machst inzwischen einen leckeren Milchkaffee und deckst den Frühstückstisch.»

«Keine schlechte Idee. Wie spät ist es eigentlich?»

«Huch, schau mal, es ist ja schon fast halb zehn!»

Paula deutete auf den Wecker und hüpfte mit einem Satz aus dem Bett. Ich genoss die Bettwärme noch ein Weilchen und stand dann auch auf. Als ich unten in der Diele ankam, war Paula bereits fertig angezogen, hatte sich die Hundeleine geschnappt und wollte aufbrechen. Sie gab mir einen Kuss und fragte:

«Welche Sorte Brötchen soll ich dir denn mitbringen?»

«Ein Mohnbrötchen und was mit Sonnenblumenkernen», sagte ich und winkte den beiden hinterher. Es sah romantisch aus, wie sie durch den Schnee stapften. Karpow zog wie wild an der Leine, und Paula machte extragroße Schritte, um das Tempo zu halten. Es war extrem kalt draußen, also ging ich in die Küche und setzte Wasser für den Kaffee auf. Vor dem geöffneten Kühlschrank stellte ich fest, dass kaum noch Milch da war, und rannte zurück in die Diele. Ich schlüpfte in die alten Holzschuhe und lief in den Hof hinaus, doch Paula und Karpow waren schon außer Sichtweite. Ich wollte gerade lossprinten und versuchen, die beiden einzuholen, als ein Auto in den kleinen Weg zum Hof einbog.

Scheiße, Möller, dachte ich, als ich den Mini erkannte, und ging zurück zur Tür.

«Hör zu, was du dir neulich geleistet hast, war absolut nicht in Ordnung! Du hast mich zu Tode erschreckt! So geht man nicht mit seinen Freunden um, verstehst du?»

Stimmt eigentlich, Freunden gibt man ein Küsschen, dachte ich, aber was hat das mit dir zu tun?

«Okay, ich halte dir zugute, dass ich dich in eine Sache hineingezogen habe, die dir vielleicht ein wenig über den Kopf gewachsen ist. Doch der entscheidende Punkt ist: Die Leute vom Verlag sind total begeistert!»

Möller kam direkt zur Sache. Und was den Verlag betraf: Offensichtlich sagte er zur Abwechslung sogar mal die Wahrheit. Ich fragte mich, wie ich ihn möglichst schnell wieder loswerden konnte.

«Hör mir jetzt mal zu», verlangte Möller.

Als ob ich das nicht ständig tun würde, wenn der Blödmann auftritt.

«Geld ist ein Synonym für Erfolg, verstehst du? Niemand bekommt etwas geschenkt. Aber wer Leistung bringt und ein bisschen Glück hat, der kann eine Menge Kohle machen. Ich weiß nicht, was daran falsch sein soll.»

Möller ließ mich in der Diele stehen und ging ins Wohnzimmer. Ich folgte ihm. Er stöhnte, als er seinen zerfledderten Ledermantel auf dem Sofa entdeckte. Dann drehte er sich zu mir um und fuhr mit seinem Monolog fort:

«Und nun zu dir, du hast den Verlag überzeugt. Die sind ganz hin und weg vom neuen Kalinski, von seinem frischen Stil, und wollen gleich hunderttausend Stück drucken» – hier legte er eine Kunstpause ein. «Einhunderttausend, verstehst du? Weißt du, was das heißt? Da fließt reichlich Kohle, und das ist dein Verdienst.»

Er wies mit einem seiner kurzen Finger auf mich und lächelte.

«Komm auf den Punkt», warf ich ein und fragte mich, woher der Zwerg nur diese verdammte Selbstsicherheit nahm.

«Deshalb will ich großzügig sein», ignorierte er meinen Einwurf, «und dir eine Erfolgsprämie auszahlen. Ich gebe dir noch mal fünftausend Euro und stelle nur eine einzige Bedingung ...»

Klar, hätte mich auch gewundert, wenn ihm der Schreck von neulich den Geschäftssinn ausgetrieben hätte.

«Du schreibst noch eine Fortsetzung im Namen von Kalinski. Das dürfte ja wohl ein Kinderspiel für dich sein. Der Verlag bietet ein Garantiehonorar von zweihunderttausend Euro. Davon bekomme ich fünfundzwanzig Prozent, und die teile ich mit dir. Das sind noch einmal fünfundzwanzigtausend Euro für jeden von uns. Was sagst du? Dreißigtausend insgesamt für dich, wenn du mitmachst. Ich glaube kaum, dass du schon mal so viel Kohle auf einem Haufen gesehen hast, oder?»

Möller streckte mir seinen kurzen Arm entgegen.

«Und ich verspreche dir: Sobald du mit dem zweiten Roman fertig bist, holen wir Kalinski aus der Kühltruhe und lassen ihn bestatten. Mit allen Ehren und dem ganzen Brimborium. Das kannst du mir glauben!»

«Du bist wirklich nicht ganz dicht. Ich glaube dir kein Wort. Du willst ihn gar nicht auftauen. Du willst immer so weitermachen. Mit mir als Ghostwriter. So lange, bis sich die Leser wundern, dass ein hundertzehnjähriger Autor immer noch Krimis schreibt.»

«Hör mir mal zu, Bürschchen, ich weiß gar nicht, worüber du dich beschwerst. Und wenn wir mal ehrlich sind: Kalinskis plötzlicher Tod war das Beste, was dir passieren konnte. Du hast endlich die Chance, vom Schreiben zu leben, was willst du mehr? Ist doch scheißegal, unter welchem Namen. Du ...»

Möller war zusammengezuckt. Jetzt starrte er an mir vorbei in Richtung Diele. Ich drehte mich um und folgte seinem Blick. Dort stand Paula.

KAPITEL 25

Ich drehte den Zündschlüssel, aber es tat sich nichts, überhaupt nichts. Verdammt noch mal, die Batterie war komplett leer. Ich schlug mit beiden Händen auf das Lenkrad und brüllte:

«Scheiße, Scheiße, Scheiße!»

Ich hatte das Standlicht brennen lassen, und das schon vor Tagen. Der Saft reichte nicht einmal für die Innenbeleuchtung, geschweige denn, um den Anlasser zu drehen. Das kann doch nicht wahr sein, jetzt sitze ich hier auch noch fest, als wenn ich gerade keine anderen Probleme hätte. Ich konnte mich nicht erinnern, dass ich mich jemals so beschissen gefühlt hatte, und entschied, erst einmal zurück in das verlassene Haus zu gehen.

Karpow war nicht wiederaufgetaucht. Ich war den ganzen Nachmittag in der verschneiten Gegend herumgelaufen und hatte mir die Seele aus dem Leib gerufen. Später hatte ich mir das Dorf vorgenommen, Fehlanzeige, keine Spur von dem Köter. Als es zu dämmern begann, gab ich die Suche auf. Was blieb mir anderes übrig? Nun kam ich mir vollkommen verlassen vor in der alten Bude. Ich beschloss, ein letztes Feuer in dem Kamin zu entfachen und mir noch einmal ein paar Flaschen Rotwein aus dem Keller zu holen. Wer weiß, vielleicht kommt der blöde Hund doch noch zurück nach Hause. Mehr, als eine weitere Nacht zu bleiben, konnte ich wirklich nicht für ihn tun.

Paula hatte alles mit angehört. Sie war ein paar Schritte auf mich zugekommen, dann hatte sie geschwankt und sich am Türrahmen festgehalten:

«Karpow hat sich losgerissen und ist abgehauen. Ich dachte, er ist vielleicht zum Haus zurückgelaufen», hatte sie gestammelt. Ihre Stimme klang tonlos. «Deshalb bin ich umgekehrt ...»

Sie zitterte am ganzen Körper und war kreidebleich. Dann hatte sie sich umgedreht und war in der Diele verschwunden. Als ich die Tür zum Stallteil hörte, war ich hinter ihr hergelaufen, doch als ich dort ankam, hatte sie den Deckel der Truhe bereits angehoben und starrte hinein. Anschließend schloss sie ihn wieder und fragte:

«Habt ihr ihn umgebracht?»

«Mein Gott, nein!», hatte ich versichert. «Er hatte vermutlich einen Herzinfarkt. Als Möller eintraf, war er jedenfalls schon tot.»

Paula ging wortlos an mir vorbei und verließ das Haus. Wenig später hörte ich, wie sie ihren Wagen startete und vom Hof fuhr.

Möller war natürlich ausgerastet: Das sei ja wohl hoffentlich nicht Kalinskis Tochter gewesen, ob ich denn völlig bescheuert sei, die hier reinzulassen? Wie es aussah, hätte ich offensichtlich auch noch was laufen mit der. So bekloppt könne man doch gar nicht sein …

Am Schluss sagte er:

« Du hattest deine Chance, mein Lieber. Aber du versaust ja wohl grundsätzlich alles. Selbst wenn du schon am Ziel bist, bekommst du das noch hin. Ich hätte mich besser auf mein Gefühl verlassen sollen. Du bist und bleibst ein verdammter Loser. »

Dann verschwand er endlich.

Die erste Flasche beruhigte meine Nerven, die zweite weichte mein Herz auf. Endlich konnte ich heulen. Mir liefen die Tränen nur so runter, ich konnte kaum noch was sehen. Paula hatte ihr Halstuch liegenlassen, ich hatte es in der Küche gefunden. Seit ein paar Stunden saß ich vor dem Kamin und schnupperte ab und zu daran. Es ging mir hundeelend. Aber immerhin, das Feuer wärmte mich, und den Rest besorgte der Rotwein. Irgendwann, es muss weit nach Mitternacht gewesen sein, schlief ich ein.

Dann sah ich Karpow. Er wedelte freundlich und folgte einer Gestalt, die sich unter einem weißen Bettlaken verbarg. Ich rief seinen Namen, doch meine Stimme versagte, ich brachte keinen Ton heraus. Ich wollte hinter dem seltsamen Paar herlaufen, doch ich kam nur im Schneckentempo vorwärts. Dann hatte ich einen Einfall: Wie war das noch? Ich konnte doch fliegen! Ich fing an, mit den Armen herumzurudern, und tatsächlich hob ich nach einer Weile ab. Es war ziemlich anstrengend, doch ich gewann etwas an Höhe. Navigieren konnte ich allerdings nicht, und so trieb ich in die falsche Richtung davon. Aus der Ferne sah ich, dass Karpow zu mir herüberschaute und an dem Kapuzenmann zerrte. Der drehte sich daraufhin um und begann wild zu gestikulieren, als er mich entdeckte. Er riss sich das Laken vom Kopf und brüllte:

«Sind Sie völlig übergeschnappt, so einen Mist zu veröffentlichen, und dann noch in meinem Namen?»

Ich bekam einen Riesenschrecken, verlor abrupt an Höhe und landete unsanft in einem Graben, nur ein paar Schritte von Kalinski entfernt. Jetzt konnte ich sehen, dass er ein Buch in der Hand hielt. Plötzlich knallte etwas, und ich richtete mich ruckartig auf. Dann rieb ich mir die Augen. Ich erkannte eine schemenhafte Gestalt und fuhr zusammen:

«Moment mal, das ist ja überhaupt kein Traum!», brachte ich heraus. «Wer sind Sie denn, um Himmels willen, was machen Sie hier?»

Das Licht einer Stehlampe erhellte den Raum. Im Kamin glimmte ein Rest Glut. Die Gestalt hatte sich das Laken vom Kopf gezogen und hielt mir ein Buch vor die Nase:

Kornhauer und die Pole der Unzugänglichkeit
Ein Roman von Kurt Kalinski

Ich nahm den Band und schlug die erste Seite auf. Ich starrte auf das Autorenfoto, dann wieder zu dem Mann hinüber und zurück. Unverkennbar, ich hatte tatsächlich Kurt Kalinski vor mir. Der setzte sich auf das Sofa, lehnte sich zurück und schaute an die Decke. Er machte einen ziemlich erschöpften Eindruck.

«Was haben Sie gerade gesagt?», fragte ich. Mein Adrenalinspiegel begann sich wieder zu normalisieren. Nun spürte ich bleierne Müdigkeit. Ich war noch völlig schlaftrunken, oder kam das vom Rotwein? Mir war schwindelig. Wie lange hatte ich eigentlich geschlafen?

«Ob Sie völlig übergeschnappt sind, so einen Mist zu veröffentlichenn und dann noch unter meinem Namen? Was haben Sie sich eigentlich dabei gedacht?»

Denken. Das war ein gutes Stichwort! Ich versuchte mich zu konzentrieren:

«Wenn Sie Kurt Kalinski sind, wer liegt dann dort drüben in der Kühltruhe?»

Kalinski wich meinem Blick aus. Dann schnaubte er verächtlich, beugte sich nach vorn und schlug mit der flachen Hand auf das kleine Tischchen neben sich:

«Das geht Sie einen feuchten Kehricht an!», brüllte er. «Ich habe meinen Bruder da jedenfalls nicht hineingeschafft, in die verdammte Kühltruhe. Da haben Sie ja wohl Ihre Finger im Spiel gehabt, oder sehe ich das falsch?»

Okay, dachte ich, mit dem Alten ist wirklich nicht zu spaßen. Stellen wir uns einfach ein paar rhetorische Fragen:

«Ihr Bruder? In der Kühltruhe, das ist Ihr Bruder?»

«Hm», brummte Kalinski.

«Gott sei Dank!», entfuhr es mir, nachdem mir die Bedeutung seiner Worte halbwegs klar geworden war. «Ich muss unbedingt telefonieren.»

Ich wühlte wie ein Geisteskranker in meinen Taschen herum, kramte schließlich mein Handy hervor und wählte Paulas Mobilnummer. Doch *der gewünschte Teilnehmer* war *vorübergehend nicht erreichbar*. Kein Wunder, es war schließlich kurz nach halb fünf.

«Sie haben meine Frage nicht beantwortet!», insistierte Kalinski.

«Sie auch nicht», entgegnete ich, besann mich aber darauf, höflich zu bleiben, und machte den Anfang:

«Was ich mir dabei gedacht habe, Ihren Roman fertigzuschreiben? Ich dachte, Sie sind tot. Möller bot mir fünftausend Euro dafür, dass ich Ihren Krimi zu Ende bringe. Natürlich lehnte ich ab. Doch dann ließ ich mich breitschlagen. Vor allem, weil ich das Geld dringend brauchte. Das war's.»

«Und dann nisten Sie sich einfach hier ein, in meinem Haus, saufen meinen Weinkeller leer und verhunzen zu allem Überfluss auch noch meinen Krimi?»

«Verhunzen? Woher wollen Sie das wissen? Haben Sie das Buch etwa schon gelesen?»

«Ich habe bereits das Manuskript überflogen. Das Buch kam ja erst gestern Nachmittag an, per Kurier, direkt aus der Druckerei. Anita war gerade hier, als der Bote eintraf. Sie war so nett und hat es mir mitgebracht.»

«Anita?», so langsam verlor ich den Überblick.

«Meine langjährige Haushaltshilfe. Ich habe mich vor ein paar Wochen bei ihr verkrochen. So konnte ich in Ruhe abwarten, was hier passiert.»

«Und Anita hat Sie regelmäßig mit Informationen versorgt», folgerte ich. Kalinski nickte:

«Sie hat Ihnen schwer aus der Patsche geholfen, als die Polizei hier aufkreuzte, nicht wahr? Eine tatkräftige junge Frau. Nicht zimperlich, wenn es darum geht, richtig anzupacken.»

Wahrlich nicht, dachte ich. Mir wurde auf einmal schwindelig, fast schwarz vor Augen. Moment mal, war ich überhaupt wach? Vielleicht träumte ich den Quatsch nur. Ich starrte auf das Buch in meinen Händen. Dann blätterte ich ein bisschen darin herum. Kein Zweifel, das hatte ich geschrieben. Ich fand sogar auf Anhieb die Stelle, an der ich das Manuskript übernommen hatte. Zur Sicherheit biss ich mir kräftig auf die Zunge. Der Schmerz traf mich wie ein Blitz. Mir schossen Tränen in die Augen. Jetzt war ich definitiv wach.

«Ich konnte ja nicht ahnen, dass Sie meinen Bruder in der Kühltruhe verschwinden lassen würden, anstatt die Beerdigung in die Wege zu leiten.»

«Woran ist Ihr Bruder denn verstorben?»

«Er kam mich besuchen, nach vielen, vielen Jahren. Wir hatten lange Zeit keinen Kontakt. Doch auf einmal stand er vor der Tür und schlug vor, dass wir uns versöhnen sollten. Vor ein paar Jahren ist ihm die Frau weggestorben, und er fühlte sich einsam. Zumal seine Ehe kinderlos geblieben war. Nun wollte er wenigstens mit seinem Bruder Frieden schließen. Ich hatte nichts dagegen, er tat mir leid. Also bat ich ihn herein. Wir haben uns stundenlang über alte Zeiten unterhalten. Spät am Abend bin ich dann noch einmal mit dem Hund los. Doch als ich nach einer ausgiebigen Gassirunde wieder hier ankomme, sitzt er mit starrem Blick in meinem Ohrensessel und ist mausetot.»

Ich brauchte eine Weile, um die Geschichte zu verdauen. Doch dann war mir alles klar.

«Sie haben also ganz bewusst darauf spekuliert, dass Möller Sie für den Verstorbenen halten würde. Doch Sie hatten nicht damit gerechnet, dass er …»

«Statt eines Leichenwagens eine große Kühltruhe kommen lassen würde», ergänzte Kalinski.

«Und Sie haben trotzdem stillgehalten, weil Sie nicht wollten, dass Ihre Deckung auffliegt – hab ich recht?»

«Als Toter hatte ich endlich meine Ruhe. Keine Krimis mehr, kein Termindruck, keiner, der mir auf die Nerven geht. Außerdem finde ich die Aussicht, an meiner eigenen Beerdigung teilzunehmen, ungeheuer reizvoll.»

Ich schaute auf die Uhr. Es war bereits kurz nach fünf. Ich dachte an Paula. Ich musste ihr unbedingt mitteilen, dass ihr Vater noch lebt.

«Es gibt da noch ein Problem», begann ich. Kalinski schaute mich aus müden Augen an. «Sie haben nämlich nicht nur Möller und mich getäuscht. Auch Ihre Tochter Paula denkt seit kurzem, dass Sie tot und tiefgefroren sind.»

Ich konnte sehen, wie die Farbe aus Kalinskis Gesicht verschwand.

«Paula?», fragte er leise. Ich nickte. «Wo ist sie?»

«Ich weiß es nicht. Sie kam vor ein paar Tagen hier vorbei, wollte Sie besuchen. Ich brachte es nicht über das Herz, ihr von Ihrem Tod zu erzählen. Doch dann hat sie ein Gespräch mit angehört, in dem es um Ihre Leiche in der Kühltruhe ging. Daraufhin ist sie weggefahren.»

Kalinski blickte stumm in die erloschene Glut.

«Sie ist gekommen, um sich mit Ihnen zu versöhnen, das will sie sicher immer noch. Ich habe schon versucht, sie zu erreichen, aber sie hat ihr Mobiltelefon natürlich abgeschaltet, es ist schließlich mitten in der Nacht.»

Ich blätterte nervös in dem Buch herum, schaute Kalinski an und folgte seinem Blick zum Kamin hinüber. Ich räusperte mich und sagte:

«Um ehrlich zu sein, ich habe mich unsterblich in Ihre Tochter verliebt.»

Ich fand ja selber, dass das ziemlich bescheuert klang. Aber mit einer so heftigen Reaktion hatte ich dann doch nicht gerechnet. Kalinski riss die Augen auf, lief in Sekundenbruchteilen rot an und sprang mit einem Satz vom Sofa:

«Raus!», brüllte er. «Verschwinden Sie, und zwar sofort!»

Kalinski vermittelte den Eindruck, als würden bei ihm gleich ein paar Sicherungen rausfliegen.

«Sie sind ja wohl total übergeschnappt! Erst verhunzen Sie meinen Roman, und jetzt wollen Sie sich auch noch an meiner Tochter vergreifen? Sie müssen den Verstand verloren haben. Gehen Sie mir aus den Augen, oder ich werfe Sie eigenhändig hinaus!»

Ehrlichkeit währt am längsten, haha! Es macht vermutlich wenig Sinn, den Mann nach einem Starthilfekabel zu fragen, erkannte ich messerscharf und ersparte mir eine weitere Abfuhr. Also zog ich meinen Pullover über, schnappte meine Jacke und verließ das Haus. Draußen war es noch stockdunkel. Ich musste mich ins Dorf durchschlagen. Es war sternenklar, und der Schnee knirschte bei jedem Schritt. Mal sehen, ob die Bauern tatsächlich so früh auf den Beinen waren. Der erste Hof, an dem ich vorbeikam, lag noch im Dunkeln. Doch beim zweiten brannte Licht. Als ich in die schmale Zuwegung einbog, hörte ich jemanden fluchen. Vor dem Stall stand eine Gestalt und schimpfte auf etwas, das sich offenbar hinter einem Ackerwagen verschanzt hatte.

«Verdammter Köter! Hau endlich ab!»

Jetzt warf sie einen Gegenstand in die Richtung, und es schepperte. Dann erblickte sie mich, es war die Bäuerin.

Sie trug ein Kopftuch und eine helle Schürze. Es dampfte aus ihrem Mund, als sie sprach.

« Ist das Ihr Hund? Wird auch Zeit, dass Sie mir das Vieh endlich vom Hals schaffen. Der belauert unsere Asta nämlich schon die ganze Nacht. »

Ich schüttelte den Kopf:

« Tut mir leid, aber ich komme nicht wegen des Hundes. Ich brauche Starthilfe. Mein Wagen springt bei der Kälte nicht an. Können Sie mir vielleicht helfen? »

Die Frau musterte mich kritisch. Dann zog sie ein Taschentuch aus der Schürze und schnäuzte sich.

« Das störrische Tier lässt sich einfach nicht vertreiben. Er jault und kratzt an der Stalltür wie ein Verrückter. Der ist ja völlig von Sinnen. Schade, ich dachte Sie kämen vom Kalinski-Hof, da gehört der Köter nämlich hin. »

« Äh, genau genommen haben Sie recht. Ich komme vom Kalinski-Hof, aber ich war nur zu Gast dort und muss dringend weg. Außerdem hört der Hund leider überhaupt nicht auf mich. »

« Soso », meinte die Bäuerin. « Ich muss hier erst mal alles dicht machen. Wegen dem da », sie zeigte auf Karpow, der in geduckter Haltung unter einem Ackerwagen kauerte und überhaupt nicht den Eindruck machte, als wolle er demnächst aufgeben. Drinnen hörte ich einen anderen Hund jaulen.

« Ruhig, Asta », zischte die Alte. « Die ist auch schon ganz verrückt. »

Nachdem sie die Stalltür verschlossen hatte, wandte sie sich endlich mir zu:

« Na, dann wollen wir mal sehen. Haben Sie denn ein Starthilfekabel? »

KAPITEL 26

Ich drehte die Heizung höher. Draußen war es klirrend kalt. Dieser Winter hatte es echt in sich, die globale Erwärmung fand offenbar gerade woanders statt. Ich nahm einen Schluck Kaffee und starrte auf das schneeweiße Blatt Papier vor mir. Bei einem Trödler in der Osterstraße hatte ich eine alte Kugelkopfschreibmaschine entdeckt. Es war zwar keine Olivetti, doch der Händler behauptete steif und fest, ein Spiegel-Redakteur habe über Jahre hinweg seine Artikel damit getippt. Bis man ihn gezwungen hätte, einen Computer zu benutzen. Daraufhin habe er sein altgedientes Schreibwerkzeug versetzt und sich anschließend von der Köhlbrandbrücke gestürzt.

Ich bezweifelte, dass diese Geschichte den enormen Preis rechtfertigte, doch der Mann ließ nicht mit sich verhandeln: fünfundachtzig Euro, anderenfalls kämen wir nicht ins Geschäft. Wahrscheinlich spürte er, dass ich die Maschine unbedingt haben wollte. Nachdem ich mich davon überzeugt hatte, dass sie einwandfrei funktionierte, schleppte ich das Teil zu mir nach Hause. Ich hatte beschlossen, mit einem neuen Roman zu beginnen, und der sollte an einer richtigen Schreibmaschine entstehen. Auf dem Laptop zu schreiben kam mir inzwischen albern vor. Außerdem wurden die Texte viel besser, wenn ich vor dem Oldtimer saß. Vielleicht lag es daran, dass ich sorgfältiger überlegte, bevor ich einen Satz zu Papier brachte – keine Ahnung. Jedenfalls hatte das Geschnurre und Geratter der Mechanik etwas Beruhigendes. Es klang produktiv und gab mir das Gefühl, wirklich zu arbeiten.

Von Paula hatte ich nichts mehr gehört. Vermutlich

hatte sie sich inzwischen mit ihrem Vater getroffen. Ich hatte ihr jedenfalls eine SMS geschickt und Kalinski außerdem einen Zettel mit ihrer Handynummer in den Briefkasten gesteckt, nachdem die freundliche Bäuerin mir an dem Morgen Starthilfe gegeben hatte. Vielleicht hatten sich die beiden sogar versöhnt. Ich wünsche es ihnen – selbst der beknackte Köter fehlte mir.

Da es mir noch nie gelungen war, gute Vorsätze für das neue Jahr durchzuhalten, hatte ich mir überlegt, einen davon bereits im alten Jahr in die Tat umzusetzen. Dieser Vorsatz betraf den Umgang mit meiner Post. Nachdem ich mir erfolgreich suggeriert hatte, dass die Korrespondenz gar nicht an mich, sondern an einen alten Freund gerichtet war, der gerade irgendwo in der Karibik herumschipperte, fiel mir die Sache schon wesentlich leichter. Weitere Hilfe leistete mir ein Locher, den ich für 99 Cent bei Karstadt erstanden hatte. Jetzt stanzte ich Löcher in den Rand der Schriftstücke und heftete sie dann in einem alten, schwarzen Leitz-Ordner ab, den ich kürzlich im Hausflur entdeckt hatte. Auf dem vergilbten Buchrücken standen untereinander vier Begriffe: *Ausbildg.*, *Zeugnisse*, *Arbeitsamt* und *Rente / Pflegevers.* Die ersten drei waren durchgestrichen worden – ein ganzes Leben, zusammengefasst auf dem schmalen Rückenetikett eines Aktenordners.

Besondere Freude bereitete mir ein Brief der Hamburger Bußgeldstelle für Verkehrsordnungswidrigkeiten. Darin wird mir zur Last gelegt, am 1. November, morgens um 3:21 Uhr beim Überqueren der Elbbrücken, die dort zulässige Höchstgeschwindigkeit von 60 km/h um 29 km/h überschritten zu haben. Als Beweismittel wird ein Geschwindigkeitsüberwachungsgerät mit Namen TRAFFIPAX,

TraffiStar S 330 ins Feld geführt, das nach Abzug des Toleranzwertes eine Geschwindigkeit von 89 km/h festgestellt hatte und gleichzeitig ein aussagekräftiges Foto der Szene schoss: Es zeigt einen Gorilla am Steuer, dem die affenartige Geschwindigkeit größtes Vergnügen zu bereiten scheint.

Ich hatte noch keinen Satz geschrieben, doch in meinem Kopf begann sich eine Geschichte zu formen. Ich spürte, wie die beteiligten Figuren Gestalt annahmen, und freute mich darauf, sie mit Leben zu füllen. Ein paar Stunden später hatte ich etwa fünfzehn Seiten geschafft. Die antike Schreibmaschine schnurrte wie eine zufriedene Katze. Ich fühlte mich gut. Denn wenn ich schrieb, dachte ich nicht an Paula. Mehr gab es dazu nicht zu sagen.

KAPITEL 27

Ich drehte die oberste Karte um. Ich hatte mir überlegt, es dem Zufall zu überlassen. Bei Schwarz würde ich rübergehen, bei Rot würde ich mir Watte in die Ohren stopfen und mich ins Bett legen. Die Chancen standen fifty-fifty.

Es gibt Ereignisse im Laufe eines Jahres, die man nicht ignorieren kann, selbst wenn man sich die allergrößte Mühe gibt. Im Dezember häufen sie sich. An Heiligabend hatte mich das kollektive Glockengebimmel zu Carlo getrieben. Im Kreis der Stammtrinkerschaft hatte ich mich oberamtlich volllaufen lassen und dann den gesamten ersten

Weihnachtstag im Bett verbracht. Am zweiten war ich mit meinen Kindern essen gegangen.

Der 31. Dezember ist allerdings am aufdringlichsten. Schon Tage vorher künden Böller und Raketen vom internationalen Jahrestag der Schwarzpulver- und Alkoholindustrie. Wohl dem, der auf Kommando eine ausgelassene Partystimmung in sich entfachen kann. Und die anderen? Bereits die Abenddämmerung läutet den Ausnahmezustand ein. Kollektive Fröhlichkeit gepaart mit einer Geräuschkulisse, die einen eher nach Kunduz als in Feierlaune versetzt, terrorisieren jene, denen einfach nicht danach zumute ist. Ich schaute auf die Karte in meiner Hand. Es war die Pik-Dame. Die Sache war entschieden. Ich nahm meine Jacke und verließ die Wohnung.

Es war kurz nach elf. Die BarKasse war bereits brechend voll. Ausgefallene Partydekorationen waren nicht Carlos Sache. Eher deren Abwesenheit. Heute war das anders, völlig anders. Wie ich später erfahren sollte, war es «Doppel-D» zu verdanken, dass ich im ersten Moment dachte, ich hätte mich in der Tür geirrt. Carlos neue Freundin hatte angeboten, für «ein bisschen» Silvesterschmuck zu sorgen. Entsprechend üppig war die Materialschlacht ausgefallen. Jede Menge Luftschlangen, Girlanden, Lampions und Hunderte von Luftballons zierten das Lokal. Außerdem musste kürzlich ein größeres Depot mit Konfetti explodiert sein, denn sämtlichen Gästen hingen bunte Papierschnipsel in Klamotten und Haaren.

Die gesamte Kneipe versank knietief in Deko-Müll, und selbst die Gäste schienen vom grassierenden Gestaltungswahn befallen. War dies etwa eine Motto-Party?, fragte ich mich gerade, als mir ein besonders geschmackvoller Gag auffiel: Auf den runden Kneipentischen lagen Kotzflecken aus Silikon, die täuschend echt und entsprechend eklig aussahen. Vielleicht ergibt sich im Laufe des Abends sogar die Gelegenheit zu interessanten Studien, überlegte ich, Original oder Fälschung … Ich fragte mich, was ich hier wollte, und beschloss, sofort wieder zu gehen. Doch ich kam nicht weit, denn auf dem Weg zur Tür entdeckte mich Tieschen.

«Scheiß-Kapitalist!», rief die Karikatur des Proletariats. «Bewacht hab ich deine Bude, nur bewacht, damit nix wegkommt, verstehst du? Und du?»

Er zeigte mit zittrigen Fingern auf mich:

«Du sperrst mich einfach aus. Statt mir dankbar zu sein.»

«Ruhe da hinten», brüllte Carlo, und als ich mich zu ihm umdrehte, reichte er mir zwei frischgezapfte Pils über den Tresen. Mit einem Nicken, das in Tieschens Richtung deutete, sagte er: «Hier, für euch beide, wohl bekomm's!»

Ich nickte ebenfalls, nahm die Gläser in Empfang und ging zu Tieschen rüber. Der Penner sieht gar nicht so abgerissen aus wie sonst, dachte ich. Dann erkannte ich, woran das lag:

«Mein Wintermantel steht dir gar nicht schlecht», sagte ich und hielt ihm das Bier hin. «Gibt es sonst noch Dinge, die du ganz persönlich für mich bewachst?» Ich hatte gerade entdeckt, dass er auch auf meine schwarzen Lederstiefel *aufpasste*. Komisch, ich habe die Sachen noch gar nicht vermisst. Wer weiß, was man mir noch alles klauen konnte, ohne dass ich es merkte?

«Nur ausgeliehen», nuschelte er und nahm mir das Glas ab. Offenbar war er gewillt, das Friedensangebot anzunehmen.

«Na dann zum Wohl», sagte ich und hob das Glas ein Stückchen an.

«Prösterchen», erwiderte Tieschen zwischen zwei Schlucken. «Überhaupt, du schuldest mir noch 'n Euro.»

«Okay», schlug ich vor, «lass uns das bargeldlos regeln. Als Gegenleistung überlasse ich dir die Stiefel und den Mantel, einverstanden?»

«Hmm», machte Tieschen. Er schien zu überlegen, ob ich ihn übers Ohr hauen wollte. Doch dann stimmte er schließlich zu.

Jetzt trötete es, und jemand griff mir von hinten an die Schulter. Im Augenwinkel erkannte ich ein grellgeschminktes Gesicht:

«Fass mir mal an die Titten!»

Das war Doppel-D, die in bester Feierlaune zu sein schien. Sie streckte mir ihre dralle Auslage entgegen und grinste breit. Auf ihrer Wange entdeckte ich einen fiesen Eiterpickel fortgeschrittenen Reifegrades. Ich versuchte das Unmögliche, nämlich unverkrampft zu lächeln, und schickte einen hilfesuchenden Blick zu Carlo rüber, doch der zuckte nur mit den Schultern.

«Nun mach schon», insistierte Doppel-D.

Ich wollte kein Spielverderber sein, also griff ich endlich zu, worauf mir ein feiner Wasserstrahl ins Gesicht schoss, hahaha, damit hatte ich nicht gerechnet. Vermutlich war ich der letzte männliche Gast, der noch nicht auf diese Weise getauft worden war. Ich fragte mich, warum man den letzten Abend im Jahr mit solchem Blödsinn verbrachte, und stellte mein leeres Bierglas auf den Tresen. Carlo reichte mir zum Tausch ein Frischgezapftes rüber. Immerhin, der Service funktionierte.

Anschließend kreischte jemand. Es war Maja. Sie hielt ein Glas Weißwein in der weit von sich gestreckten Hand und kam damit auf den Tresen zugestürzt:

«Was ist das denn? Voll eklig! Da schwimmt ja 'n Wurm drin!»

Ich machte ihr Platz und guckte zu Enrico rüber, der sich vor Lachen gerade in die Hosen machte, vorn an seiner Jeans zeichnete sich bereits ein großer dunkler Fleck ab. Langsam dämmerte es mir. Das Party-Motto lautete vermutlich «Kabinett des Ekels» oder «Kotzbrocken sucht Pickelschlampe». Tatsächlich, Enrico hatte einigen, vornehmlich weiblichen Gästen Wurmpillen in die Gläser geschummelt. Eine Weile lang ging das Gekreische munter weiter. Carlo weigerte sich, den Wein wegzuschütten. Er fingerte den Plastikwurm heraus und reichte Maja das Glas zurück.

«Bedank dich bei deinem Göttergatten, oder glaubst du allen Ernstes, ich würde so 'n Mist machen?»

Maja warf Carlo einen bösen Blick zu und machte auf dem Absatz kehrt:

«So, Freundchen, nun zu dir. Das war ja wohl 'n schlechter Scherz. Du weißt genau, wie sehr ich mich vor so was ekele.»

«Na klar, sonst hätte ich dir ja wohl kaum 'ne Wurmpille verabreicht», kicherte Enrico.

«Gemeinheit», fauchte Maja.

«Hey, das war 'n Scherz», verteidigte sich Enrico.

«Ja, aber ein schlechter. Genau wie das hier», sie zeigte auf seine Hose.

Enrico guckte an sich herunter. «Das ist Mut zum peinlichen Auftritt. Sieht ziemlich echt aus, oder?»

Anerkennendes Kopfnicken von Tieschen und mir.

«Ich spreche nicht von dem albernen Fleck. Es geht um den kümmerlichen Wurm dahinter.»

Betretenes Schweigen.

«Jetzt wirst du gemein», meinte Enrico schließlich. Das Feixen war einem Hundeblick gewichen.

«Ach nee! Und dein *Mut zum peinlichen Auftritt*? Was ist mit dem?»

Keine Reaktion.

«Na prima, dann sind wir ja quitt», spottete Maja und guckte nun ihrerseits erwartungsvoll in die Runde. Doch die umstehenden Wurmträger hüllten sich in Schweigen.

Ich leerte mein Glas und drängelte mich bis zur Toilette durch. Dort hatte ich eine merkwürdige Begegnung. Am Urinal neben mir stand ein Mann, der mir irgendwie bekannt vorkam.

«Was machen Sie denn hier?», fragte ich.

«Genau das Gleiche wie Sie. Ich pinkele.»

Ich rollte mit den Augen: «Sind Sie nicht dieser Reporter?»

«Kann schon sein.»

«Sie arbeiten für Springer, oder? Sie waren vor ein paar Wochen draußen bei Kalinski.»

Der Typ schaute herüber. Er kniff seine glasigen Augen zusammen und meinte:

«Ich hab's! Sie sind dieser unfreundliche Assistent mit dem aggressiven Köter.»

«Karpow? Der gehört Kalinski, nicht mir.»

«Aha», er drückte die Spülung, nestelte an seinem Hosenstall herum und streckte mir anschließend die Hand hin:

«Matthias Brandt, Springer-Verlag.»

Ich sagte: «Sorry, ich hab gerade keine Hand frei.»

«Kein Problem», meinte Brandt und ließ den Arm sinken. «Hat der Alte seinen Krimi doch noch fertiggekriegt. Und gar nicht mal schlecht, die Kritiker überschlagen sich ja vor Lob.»

«Haben Sie ihn gelesen?»

«Nein, keine Zeit. Ich lese nur Kritiken, das muss reichen. Heute kam was in der Süddeutschen. Da war die Rede von einem ganz neuen Kalinski, frisch und unverbraucht. Man habe den Eindruck, er hätte seinem Kommissar eine Verjüngungskur verordnet, und so weiter.»

«Ja, er hat sich bemüht, einen neuen Stil reinzubringen, mal was anderes auszuprobieren.»

«Hören Sie, ich bin nach wie vor an einem Interview interessiert. Aber der Alte lässt ja niemanden an sich heran. Wenn Sie da was einfädeln könnten, wie gesagt, ich würde mich erkenntlich zeigen.»

«Tut mir leid. Aber ich bin gar nicht mehr dort tätig.»

«Ach so. Darf man fragen, warum?»

«Nein.»

«Äh, also nicht – und gibt es einen Nachfolger?»

«Nein, soweit ich weiß, nicht.»

«Aha. Schade. Nichts für ungut.»

Der Reporter sah nicht so aus, als wolle er die Silvesternacht in der BarKasse verbringen. Er trug einen teuren Anzug und zog sich vor dem trüben Spiegel über dem Waschbecken die Krawatte zurecht.

Ich fragte: «Und was hat Sie in diese Kneipe verschlagen?»

«Hab mir nur Zigaretten geholt. Mein Taxi wartet vor

der Tür. Ich muss gleich weiter, bin auf dem Weg zu einer Verlagsparty.»

«Na dann viel Spaß.»

Ich nickte dem Reporter zu und ging wieder in den Gastraum. Ich erkannte sie sofort. Sie sprach mit Carlo und schaute dann zu mir herüber. Am Tresen lehnte Camilla und winkte mich zu sich heran. Sie sah verdammt gut aus, und das wusste sie.

«Na, wieder ein Notfall?», fragte ich und orderte ein weiteres Bier.

«Ja, ein Notfall, stimmt genau. Sieht man das?»

«Weiß nicht, war nur so 'ne Vermutung. Welcher Art, wenn ich fragen darf?»

«Er besteht im Wesentlichen darin, dass deine Tochter über Silvester zu Gordon nach London geflogen ist und ich hier deshalb alleine rumhänge ...»

«Warum bist du denn nicht mitgefahren?»

«Ist auf die Dauer nicht zu ertragen, mit einem frisch verknallten Paar durch die Gegend zu ziehen.»

«Verstehe.»

«Vor allem, weil sie dauernd übereinander herfallen.»

Ich nickte verständnisvoll, wollte mir das aber gar nicht so genau vorstellen. Irgendwie schaffte ich es, mir Camilla ein paar Stunden vom Hals zu halten. Es blieb bei einer sehr lebhaften und zum Teil aufschlussreichen Unterhaltung, in deren Verlauf ich interessante Details aus dem Leben meiner Tochter erfuhr. Als sehr hilfreich erwies sich dabei ein halbes Dutzend Gläser Sekt auf Eis, die Camilla wie Selterswasser wegschlürfte, um anschließend mit gelöster Zunge aus dem Nähkästchen zu plaudern.

Schließlich schaffte sie es doch irgendwie – erst an

meine Schulter und dann in meine Wohnung. Es war kurz nach drei, als wir dort eintrafen. Kaum war die Tür ins nagelneue Schloss gefallen, ließ sie sich auf das Bett fallen. Da lag sie nun. Eine Extraportion Lebenselixier, verpackt in einer Umhüllung aus faltenfreier, nackter Haut.

«Kommst du?»

Ein tiefes Knurren war zu hören.

War ich das?

KAPITEL 28

Ich drehte mir eine Zigarette. Ja, ich hatte es mir wieder angewöhnt. War mir gar nicht so schwergefallen. Doch ich rauchte nur beim Schreiben. Wenn ich ein paar Seiten geschafft hatte, belohnte ich mich mit einer gemütlichen Rauchpause. Außer vor ein paar Tagen, beim Frühstück mit Camilla. Da hatte ich mir außer der Reihe eine angezündet. Vielleicht weil mir die Situation ein bisschen unangenehm war.

Camilla war verkatert und verschlossen gewesen. In der Nacht zuvor hatte sie geschnarcht wie ein Sägewerk. Selbst vom Wohnzimmer aus, in das ich mich verzogen hatte, war das nicht zu überhören gewesen, und ich hatte praktisch kein Auge zu bekommen. Später bat sie mich, alles, was sie mir über Isabelle erzählt hatte, wieder zu vergessen oder wenigstens für mich zu behalten. Erst als ich ihr das hoch und heilig versprochen hatte, taute sie etwas auf. Sie schien verunsichert darüber, dass wir nicht miteinander geschlafen hatten. Vielleicht kratzte es an ihrem Selbstwertgefühl. Aber ich wusste ja selbst nicht, was mit mir los war. Es hatte mit Paula zu tun, aber darüber wollte ich nicht sprechen. Gegen Mittag war sie dann gegangen, und ich setzte mich wieder an die Schreibmaschine – so wie jeden Tag, seit ich mit dem neuen Roman angefangen hatte.

Ich zog an der Zigarette und fing an zu lesen. Wenn ich einen frisch fertigen Text Probe las, stellte ich mir immer die knarzige Synchronstimme von Robert De Niro vor. Selbst weniger gelungene Passagen klangen dann noch ziemlich gut. Nach ein paar Minuten klingelte mein Mobiltelefon. Ich schaute auf das Display und sah, dass der Anruf von Möller kam. Auf diesen Idioten hatte ich nun wirklich gar keine Lust. Ich drückte das Gespräch weg und konzentrierte mich wieder auf die Stimme von Robert De Niro, der meinen Text vorlas. Wenige Sekunden später klingelte es zum zweiten Mal. Echt penetrant, der Typ, dachte ich und drückte auf die rote Auflegetaste. Als es ein paar Minuten später zum dritten Mal klingelte, beschloss ich, das Handy abzuschalten, doch das Display zeigte auf einmal «Paula mobil»! Mein Herz begann zu hämmern, als ich das Gespräch annahm:

«Paula?»

«Dachte ich mir, dass du jetzt rangehst.»

Scheiße, das war Möller!

«Wir müssen uns treffen.»

«Wir müssen gar nichts!»

«Ich bin hier draußen bei Kalinski, in diesem verdammten Kuhdorf, und wenn du nicht in spätestens dreißig Minuten hier aufkreuzt, dann ...»

«Was dann?»

Ich hörte jemanden schluchzen. Es war Paula. Mir blieb das Herz stehen:

«Er hält uns hier fest, er hat eine …», dann war das Gespräch unterbrochen. Ich sprang auf, schnappte mir den Autoschlüssel und hetzte zu meinem Wagen. Scheiße, wo ist eigentlich mein Talisman geblieben?, fragte ich mich, als ich feststellte, dass der kleine Affe nicht mehr an seinem Platz hing. Unterwegs wählte ich Möllers Handynummer.

«Was soll das?», rief ich, als die Verbindung zustande gekommen war.

«Bist du unterwegs?»

«Ja, verdammt. Und jetzt beantworte meine Frage!»

«Sehr gut. Fragen kannst du stellen, wenn du hier bist. Gute Fahrt, mein Lieber», dann legte er auf. Ich drückte das Gaspedal durch und schaffte die Strecke in weniger als fünfundzwanzig Minuten. Als ich von der Hauptstraße abbog, sah ich eine ältere Dame, die mit ihrer Handtasche auf einen großen Köter einschlug. War das Karpow? Es sah aus, als hätte er einen kleineren Fiffi am Wickel. Scheiße, darum konnte ich mich nun wirklich nicht kümmern.

Möller hatte es irgendwie geschafft, Kalinski und Paula zu überwältigen und an zwei Stühle zu fesseln. Sie saßen nebeneinander in der großen Diele. Möller hatte sich dahinter aufgebaut und grinste:

«Komm rein, alter Freund. Schön, dass du dich so beeilt hast.»

«Was soll das werden?», fragte ich und ging auf die drei zu.

«Langsam, langsam», sagte Möller und hielt Paula eine

Waffe an den Kopf. «Wir führen hier gerade ein sehr interessantes Gespräch. Kalinski möchte nämlich nicht mehr von meiner Agentur vertreten werden. Du bleibst stehen, wo du bist, hörst du? Vielleicht kannst du noch etwas lernen.»

Was für ein Arschloch, dachte ich, wie konnte ich mich nur mit diesem Stück Dreck einlassen! Paula wich meinem Blick aus. Beiden waren die Arme hinter der Stuhllehne gefesselt worden. Offensichtlich konnten sie sich kein Stück bewegen.

«Sie hätten den Vertrag nicht kündigen dürfen. Das war ein großer Fehler», sagte Möller und ging um die beiden herum.

«Sie haben mein Vertrauen missbraucht und versucht, mich zu täuschen. Sie haben ohne mein Einverständnis einen Ghostwriter engagiert und die Leiche meines Bruders geschändet! Und jetzt beschweren Sie sich darüber, dass ich Sie rauswerfe?»

«Was sollte ich denn machen? Ich musste schließlich dafür sorgen, dass Sie Ihre vertraglichen Verpflichtungen erfüllen. Das ist schließlich mein Job.»

«Pah, dass ich nicht lache!», rief Kalinski. «Und was haben Sie jetzt vor?»

«Wir haben noch immer einen Vertrag.»

«Na und?»

«Tja, da müssen Sie mal das Kleingedruckte lesen. Wenn es keine weiteren Angehörigen gibt, dann fallen die Nutzungsrechte am Werk meiner Autoren an mich. Ich erbe die Rechte, wenn man so will. Kommt nicht allzu häufig vor. Genau genommen wird es das erste Mal sein. Aber irgendwann ist eben immer das erste Mal.»

«Was? Ich verstehe nicht ...», Kalinski blinzelte, dann schaute er zu Paula hinüber.

«Ganz einfach: Sehen Sie den da?», Möller zeigte mit der Waffe auf mich. «Der hat Ihren Roman fertiggeschrieben, weil er dachte, Sie sind tot. Doch Sie sind gar nicht tot. Nehmen wir mal an, Sie würden ihm nun drohen, ihn zu verklagen. Was macht unser erfolgloser Autor, der noch nie etwas veröffentlicht hat, weil alles, was er schreibt, totaler Schrott ist? Er dreht durch. Er läuft Amok. Er ist nämlich ein Psychopath. Vor ein paar Monaten erst hat er einen Verlagsmitarbeiter bedroht, nur weil der sein Manuskript abgelehnt hatte. Stellen Sie sich das mal vor!»

Hier legte Möller eine Kunstpause ein.

«Marschiert mit einer Waffe in den Verlag und nötigt den armen Mann, ihm seinen kruden, langweiligen Roman vorzulesen, eine ganze Nacht lang. Nachweislich, ich kenne das Opfer. Er kann nicht mit Misserfolgen umgehen, das ist sein Problem, dann dreht er durch.»

Allgemeines Schweigen. Alle Blicke waren auf mich gerichtet. Auch Paulas. Ich versuchte probehalber, im Boden zu versinken, aber nichts geschah. Dann spürte ich eine unbändige Wut in mir aufschäumen.

«Er wird ein Blutbad anrichten und sich anschließend selbst erschießen. Leider komme ich wenige Minuten zu spät, um die Katastrophe noch zu verhindern, sehr bedauerlich», meinte Möller und zuckte mit den Schultern. Scheiße, ich war echt in einen Krimi geraten. Der durchgeknallte Zwerg wollte uns alle umbringen. Merkwürdig, dass diese Idioten ihre bescheuerten Pläne immer erklären müssen, bevor sie mit dem Gemetzel beginnen. Wen interessiert der hirnkranke Mist? Keine Sau!

In diesem Moment fiel mir die Waffe ins Auge. Moment mal, ist das nicht meine Pistole? Tatsächlich, das ist doch die Walther P 99, meine Schreckschusspistole. Genau, die habe ich ja in der Küchenschublade liegen lassen. Ich fasse es nicht, der fuchtelt hier mit einer Attrappe herum, und wir machen uns in die Hosen. Nun hatte Kalinski die Sprache wiedergefunden:

«Damit kommen Sie niemals durch. Sie haben ja keine Ahnung, was ...»

«Halt die Klappe, alter Sack!», fluchte Möller und ging einen Schritt auf Kalinski zu. Jetzt war er in meine Reichweite gelangt. Ich ballte die Faust und schlug mit aller Kraft zu.

Ein Gesicht klingt ganz anders, wenn man draufschlägt, als man es aus Kinofilmen kennt. Ziemlich dumpf und unspektakulär. Ganz im Gegensatz zu einem Schuss. Der ist viel beeindruckender in natura. Für einen Moment war ich von dem Knall wie betäubt. Anschließend spürte ich den Schmerz in meiner Schulter und sah die entsetzten Gesichter. Ich fiel nach vorn auf die Knie. Dann sackte ich ganz langsam seitlich auf den Fußboden und verfolgte die Szene aus der Ameisenperspektive.

«Du Arschloch! Bist du total bescheuert?», schrie Möller und betastete seinen Mund. «Siehst du das hier, hä?» Er zeigte demonstrativ auf seine Pistole. Mist, das war wohl doch nicht meine Schreckschusswaffe.

«Wer hat die beschissene Knarre in der Hand, du oder ich?», rief Möller. Dann lief er hektisch in der Diele hin und her. Seine Unterlippe war angeschwollen, am Kinn sammelte sich etwas Blut.

«Blöder Wichser! Ich wollte dir in den Kopf schießen, es soll schließlich wie ein Selbstmord aussehen! Und jetzt, was mache ich jetzt?»

Idiot, dachte ich, was fragst du uns? Sollen wir noch konstruktive Vorschläge machen, oder was? Komischerweise war der Schmerz nun weg. Ich spürte nichts mehr. Ich schaute zu Paula hinüber. Sie rüttelte an den Kabelbindern, mit denen sie am Stuhl fixiert war, dann trafen sich unsere Blicke, und sie hielt auf einmal ganz still. Ein Lächeln huschte über ihr Gesicht.

Auf einmal war ein Martinshorn zu hören – endlich! Das Geräusch kam rasch näher. Möller lief zur Tür hinüber und schaute aus dem Fenster. Ein Wagen kam in den Hof geschossen und machte eine Vollbremsung.

«Verdammt, wo kommen die denn her?», brüllte der Giftzwerg und drehte sich zu mir um.

«Du hast die Bullen gerufen, oder? Mann, du hast vielleicht Nerven!»

Ja, ich habe die Polizei gerufen, du Arschloch! Gleich auf dem Weg hierher, hätte ich gern geantwortet. Doch sprechen war gerade nicht.

Er kam ein paar Schritte auf mich zu, setzte mir die Knarre an die Schläfe und drückte ab. Ich hörte ein scharfes metallisches Klicken und spürte, wie die Kugel durch mein Gehirn raste. Dann wurde mir bewusst, dass ich gar keinen Schuss gehört hatte. Irgendetwas konnte nicht stimmen. Ich spulte ein Stück zurück: Tatsächlich, es war kein Schuss gefallen.

Möller sagte: «Scheiße!» Und ich realisierte, dass gar nichts passiert war. Fehlfunktion, dachte ich, Pech, das kann vorkommen.

«Achtung, Polizei! Lassen Sie sofort die Waffe fallen!»

POM Dressler! Ich freute mich aufrichtig, ihre Stimme zu hören. Im nächsten Moment entsicherten die Beamten ihre Dienstwaffen. Möller schüttelte den Kopf. Er ließ die Waffe sinken, drehte sich zu den beiden Polizisten um und sagte:

«Schon gut, war ja nur Spaß.»

Dann schob er sich den Lauf unter das Kinn und drückte ab. Seltsam, jetzt funktioniert das Ding wieder, dachte ich, als ich den ohrenbetäubenden Knall hörte. Anschließend wurde mir schwarz vor Augen.

KAPITEL 29

Ich drehte den Kopf weg, denn ich würde bestimmt wieder ohnmächtig werden, wenn ich dabei zusah, wie mir eine Kanüle in die Vene geschoben wurde. Die Infusionslösung baumelte bereits an der dafür vorgesehenen Halterung. Jetzt pikste es ein bisschen. Dann wurde mein Unterarm mit einem Klettverschluss an der Trage fixiert. «So, fertig, es kann losgehen», rief der Notarzt. «Und mach hin, der Typ verliert jede Menge Blut, das muss schnell gehen.»

Der Krankenwagen setzte sich in Bewegung. Es rumpelte ziemlich auf dem kleinen Wirtschaftsweg, der zur Hauptstraße führte, und mir wurde sofort übel. Wo soll ich hinkotzen?, fragte ich mich. Der Arzt sah mich an und sagte:

«Gleich beginnt Ihr Cocktail hier zu wirken, dann geht es Ihnen sofort besser.»

Anschließend hantierte er am Dosiermechanismus meiner Infusion, und ich sah, dass die Flüssigkeit nun hektisch durch das Sichtfeld tropfte. Geschüttelt, nicht gerührt, dachte ich, als wir das nächste Schlagloch erwischten, dann wurde mir wieder schwarz vor Augen.

«Glatter Durchschuss. Die Kugel ist hier, unterhalb des Schlüsselbeins, rein, hat das Schulterblatt durchschlagen und ist dann dort wieder raus. Zum Glück wurde kein größeres Gefäß dabei verletzt, denn der Blutverlust war auch so schon lebensbedrohlich.»

Ich öffnete die Augen und sah jemanden in einem weißen Kittel, der auf ein Röntgenbild deutete. Neben ihm stand eine Frau, die sich ihren Wintermantel um die Hüften geschlungen hatte. Sie kehrte mir den Rücken zu, doch ich erkannte sie sofort.

«Und wie lange wird der Ärmste noch hierbleiben müssen, Herr Doktor?», fragte sie und warf dem Mann eine Art hilfesuchenden Blick zu, in dem ich jene Mischung aus geheuchelter Bewunderung und offensiver Flirtbereitschaft erkannte, die mich schon immer in Erstaunen versetzt hatte. Männer von nennenswertem sozialen Rang wurden von meiner Exfrau prinzipiell beflirtet, man konnte ja nie wissen …

«Mindestens noch eine Woche», sagte der Arzt und erwiderte Beates Lächeln. «Wenn die Wundheilung gut verläuft, können wir vielleicht am Freitag bereits die Dränage entfernen. Wir werden sehen.»

Jetzt drehten sie sich zu mir um. Ich schloss die Augen. Man muss es ja nicht gleich übertreiben mit dem Zusichkommen.

«Volvo, mein Lieber», trällerte es plötzlich. Ich war tatsächlich wieder eingenickt und hatte beim Wachwerden aus Versehen einfach die Augen geöffnet. «Wie geht es dir?»

Ich guckte Beate an, schloss die Augen wieder und stöhnte leise.

«Was machst du denn auch für Sachen? Die Polizei hat mich angerufen und mir von dieser furchtbaren Geschichte erzählt», ereiferte sie sich nun. «Ich habe mich zu Tode erschreckt!»

Nicht ganz, bedauerte ich und spürte einen dumpfen Schmerz in meiner Schulter. Ich verzog das Gesicht.

«Du hast hier so ein Dingens», meinte Beate und zeigte auf einen kleinen Schalter, der sich zwischen einem Infusionsfläschchen und der Kanüle in meinem linken Arm befand. «Wenn du da draufdrückst, dann bekommst du eine Portion Schmerzmittel, hat die Schwester vorhin gesagt.»

Ich drückte ein paarmal und wartete. Ups, tatsächlich, irgendetwas in meinem geschundenen Organismus schäumte kurz auf, und dann war der Schmerz wie weggeblasen. Beate wirkte auch gleich viel freundlicher. Vor allem ihre Stimme. Sie hatte diese unangenehme Schärfe verloren, klang auf einmal geradezu melodisch.

«Hier, ich habe dir einen Brief mitgebracht. Ich dachte, da müsste viel mehr Post sein, doch außer diesem Schreiben und jeder Menge Werbung war nichts dabei.»

Ich schaute Beate fragend an.

«Nun guck doch nicht gleich so böse!», meinte sie mit jeder Menge Watte in der Stimme. «Die Leute von der Polizei haben mir deinen Schlüssel gegeben und mich gebeten, mal nach dem Rechten zu schauen. Da war ja sonst niemand, der das hätte machen können. Außerdem wollte ich dir nur einen Gefallen tun.»

Erstaunlich, dass sie die Exfrau informieren, wenn einem etwas zustößt. Darüber hatte ich noch nie nachgedacht. Sie haben ihr also meinen Schlüssel gegeben, und nun ging sie bei mir ein und aus. Gut, dass ich gerade keine größeren Mengen an Bargeld im Haus herumliegen hatte, die hätte sie sonst vermutlich gleich konfisziert. Ich schaute auf das Kuvert. Es war ein Brief von Kurt Kalinski. Ich öffnete ihn und guckte mir das Schriftbild an. Beim «e» und «a» hatte die Maschine kleine Löcher in das Papier gestanzt. Klarer Fall, er hatte den Brief mit der alten Olivetti geschrieben, womit auch sonst?

Sehr geehrter Herr Vogt,
ich hoffe, Sie befinden sich weiter auf dem Wege der Besserung. Ihre Exfrau war so freundlich, mir zu verraten, dass es Ihnen den Umständen entsprechend gut geht. Es freut mich, das zu hören.
Ich möchte mich, auch im Namen meiner Tochter Paula, für Ihren beherzten Einsatz bedanken. Ihrem mutigen und selbstlosen Eingreifen ist zu verdanken, dass nichts Schlimmeres geschah. Vor diesem Hintergrund erscheinen jene anderen Ereignisse, die mich zunächst gegen Sie aufgebracht haben, vergleichsweise unbedeutend. Ich möchte Sie im Übrigen wissen lassen, dass ich mich dazu entschieden habe, keine rechtlichen Schritte gegen Sie einzuleiten.

Nochmals gute Besserung,
hochachtungsvoll
K. K.

«Was meint er damit, dass er keine rechtlichen Schritte gegen dich einleiten will?»

Beate hatte natürlich mitgelesen. Erstaunlich, dass sie den Brief nicht schon vorher aufgerissen hatte.

«Ich finde, du könntest mir ruhig einmal erklären, was das alles zu bedeuten hat. Schließlich bin ich die Mutter deiner Kinder. Und da muss ich ja wohl wissen, wie du in kriminelle Machenschaften oder was auch immer geraten bist.»

Die Watte in ihrer Stimme hatte sich plötzlich verflüchtigt. Sie begann, vor meinem Bett auf und ab zu gehen. Meine Schonfrist war also abgelaufen.

«Der Schlüssel», sagte ich und streckte meine Hand aus. Doch sie verschränkte nur die Arme vor der Brust.

«Gib mir meinen Schlüssel», wiederholte ich. «Sofort!»

Jetzt drehte sie sich um, kramte in ihrer Handtasche und knallte mir etwas in die geöffnete Hand. Gut, dass sie mir das mit der Dröhnung gezeigt hatte. Ich drückte noch ein paar Mal und war wieder weg.

Am nächsten Tag bekam ich Besuch von einem Kommissar aus Winsen an der Luhe. Der Mann stellte sich als Nils Albers vor und hielt mir zum Beweis seinen Dienstausweis vor die Nase. Er war in Zivil gekleidet und wirkte ein wenig unsicher. Vielleicht war es ihm unangenehm, mich am Krankenbett zu befragen. Jedenfalls trat er von einem Bein auf das andere und machte einen ziemlich abwesenden Eindruck.

«Herr Kalinski und seine Tochter Paula haben ja bereits umfängliche Aussagen gemacht», meinte er, nachdem er sich mir vorgestellt hatte. «Wir haben daher schon ein ziemlich genaues Bild von dem, was am vergangenen Montag abgelaufen ist. Was die beiden allerdings nicht erklären konnten, war die Frage: Welche Rolle spielen Sie eigentlich bei der ganzen Angelegenheit? Was hatten Sie an dem Ort zu suchen? Und vor allem: Warum wollte Möller auch Sie töten?»

Albers blieb für einen kurzen Moment ruhig stehen. Doch dann ging das Gezappel wieder los.

«Sagen Sie, müssen Sie vielleicht mal pinkeln?», fragte ich. Doch Albers schüttelte den Kopf und meinte:

«Nein, nein, das sind die Wehen.»

Mein Blick ein Fragezeichen.

«Sie haben eingesetzt. Äh, bei meiner Frau natürlich. Aber sie sagt, das könne noch ein paar Stunden dauern», erklärte er nun hektisch. «Ich soll ruhig hier weitermachen und später noch einmal anrufen.»

«Verstehe, aber Sie machen mich irgendwie nervös. Wollen Sie sich nicht setzen?»

Nein, das wollte er nicht. Kaum auszuhalten. Also bemühte ich mich, seine Frage zu beantworten. Anders würde ich das Nervenbündel wohl nicht loswerden:

«Ich glaube, Möller ist, äh, war nicht ganz dicht in der Birne, das mal vorab. Ansonsten hatte er sich den Plan in den Kopf gesetzt, Kalinski und seine Tochter zu beseitigen, um an die Tantiemen heranzukommen. Kalinski hat Ihnen vermutlich davon erzählt, dass er Möller den Vertrag gekündigt hatte. Und diese Morde wollte er mir unterschieben.»

«Warum gerade Ihnen?»

«Keine Ahnung. Vielleicht, weil ich keinen Erfolg mit der Veröffentlichung meines eigenen Romans hatte und weil er mitbekam, dass ich mich in Paula verliebt habe. Er wollte es wohl so drehen, dass es wie eine Kurzschlusshandlung aussieht. Aber das sind ja alles nur Vermutungen. Ich habe wirklich keinen blassen Schimmer.»

«Aha. Gut. Für mich klingt das nicht so ganz überzeugend. Ich frage mich, ob er nicht etwas mehr in der Hand hatte, etwas, das Sie als potenziellen Mörder erscheinen lässt, ein Motiv, das Sie wirklich verdächtig macht.»

Ich zuckte mit den Schultern und spürte sofort einen stechenden Schmerz. Albers war für einen Moment ruhig stehen geblieben. Offenbar war es ihm gelungen, sich wieder auf seine Arbeit zu konzentrieren.

«Nun, letztlich ist das nicht so wichtig. Er wollte Sie jedenfalls alle drei umbringen und Ihnen das Ganze in die Schuhe schieben. So weit ist der Fall klar, und mehr gibt es da vermutlich auch nicht aufzuklären. Außerdem hatte Möller ein plausibles Motiv: massive finanzielle Probleme. Bei der Überprüfung seiner Konten stellte sich heraus, dass er hoch verschuldet war. Genau genommen stand er kurz vor dem Bankrott. Seine Hausbank hatte nämlich wenige Tage zuvor einen Kredit über dreihunderttausend Euro gekündigt. Offenbar hat Möller über Jahre hinweg ein Hobby gepflegt, das er sich eigentlich nicht leisten konnte – Glücksspiel und teure Prostituierte.»

Der Kripomann warf einen Blick aus dem Fenster. Draußen schwebten ein paar Schneeflocken vorbei.

«Ich hoffe, unser Gespräch hat Sie nicht allzu sehr angestrengt.»

«Kein Problem», meinte ich, «ich fange ohnehin langsam an, mich hier zu langweilen.»

«Gut, dann werde ich mich mal wieder auf den Weg machen. Ich danke Ihnen für die Mitarbeit. Weiterhin gute Besserung.»

«Danke. Und schön pressen, falls Sie noch rechtzeitig kommen sollten.»

Albers grinste unsicher und verließ zügig das Zimmer.

Nirgends ist man ungebetenen Gästen so hilflos ausgeliefert wie in einem Krankenhaus. Feste Besuchszeiten? Fehlanzeige! Von früh bis spät kommen Leute in dein Zimmer gelatscht und gehen dir auf die Nerven. Das Absurde daran: Sie scheinen felsenfest davon überzeugt zu sein, dass du dir den Arsch abfreust. Und wenn du blöd guckst, glauben sie, es läge an deinen starken Schmerzen. Heute waren gleich morgens Camilla, am Vormittag Isabelle und Jonas und wenig später Beate aufgetaucht. Jetzt hatte ich endgültig genug. Keine zehn Minuten nachdem man mir den Dränageschlauch aus der Schulter gezogen hatte, habe ich ausgecheckt. Immerhin hatte Jonas mir den Gefallen getan und war mit Tobi nach Marxen rausgefahren, um meinen Kombi abzuholen. Allerdings hatte er ihn vor meiner Wohnung und nicht auf dem Krankenhausparkplatz abgestellt. Woher sollte er auch wissen, dass ich mich frühzeitig entlassen würde? Doch ich hatte mal wieder Glück, auf dem Weg zum Ausgang traf ich Carlo.

«Vorsicht, Mann! Komm nicht auf die Idee, mir auf die Schulter zu klopfen», rief ich, als ich seine Pranke hochschnellen sah.

«Schon auf dem Nachhauseweg?», fragte Carlo leicht verunsichert und ließ den Arm sinken.

«So ist es! Hab die Schnauze nämlich gestrichen voll. Wolltest du mich etwa auch besuchen?»

«Na klar, was denkst du denn? Hier, ist für dich», sagte

er dann und hielt mir eine Plastiktüte mit einem Sixpack Jever hin. Ich bedankte mich artig und fragte, ob er mich vielleicht mit nach Hause nehmen könnte, dann sei er nicht ganz umsonst vorbeigekommen. Carlo nickte und machte kehrt.

«Lass mich das tragen», sagte er und nahm mir die Plastiktüte wieder ab. Später, als wir im Wagen saßen, wollte er wissen, was für ein Gefühl das sei, wenn man von einer Kugel durchbohrt wird. Ich antwortete wahrheitsgemäß, dass der gefühlte Schmerz sich jenseits aller Vorstellungskraft befindet, und schlug vor, das Thema zu wechseln. Bekanntlich fällt es mir ziemlich schwer, über Gefühle zu sprechen. Außerdem hätte Carlo die Steilvorlage mit Sicherheit genutzt, um eine seiner Horrorstorys aus der Welt der amputierten Biker zum Besten zu geben, und darauf hatte ich nun wirklich überhaupt keinen Bock. Als wir uns verabschiedeten, kramte er etwas aus der Innentasche seiner Lederweste:

«Hier, ehe ich's vergesse: Das hab ich neulich beim Saubermachen gefunden», sagte er und drückte mir ein kleines Teil in die geöffnete Hand. Das Äffchen machte einen ziemlich zerknirschten Eindruck. Ich nahm mir vor, den Talisman sofort wieder fest an meinem Schlüsselbund zu verankern.

KAPITEL 30

Ich drehte den Spieß um: «Wieso suchst du dir keinen Job, verdammt! Anstatt mir hinterherzuspionieren, solltest du lieber wieder ins Büro gehen und dein eigenes Geld verdienen. Schließlich sind die Kinder längst erwachsen, du hast also keinen Grund, dich ...»

«Das hättest du wohl gern. Aber so dumm bin ich nicht. Ich glaube nämlich, du bist gerade auf eine Goldmine gestoßen, und falls dem so ist, musst du mir Unterhalt zahlen.»

«Wie kommst du denn darauf?», fragte ich und lachte. «Ich bin pleite. Aber selbst wenn ich Geld hätte, dir würde ich es auf gar keinen Fall in den Rachen stecken.»

«Mistkerl», rief Beate und legte auf.

Ich wandte mich wieder meinem Manuskript zu. Wenn man von seltenen Störungen wie dieser absah, kam ich ganz gut voran. Ich schaffte zwanzig bis dreißig Seiten pro Woche. Falls ich das Tempo hielt, würde ich in etwa drei Monaten fertig sein. Derzeit plagte mich meine Schulter allerdings noch ziemlich. Wenn ich einen der Buchstaben aus der linken oberen Reihe, also Q, W, E oder R, tippte, fuhr mir der Schmerz direkt ins Schlüsselbein. Ich benutzte daher den Zeigefinger der rechten Hand, wenn eine dieser Typen drankamen, was leider regelmäßig der Fall war. Eines der wenigen gebräuchlichen Worte, die ich schmerzfrei und ohne Umstände tippen konnte, war «manchmal», ein anderes «häufig».

Wenn ich bis zum Abend fünf Seiten geschrieben hatte und mit deren Inhalt zufrieden war, gönnte ich mir als Belohnung ein paar Drinks in meiner Stammkneipe. Heute hatte ich dieses Pensum erreicht. Um ehrlich zu sein, irgendwie schaffte ich das praktisch jeden Abend. Ich drehte mir eine Zigarette und bat Robert De Niro, mir den Text vorzulesen. Er räusperte sich und sagte: «Also gut, Volvo. Dann zeig mal, was du heute geschafft hast ...»

Meine Physiotherapeutin hatte mir beigebracht, durch den Schmerz zu atmen. Anders hätte ich die Termine bei ihr auch nicht überstanden. Wenn sie die bretharte Muskulatur meiner linken Schulter traktierte, kamen mir immer noch die Tränen, aber die Schreie konnte ich inzwischen zurückhalten. Manchmal erwischte es mich jedoch ganz unvermittelt, wie in diesem Moment, als ich mich auf den Barhocker schwingen wollte.

«Du musst dir das so vorstellen», hatte die Masseurin mir gleich bei meinem ersten Besuch erläutert, «deine Muskeln stehen immer noch unter Schock. Der Schmerz ist ihnen bis in die letzte Faser gefahren, als die Kugel da durchgeknallt ist. Das Ganze ist im sogenannten Schmerzgedächtnis gespeichert. Bei einer unerwarteten Belastung ruft dein System die traumatische Erinnerung ab, und der ganze Horror wird noch mal abgespult, verstanden?» Mein System verstand überhaupt nichts, wunderte sich allerdings mal wieder darüber, dass es ungefragt geduzt worden war. Immerhin, es tat ihm gut, wenn sie es behandelte. Jetzt atmete ich tief durch den Schmerz ein und aus.

«Wetterwechsel?», fragte Carlo und deutete auf meine Schulter.

«Themawechsel», bat ich und versuchte, ein entspanntes Gesicht zu machen.

«Schmerzmittel?», fragte Carlo und deutete auf den Zapfhahn.

Ich nickte meinem Apotheker freudig zu, und wenig später stand das beste Sedativum der Welt vor mir.

«Es geht doch nichts über die Naturheilkunde», sagte ich und nahm einen großen Schluck. Ich genoss den herben Nachgeschmack und nahm mir vor, mich stufenweise an die höchstzulässige Tagesdosis heranzuarbeiten.

«Weißt du, welcher Tag heute ist?», fragte Carlo, und mir war klar, dass er nicht nach dem Wochentag fragte. Sein Grinsen deutete eher darauf hin, dass er ein krudes Faktum aus dem Bereich Allgemeinwissen zum Besten geben wollte:

«Heute ist der *Tag der Bedeutungslosigkeit.*»

Im Blödglotzen hatte ich inzwischen Übung. Ich gab eine Kostprobe.

«Vom Tag der Artenvielfalt bis zum Tag der Zahngesundheit ist praktisch jeder Tag im Jahr bereits vergeben, manche sogar mehrfach.»

Ich glotzte weiter, und Carlo stellte mir ein frisches Bier hin.

«Bis auf den 13. Februar, den Tag der Bedeutungslosigkeit. Es ist der einzige Tag im Jahr, der keinem bestimmten Zweck, Andenken oder religiösem Ereignis zugeordnet ist. An diesem Tag muss man niemandes gedenken, niemanden ehren oder lobpreisen, niemanden anrufen, wie am Mutter- oder Vatertag, und auch sonst nichts tun ...»

Carlo guckte triumphierend in die Runde, der außer mir jedoch weiter niemand angehörte.

«Übrigens: Ob du es glaubst oder nicht, es gibt auch einen Weltverdauungstag. Der wird am 29. Mai begangen. Anlass ist der Gründungstag der WGO, der Weltweiten Organisation für Gastroenterologie, im Jahre 1958.»

«Und was ist morgen für ein Tag?»

«Der 14. Februar? Valentinstag, Zahltag für alle Floristen und Blumenzüchter.»

«Und gestern, was war gestern?»

«Gestern war Tag der Bildungswissenschaften und außerdem Darwin-Tag.»

Respekt, der Mann hatte sich gut vorbereitet.

«Und heute liegt nichts an, gar nichts?», fragte ich ungläubig.

Carlo schüttelte bedeutungsschwer mit dem Kopf.

«Garantiert?», fragte ich noch einmal nach. Jetzt nickte er. «Gut», entschied ich, «das muss gefeiert werden!»

Der spärlichen Besucherzahl zufolge könnte heute ein Pokal- oder Länderspiel laufen. Dann würde der Laden erst voll werden, wenn die Leute von der Glotze wegkamen. Die ersten Gäste kamen bereits in der Halbzeitpause, vielleicht weil ihnen zu Hause die Getränke ausgegangen waren oder weil das Spiel nichts taugte.

«Weißt du, was für ein Tag heute ist?», fragte ich Enrico. Er hatte sich mit seinem Halbliterbierglas vor mir aufgebaut und guckte mich an, als hätte er einen Anspruch darauf, von mir unterhalten zu werden.

«Keine Ahnung», meinte Enrico.

«Heute ist der Tag der replantologischen Chirurgie.»

Im Blödgucken schien Enrico mir ernsthaft Konkurrenz machen zu wollen.

«Replanto- was?»

«Heute auf den Tag genau vor fünfzig Jahren ist es erstmals gelungen, das komplett abgetrennte Bein eines Motorradfahrers wieder anzunähen», dozierte ich und versuchte, meinem glasigen Blick eine bedeutungsschwangere Note zu geben. Enrico war sichtlich beeindruckt, was ich daraus schloss, dass sein Mund weit offen stand.

«Die einzige Komplikation, die sich nach der mehrstündigen OP ergeben hatte, war eine Blutvergiftung, doch die hatte gar nichts mit dem Eingriff zu tun. Sie rührte von einer Verletzung her, die eine Krähe dem herumliegenden Bein zugefügt hatte.»

Enricos Teint tendierte inzwischen ins Grünliche. Sein hilfesuchender Blick blieb an Carlo hängen, der jedoch ganz entschieden mit dem Kopf schüttelte.

«Bullshit, lass dich nicht verarschen! Du kotzt ja gleich.»

Dann zeigte er mir einen Vogel, stellte aber trotzdem ein frischgezapftes Pils auf meinem Bierdeckel ab und machte am Rand einen Strich.

Ein halbes Dutzend Drinks und ein paar Stunden später hatte sich in der BarKasse eine angenehm träge Stimmung breitgemacht. Die Gäste hatten die Reiseflughöhe erreicht und orderten nur noch vereinzelt. Einige von ihnen befanden sich schon wieder im Sinkflug. Carlo schenkte sich gerade selbst ein Bierchen ein, woraus ich schloss, dass er zu einem Schwätzchen aufgelegt war.

«Sag mal, Alter, was ist eigentlich aus Doppel-D geworden?», fragte ich und schluckte die zweite Hälfte meines Pils in eins herunter. Carlo hob eine Augenbraue und schwieg. Ich bereute bereits, dass ich es gewagt hatte, eine derart taktlose Frage zu stellen, als er sich doch noch zu einer Antwort hinreißen ließ.

«Is' nicht mein Typ», lautete sein überraschend ausführlicher Kommentar.

«Blödsinn», hakte ich nach, «die ist voll dein Typ! Ist sie auf 'n Diättrip gekommen – oder wo liegt das Problem?»

Carlo schüttelte den Kopf. Dann beugte er sich ein wenig nach vorn und meinte:

«Schon mal was vom Sandwich-Test gehört?»

Ich erinnerte mich dunkel daran, dass vor Monaten schon mal die Rede davon gewesen war.

«Tja, da is' sie leider voll durchgerasselt.»

«Äh … und was bedeutet das jetzt?» Dass man dem Kerl aber auch alles aus der Nase ziehen musste!

«Schade eigentlich, aber hilft ja nix», sagte Carlo, richtete sich auf und leerte sein Bierglas.

«Himmel! Nun erzähl schon. Was ist das für ein verdammter Test?»

Carlo zapfte in aller Seelenruhe zwei neue Pils für uns an. Dann ließ er den Blick durch die Kneipe schweifen. Nachdem er sich vergewissert hatte, dass alles ruhig war, beugte er sich wieder zu mir rüber:

«Also, wenn du wissen willst, wie eine Frau tickt, dann machst du den Sandwich-Test.»

Ich nickte eifrig, denn meine Neugier war nun tatsächlich geweckt.

«Is' an sich ganz einfach. Du machst 'n leckeres Sandwich für euch beide, schneidest es schön quer durch und stellst es ihr hin.»

«Wie? Das ist alles?»

«Dann sagst du: ‹Guten Appetit› und beißt in deine Hälfte rein. So, und nun kommt das drauf an: Nimmt sie ihre Hälfte und beißt ebenfalls rein, Bingo! Bestanden, alles ist gut.»

Ich kapierte gar nichts, glotzte entsprechend blöd und dachte nur: Hoffentlich kommt jetzt keine Werbeunterbrechung.

«So, nun gibt es aber auch Ladys, die müssen da unbedingt mal kurz reingucken. Wollen wissen, was du draufgemacht hast oder so. Sie heben also eine Ecke an, riskieren einen Blick und beißen dann rein. Das sollte dir zu denken geben, da ist Vorsicht geboten, kapiert?»

Carlo stellte die beiden frischgezapften Biere hin, prostete mir zu und trank.

«Jetzt zur dritten Möglichkeit: Sie guckt nicht nur rein, sie schnuppert auch noch misstrauisch daran. Dann klappt sie das Teil komplett auseinander, untersucht alles und isst die Hälften dann einzeln, hintereinander.»

«Und was ist dann?»

«Die kannst du vergessen. Eindeutig durchgefallen, da gibt's gar nichts.»

Mit einem «Hä?» signalisierte ich Carlo, dass ich nicht ganz sicher sei, ob ich den Test schon in seiner vollen Tragweite verstanden hatte.

«Ist doch ganz einfach: Wenn sie gleich reinbeißt, heißt das, sie vertraut dir blind. Sie respektiert, was du machst, sie akzeptiert dich so, wie du bist. Klappt sie mal kurz auf, ist sie sich nicht ganz sicher. Es fehlt das hundertprozentige Vertrauen. Aber wenn sie das Teil richtig auseinandernimmt, dann sieht es ganz schlecht aus. Das wird sie im Laufe der Beziehung nämlich auch mit dir machen, und dann gnade dir Gott.»

Ich dachte einen Moment nach. Beate hatte auch immer alles untersucht, bevor sie irgendwo reingebissen hat. Hamburger, Sandwiches und Baguettebrötchen. Alles wurde aufgeklappt und inspiziert. Ich erinnere mich allerdings nicht, dass ich uns jemals ein Sandwich zubereitet hätte. Und Paula? Keine Ahnung, so gut kannte ich sie ja gar nicht.

Irgendwann im weiteren Verlauf dieses Abends lehnte ich mich entspannt zurück und schaltete auf Autopilot. Stunden später machte ich eine freudige Entdeckung: Ich erkannte ein Möbelstück, das mich an mein Bett erinnerte. Kurz danach leitete das System die Notabschaltung ein.

KAPITEL 31

Ich drehte die Seitenscheibe herunter und drosselte die Geschwindigkeit:

«Können Sie mir sagen, wo ich den Friedhof finde?», fragte ich einen Mann, der einen Handwagen vor sich herschob. Er zog beim Gehen ein Bein nach und hatte dicke, wollene Fäustlinge an. Jetzt blieb er stehen. Er fasste sich an seine Schirmmütze und deutete dann in die Richtung, aus der ich gekommen war:

«Sie sind schon zu weit. Sie müssen wieder umkehren und an der zweiten Straße links abbiegen. Dann immer geradeaus, bis Sie an eine Gabelung kommen. Da steht ein Briefkasten. Dort halten Sie sich rechts. Nach etwa einhundert Metern kommt der Friedhof. Nicht zu verfehlen.»

Ich bedankte mich und drehte an einem kleinen Dorfteich, auf dem die Kinder vermutlich am Nachmittag Schlittschuh liefen. Es gab sogar ein improvisiertes Eishockeyfeld, dessen Eckpunkte und Tore mit Strohballen markiert waren. Eigentlich kannte ich mich ganz gut aus in Marxen. Nur wo der Friedhof lag, das wusste ich nicht. Wenig später erreichte ich die Kapelle. Ich war relativ früh dran, doch sämtliche Parkplätze waren bereits belegt. Ich bog in eine Seitenstraße und stellte meinen Kombi unter einer großen Eiche ab.

Die kleine Kapelle war voll besetzt. Zwei Männer in schwarzen Dreiteilern holten gerade von irgendwoher Stühle herbei, die hinter der letzten Bankreihe aufgestellt wurden. Ich nahm Platz und blickte auf die mehr oder weniger behaarten Hinterköpfe der etwa zweihundert Trauergäste. Die Glocken läuteten bereits, doch es dauerte noch mindestens zehn Minuten, bevor die Orgel einsetzte. Jetzt begann ein weißhaariger älterer Herr zu predigen. Er berichtete aus dem Leben des Verstorbenen, von seinen ersten Erfolgen als Autor und lobte den Dichter nach allen Regeln der Bestattungskunst. Nach der etwa dreißigminütigen Predigt und zwei unter äußerst spärlicher Beteiligung abgesungenen Kirchenliedern war der Zirkus beendet.

Die Sargträger kamen herein, griffen sich die dunkelbraune Holzkiste und marschierten aus der Kapelle heraus. Die Trauergemeinde folgte dem Sarg bis zum Grab. Ich hielt mich im Hintergrund und beobachtete das Geschehen aus sicherer Entfernung. Paula war nirgends zu sehen. Doch *der Bruder* des Toten ließ es sich nicht nehmen, die Kondolenzbekundungen der zahlreichen Trauergäste entgegenzunehmen. Er hatte zunächst ein paar Schaufeln Erde auf den Sarg befördert, dann einen Moment verharrt und war schließlich zur Seite getreten. Nun bildete sich eine lange Schlange. Einer nach dem anderen erging sich in dem rituellen Dreiklang des Verharrens, Erdewerfens und Kondolierens. Manche auch paarweise. Für Kalinski musste dies der Höhepunkt der Veranstaltung sein. Vermutlich hatte er mir die Einladung zur Trauerfeier zugeschickt und nicht Paula.

Vereinzelt standen weitere Menschen auf den Wegen herum, die sich wie ich nicht in die Warteschleife eingereiht hatten. Vielleicht waren sie unschlüssig oder unsicher, ob sie dem Verstorbenen ausreichend nahegestanden hatten. Oder sie hatten einfach keine Lust dazu. Mir war auf einmal unwohl dabei, Zeuge eines derartigen Possenstückes zu sein. Ich sollte mich vom Acker machen. Doch auf einmal schob sich etwas in meine Manteltasche. Eine zierliche, warme Hand griff nach der meinen und drückte sie zart. Das fühlte sich verdammt gut an. Jetzt spürte ich eine Schulter an meinem Oberarm. Ich schaute zu dem offenen Grab hinüber und fragte mich, wie lange dieser Winter noch dauern würde. Es hatte wieder angefangen zu schneien. Immerhin, Schnee ist besser als Regen.

«Er hat das tatsächlich durchgezogen, nicht wahr?», fragte ich. Paula nickte.

«Er hat die Schnauze voll vom Schreiben. Er ist glücklich mit Anita. Außerdem hat er den Rummel um seine Person immer gehasst, und nach der überraschend positiven Resonanz auf den letzten Krimi und der Horrorvorstellung von Möller ist es unerträglich geworden. Der Hof wurde geradezu belagert. Da kam der Herzinfarkt gerade recht.»

Paula sprach in einem angenehm weichen Flüsterton.

«Wann ist es denn passiert – offiziell, meine ich?»

«Vor einer Woche. Er saß ganz friedlich in seinem Sessel.»

Und taute allmählich auf. Wie lange das wohl gedauert hatte?, überlegte ich und dachte an ein weit zurückliegendes Missgeschick mit einem tiefgekühlten Hähnchen, das nach vielen Stunden bei Zimmertemperatur immer noch nicht in die für ein *Coq au vin* erforderlichen Stücke teilbar gewesen war.

«Hmm! Und wer hat den Totenschein ausgestellt?»

«Dr. Schneider, das ist der Arzt hier aus dem Dorf. Ein alter Freund des Hauses. Er war meinem Vater noch einen Gefallen schuldig. Übrigens wusste er von vornherein Bescheid.»

«Wer?»

«Der Arzt. Mein Vater hat ihn sofort alarmiert, als mein Onkel im November zusammengebrochen ist. Doch er kam zu spät. Schneider konnte nur noch seinen Tod feststellen. Dann muss er etwas gesagt haben wie: ‹Sieht dir ziemlich ähnlich, dein Bruder, hab im ersten Moment fast einen Schreck gekriegt.› Und damit hat er meinen Vater wohl auf die Idee gebracht …»

«Die Idee, seine eigene Identität mit der seines Bruders zu vertauschen», ergänzte ich.

«Genau. Also bat er Schneider, den Toten als Kurt Kalinski zu identifizieren. Doch der wollte nicht. Er meinte, es wäre besser, wenn ein Außenstehender den Toten finden würde. Was dann passierte, weißt du ja.»

«Kalinski hat Möller unter irgendeinem Vorwand nach Marxen gelockt. Doch als der die Leiche entdeckte, lief die Sache aus dem Ruder. Möller fürchtete um seine Tantiemen und fasste einen ganz anderen Plan. Er machte Kalinski einen dicken Strich durch die Rechnung, und ich hab ihm dabei geholfen.»

«Du sagst es. Hätte mein Vater geahnt, was Möller abziehen würde, dann hätte er dafür gesorgt, dass jemand anderes den Toten findet.»

«Tja, dumm gelaufen.»

«Wie man es nimmt», meinte Paula, drückte sanft meine Hand und lächelte mich an.

«Sag mal, solltest du nicht mit am Grab stehen, neben deinem *Onkel*, und die Kondolenzbekundungen entgegennehmen? Schließlich bist du die Tochter des Toten.»

«Fängst du auch noch an!», zischte Paula. «Ich habe meinem Vater versprochen, dieses seltsame Spiel mitzuspielen. Aber ich habe ihm von vornherein gesagt, dass ich auf keinen Fall so tue, als würde ich um meinen Vater trauern. Vorhin fing er schon wieder damit an. Ich bin so froh, dass er lebt und dass wir uns endlich wieder vertragen haben. Es reicht mir, dass Onkel Klaus unter diesen grotesken Umständen gestorben ist. Dazu hab ich echt nicht die Nerven, und außerdem finde ich es ...»

«Ist ja gut», versuchte ich Paula zu beruhigen. «War ja nur eine Frage. Ehrlich gesagt, ich finde das Ganze auch nicht besonders witzig.»

Ich hörte, wie Paula schniefte.

«Und was hat er jetzt vor?», fragte ich.

«Er zieht mit Anita in das Ferienhaus.»

«In welches Ferienhaus?» Ich war zwar ziemlich verwirrt durch die ganze Situation, aber dass ich die Hütte an der Ostsee frei erfunden hatte, wusste ich noch genau.

«Es gibt tatsächlich so etwas wie ein Ferienhaus am Meer.»

«Und wo liegt das?»

Paula sah mich an. Sie legte den Kopf schief und lächelte. Offenbar hatte sie nicht vor, auf diese Frage zu antworten.

«Und du?», setzte ich nach.

«Ich bleibe hier.»

«Hier in Marxen?»

Paula nickte.

«Du hast übrigens echt nette Kinder.»

Ich schaute sie an und legte die Stirn in Falten.

«Woher willst du das wissen?»

«Jonas war mal hier draußen, um deinen Kombi abzuholen. Der Hund hat dermaßen gebellt, dass ich raus bin, um zu schauen, was da los ist. Dein Sohn war sehr freundlich und machte einen aufgeschlossenen Eindruck. Er hat sich und seinen Kumpel vorgestellt und erklärt, dass er den Wagen nach Hamburg bringen soll. Dann meinte er noch, es sei schön auf dem Land und der Hof superidyllisch gelegen.»

«Freut mich, dass er einen so guten Eindruck bei dir hinterlassen hat.»

«Ich habe mich natürlich auch nach dir erkundigt und gefragt, wie lange du noch im Krankenhaus bleiben musst. Aber als ich dich dann besuchen wollte, warst du verschwunden.»

«Du wolltest mich im Krankenhaus besuchen?»

«Ja, genau wie deine Tochter. Sie kam gerade dazu, als mir die Stationsschwester erklärte, dass du dich ein paar Stunden zuvor selbst entlassen hast, und fragte mich dann, wer ich sei.»

«Und was hast du darauf geantwortet?»

«Ich sagte, dass ich die Tochter von Kurt Kalinski bin und mich noch einmal persönlich dafür bedanken wollte, was du für uns getan hast», Paula schaute mir in die Augen und lächelte:

«Das war wirklich heldenhaft! Mir bleibt sofort wieder das Herz stehen, wenn ich daran denke ...»

Jetzt kam ein älterer Herr auf uns zu. Kurt Kalinski hatte sich seinen Bart abrasiert, trug einen langen, schwarzen Wintermantel und eine Fellmütze, deren Ohrenklappen seitlich abstanden. Er war etwas unsicher auf den Beinen und vermittelte auch sonst einen ziemlich gebrechlichen Eindruck. Fehlt nur noch ein Gehstock, und er ist perfekt in die Rolle des älteren Bruders geschlüpft, dachte ich. Nur die dunkle Sonnenbrille passte nicht, das wirkte ein bisschen dick aufgetragen und eher verdächtig. Zumal es unaufhörlich schneite.

«Darf ich dir meinen Onkel Klaus vorstellen?», fragte Paula. «Klaus Kalinski, der ältere Bruder meines Vaters.»

«Hallo», sagte ich. Ein *Herzliches Beileid* kam mir einfach nicht über die Lippen.

«Sie kannten meinen Bruder?»

«Äh, nun ja», knurrte ich, «um ehrlich zu sein, ich finde, wir sollten es mit der Show nicht übertreiben.»

«Er war sein Assistent», soufflierte Paula.

«Ach ja, richtig. Es heißt, Sie hätten ihn auch nach Kräften bei der Arbeit an seinen Texten unterstützt und ihm kurz vor seinem jähen Ende sogar das Leben gerettet – Respekt, junger Mann, auch wenn es meinem Bruder nicht allzu viel gebracht hat. Umso dankbarer bin ich Ihnen dafür, dass Sie meine reizende Nichte hier im wahrsten Wortsinne aus der Schusslinie gebracht haben. Übrigens: Ein sehr neugieriger Journalist fragte mich vorhin erst, ob ich den todesmutigen Assistenten meines Bruders gekannt hätte.»

«Ein Herr Brandt vom Springer-Verlag?», fragte ich und hielt unwillkürlich Ausschau nach dem lästigen Schreiberling.

«Genau. Offenbar sehr ehrgeizig. Er ließ nicht locker, wollte alles Mögliche über Kurt und dessen Arbeit erfahren. Doch ich konnte ihm natürlich nicht viel berichten, da ich den Guten ja erst vor ein paar Tagen wiedergetroffen habe. Sehr tragisch. Da verbringt man ein halbes Leben im Streit, und kaum hat man sich endlich wieder versöhnt ...»

Kalinski machte seine Sache echt gut. Ich war tatsächlich geneigt, ihm den Bruder abzukaufen.

«Du darfst dich nicht zu sehr aufregen, Onkel Klaus. Denk bitte an dein schwaches Herz», Paula nahm die Hand aus meiner Tasche und ging einen Schritt auf ihren Vater zu. Dann griff sie nach seinem Mantelkragen und klappte ihn hoch. Sie tätschelte seine Wange und sagte:

«Warum gehst du nicht schon voraus? Anita wartet im Auto, gleich vor dem Ausgang, sie wird dich zum Hof rüberfahren. Ich komme gleich nach.»

«Ja, ja, das Herz», murmelte Kalinski im Weggehen, «die Wiedersehensfreude hat es ihm gebrochen.»

Doch nach wenigen Metern drehte er sich noch einmal um: «Der Schlag hat mich allerdings getroffen, als ich mir den Weinkeller angeschaut habe. Pah! Man könnte meinen, der Gute habe sich totsaufen wollen.»

Lass uns ein paar Schritte gehen, schlug Paula vor, nachdem der Alte weg war, und hakte sich bei mir ein.

«Ihr habt euch wieder vertragen?»

«Ja. Seit mein Vater tot ist, kann man es prima mit ihm aushalten. Er ist viel toleranter und umgänglicher als zu

Lebzeiten. Du wirst lachen, er hat sich sogar positiv über den neuen Krimi geäußert.»

«Tatsächlich?»

«Ja, er findet deinen Stil gar nicht so schlecht.»

Paula lächelte seltsam.

«Das hat ihn auf eine Idee gebracht.»

«Was für eine Idee?»

«Ich weiß nicht so recht ... Vielleicht sollte er dir das lieber selbst erklären.»

«Denk dran, er ist tot. Außerdem hast du mich neugierig gemacht. Nun erzähl schon!»

«Wie du meinst. Mein Vater sagt, man müsse immer damit rechnen, dass im Nachlass eines Dichters Fragmente auftauchen, fast fertige Manuskripte, die der Autor beiseitegelegt hat, um sie zu einem späteren Zeitpunkt zu vollenden.»

Ich nickte, obwohl ich nicht verstand, worauf sie hinauswollte.

«Er sagt, die Verlage sind sogar ganz versessen auf solche Manuskripte und bieten den Erben horrende Summen an, um sich die Rechte an einer posthumen Veröffentlichung zu sichern.»

Aha, jetzt dämmerte mir, worum es ging.

«Falls wir also im Laufe der nächsten Monate noch einen weiteren Kalinski entdecken sollten, einen, der in dem neuen Stil geschrieben ist, so hätte er nichts dagegen einzuwenden. Im Gegenteil, er würde sich sogar darüber freuen.»

Soso, das hatten sie sich ja fein ausgedacht. Ich fühlte mich ein bisschen überrumpelt, war nicht sicher, was ich von der Geschichte halten sollte.

«Für alle Fälle lässt er die alte Olivetti hier. Er braucht sie ohnehin nicht mehr.»

Tief in ihren glänzenden, dunklen Augen glaubte ich ein Leuchten zu erkennen, das Leuchten eines aufflammenden Geschäftssinns.

«Du willst mich ernsthaft dazu ermutigen, noch einen Kalinski zu schreiben?» Seltsam, eigentlich sind sie auf die gleiche Idee gekommen wie Möller, wurde mir plötzlich klar, und ich musste grinsen. Paula blieb stehen und ließ meinen Arm los. Sie drehte sich zu mir um, kniff die Augen ein wenig zusammen und sagte:

«Erklär mir mal, worin der Unterschied besteht. Abgesehen von dem kleinen, aber entscheidenden Detail, dass nicht Möller, sondern wir beide davon profitieren würden.»

Jetzt grinste sie ebenfalls, und mich beschlich der Eindruck, dass ich in eine Falle gelockt worden war.

«Hör mal, ich war in einer absoluten Notsituation. Ich habe mich von Anfang an nicht wohl gefühlt in der Rolle als Ghostwriter.» Ich bemühte mich ernsthaft, das Grinsen aus meinem Gesicht zu entfernen, doch es klappte nicht.

«Aha, aber durchgezogen hast du es trotzdem.»

«Stimmt, doch es ist mir verdammt schwergefallen.»

«Außerdem hast du mich belogen, und das nicht zu knapp! Obwohl du dachtest, dass mein Vater längst tot war, hast du mir erzählt, er sei verreist.»

Paula machte wieder ein ernstes Gesicht. Ja, das konnte ich mir selber nicht erklären.

«Was sollte ich denn machen? Du bist hier plötzlich aufgetaucht und wolltest ihn besuchen. Sollte ich sagen: ‹Sorry, aber der alte Herr liegt drüben in der Kühltruhe›? Das konnte ich nicht, beim besten Willen nicht.»

«Du hättest es wenigstens versuchen können.»

«Hab ich ja.»

«Und?»

Was sollte ich dazu noch sagen? Ich hatte es wirklich versucht. Ich atmete tief durch und suchte zwischen den Grabsteinen nach einer Antwort. Der Schnee fiel in dichten, großen Flocken.

«Na gut», sagte sie und zog ein Kuvert aus einem kleinen, schwarzen Täschchen, das an ihrem Handgelenk baumelte.

«Überleg es dir einfach. Ich bin mir ja selbst auch nicht sicher, was ich davon halten soll. Es wäre eine Möglichkeit. Die Leser lieben den *neuen Kalinski* ganz offensichtlich, sonst hätte das Buch nicht diesen Erfolg, und das ist vor allem dein Verdienst. Das soll ich dir übrigens von meinem Vater geben. Es ist Möllers Anteil am Verkauf der ersten Auflage. Genau fünfzehntausend Euro. Kurt findet, dass dir das Geld zusteht. Und das nicht nur, weil du den Roman zu Ende geschrieben hast ...»

Da ich keine Anstalten machte, den Briefumschlag anzunehmen, ging sie einen Schritt auf mich zu und steckte mir das Geld in die Manteltasche. Dann umarmte sie mich kurz, drückte mir einen Kuss auf die Wange und sagte:

«Komm mich doch mal besuchen. Den Weg kennst du ja.»

Anschließend drehte sie sich um und ging. Während ich ihr nachschaute, näherte sich ein Typ in einem dunkelgrauen Trenchcoat.

«Aha, der Exassistent vom großen Kalinski. Hören Sie, ich muss unbedingt mit Ihnen sprechen», sagte der Mann und streckte mir die Hand hin. «Ich bin da nämlich einer ganz heißen Story auf der Spur. Wenn ich die Dinge richtig sehe, hat Kalinski den Roman gar nicht selbst zu Ende geschrieben. Stimmt das?»

Matthias Brandt steckte seine Hand wieder in die Manteltasche, bevor sich eine Schneeschicht darauf bilden konnte. Trotzdem lächelte er freundlich.

«Blödsinn! Wie kommen Sie denn auf diesen Quatsch?»

«Ich sage nur: der Tote in der Kühltruhe.»

«Was?»

«Ich habe eine glaubwürdige Informantin.»

«Eine Informantin? Und wer soll das sein?»

«Das Besondere an Informanten ist, dass man ihre Identität nicht preisgibt. Verstehen Sie?», triumphierte Brandt. Sein Perma-Lächeln hatte etwas Überhebliches.

«Was Sie nicht sagen. Und wenn die brisanten Informationen jeglichen Wahrheitsgehalts entbehren?»

Brandt reagierte überhaupt nicht auf meine Einwände. Er schien sich seiner Sache absolut sicher zu sein.

«Ich habe eine ganze Weile darüber nachgedacht. Dann war mir auf einmal alles klar. Ich stelle mir die Sache so vor: Kalinski hat bereits vor ein paar Monaten schlappgemacht. Nicht erst vor einer Woche. Das Problem war, er hatte seinen Roman noch nicht fertig. Ich weiß zwar nicht, wie, aber Möller muss von seinem Tod Wind bekommen haben, bevor ein Angehöriger oder Arzt zur Stelle war. Und dann passiert das Unglaubliche: Möller schafft den Toten in eine Kühltruhe und sorgt dafür, dass jemand anderes den Krimi zu Ende schreibt – können Sie mir folgen?»

Das konnte ich mühelos. Trotzdem schüttelte ich sicherheitshalber den Kopf.

«Ich habe mich die ganze Zeit schon darüber gewundert, dass in den überschwänglichen Kritiken ständig von dem *neuen, frischen Stil* die Rede ist – ganz einfach, weil ein Ghostwriter den Roman fertiggeschrieben hat, jemand, der vermutlich deutlich jünger ist als Kalinski, jemand mit einem frischen Stil und neuen Ideen. Jemand wie Sie, Herr Vogt.»

Bei den letzten Worten hatte der Reporter seine Hand aus der Manteltasche gezogen und fuchtelte nun mit seinem Zeigefinger vor meinem Gesicht herum:

«Ich sehe schon die Headline vor mir: *Star-Autor tot in Tiefkühltruhe! Bestseller von Betrügern vollendet!* Und ich habe die Story ausgegraben, Brandt, der alte Bluthund, hat es mal wieder geschafft – genial!»

«Die Sache hat nur einen Haken», erwiderte ich, «wenn Kalinski seit Monaten tiefgefroren in einer Kühltruhe herumlag, wie kann er dann von Möller bedroht worden sein? Sie erinnern sich: Möller hatte vor, Kalinski und seine Tochter wegzupusten, und wollte die Tat anschließend mir in die Schuhe schieben.»

«Richtig! Da bin ich auch hängen geblieben. Aber das ist ganz einfach. Da ist ein Doppelgänger im Spiel gewesen. Und den habe ich gerade kennengelernt, Klaus Kalinski, der ältere Bruder des Verstorbenen.»

«Und warum sollte sein älterer Bruder das mitgemacht haben?»

«Tja, das wollte ich eigentlich Sie fragen. Doch auch dafür gibt es eine plausible Erklärung: Wenn Möller alle Erben auslöschen und Ihnen die Bluttat in die Schuhe schieben wollte, dann musste er auch den Bruder beseitigen. Vermutlich wusste Möller von dessen Existenz und hat ihn unter einem Vorwand hierhergelockt.»

Seltsam, dachte ich. Er weiß zwar nicht, dass der falsche Kalinski im Grab liegt, aber ansonsten hat er die Geschichte voll durchschaut.

«Schade, dass ich Ihnen nicht folgen kann. Ich fürchte, jetzt geht wirklich die Phantasie mit Ihnen durch», sagte ich nüchtern.

«Und ich dachte, Sie wären vielleicht kooperativ, wo die beiden inzwischen doch tot sind.»

«Kooperativ? Wie meinen Sie das?»

Brandt zog ein Kuvert aus seiner Manteltasche, ließ es jedoch gleich wieder verschwinden. Schon komisch, jahrelang manövriert man an der Pleite entlang, und auf einmal wollen einem plötzlich alle Geld zustecken.

«Der Hammer wäre natürlich, wenn der Exassistent des verstorbenen Bestsellerautors auspackt, exklusiv, versteht sich, das würden wir uns eine Stange Geld kosten lassen ...»

Brandt wollte mich tatsächlich bestechen. Ich schüttelte den Kopf.

«Hören Sie, die Sache wird so oder so gedruckt. Wenn Sie mitspielen, haben Sie einen entscheidenden Vorteil, Sie können beeinflussen, WAS gedruckt wird. Auch wer genannt und mit hineingezogen wird und wer nicht. Die Kleine zum Beispiel», er deutete mit dem Kopf in die Richtung, in die Paula verschwunden war, «wir können sie da komplett raushalten – Ihre Entscheidung, kein Problem. Abgesehen von den zehntausend, die ich hier in meiner Manteltasche habe, ist das ein nicht zu verachtendes Plus, mein Lieber. Das sollten Sie nicht unterschätzen.»

Ich schüttelte immer noch den Kopf. Der Typ fing an, mich an Möller zu erinnern, an dessen penetrante, manipulative Art. Aber das Schlimmste war, er hatte recht mit dem, was er sagte. Ich bekam Lust, ihm in seine doofe

Fresse zu schlagen, verwarf den Gedanken jedoch sofort wieder. Für so etwas hatte ich einfach kein Händchen.

«Sie machen einen Riesenfehler, das sage ich Ihnen», drohte mein Gegenüber. Doch er schien inzwischen kapiert zu haben, dass da nichts zu machen war.

«Na dann viel Spaß morgen bei der Lektüre Ihrer Tageszeitung.»

Ich schüttelte mir den Schnee von den Schultern und drehte mich zum Gehen um. Dabei entdeckte ich Beate. Was macht die denn hier?, fragte ich mich. Als sie wenig später auf mich zukam, stellte ich ihr dieselbe Frage. Doch sie ignorierte das und erwiderte:

«Na, geht es dir wieder besser?»

Allem Anschein nach war ihr meine Antwort ebenfalls wurscht, denn bevor ich zu Wort kam, sagte sie:

«Mein lieber Volvo, ich werde das Gefühl nicht los, dass du mich bescheißt. Ich bin überzeugt davon, dass du hier irgendwie absahnst. Ich weiß nur noch nicht, wie, aber du kannst sicher sein, ich werde das herausbekommen.»

Irgendetwas stimmte mit unserer Kommunikation nicht, drei Sätze von dieser Frau, und ich war total genervt.

«Du hast doch schon abkassiert! Bei diesem windigen Reporter. Hast ihm irgendein Märchen aufgetischt, das dir wahrscheinlich unser bekiffter Sohn erzählt hat. Wenn du miterlebt hättest, wie zugedröhnt Jonas auf dieser Halloween-Party war, wüsstest du, welchen Wert sein Geschwafel hat.»

Mag sein, dass sich Schuldgefühle in einem Blick abzeichnen konnten – in diesem war davon keine Spur.

«Ich weiß genau, welchen Wert sein Geschwafel hat. Da mach dir mal keine Sorgen», höhnte sie. «Und im Übrigen:

Was machst du mich hier eigentlich so an? Das ist mal wieder typisch. Man redet drei Sätze mit dir, und schon drehst du durch!»

Ich fragte mich, wie ich es so lange mit dieser Frau hatte aushalten können, ohne einen von uns beiden umzubringen, und ging zurück zum Auto. Auf dem Weg dorthin kam ich an einer kleinen Menschengruppe vorbei. Kalinski stand neben einem Allradfahrzeug und sprach mit irgendwelchen Trauergästen. Daneben entdeckte ich eine zierliche Frau in elegantem Outfit. War das Anita? Sie schaute zu mir rüber und machte ein freundliches Gesicht. Sie trug ein schwarzes Kopftuch und eine dunkle Jacke mit Fellkragen. Wer weiß, was sie dem Alten alles erzählt hat? Er hat sie ganz bewusst auf mich angesetzt, damit sie ausspioniert, was ich auf dem Hof so treibe. Und wenn sie vom Putzen kam, hat sie ihm alles haarklein erzählt. Jetzt winkte sie und rief:

«Dienstag ich putzen dich, nicht vergessen!», dann lachte sie, öffnete die Beifahrertür und stieg in den Wagen.

KAPITEL 32

Ich drehte das Zwei-Euro-Stück in meiner Hand und kontrollierte kurz, ob die Seite mit dem Adler nach oben wies. Dann steckte ich die Münze genau so in den Daddel-Automaten. Aus unerfindlichen Gründen bildete ich mir ein, dass dieses Ritual Glück brachte. Bisher jedoch ohne Erfolg.

Als Brandt in meiner Stammkneipe auftauchte, war

er bereits ziemlich hinüber. Ich erkannte das sofort am schleppenden Gang und der Art, wie er nach seiner Brieftasche angelte. Wenn ein erfahrener Zecher in angezähltem Zustand eine Bar betritt, beeilt er sich zunächst, seine Zahlungskraft unter Beweis zu stellen, damit er nicht gleich wieder vor die Tür gesetzt wird. Bei Carlo konnte einem das allerdings trotzdem passieren, vor allem, wenn man nicht zur Stammkundschaft gehörte. Er verzichtete lieber auf die Kohle, als davon zu profitieren, dass jemand die Kontrolle verloren hatte, so reimte ich mir das jedenfalls zusammen. Vielleicht war es auch so 'ne Art Berufsehre, keine Ahnung.

Was wollte Brandt hier?, fragte ich mich. Als ich sah, dass er keine Aufenthaltsgenehmigung erhalten würde, ging ich zum Tresen rüber. Ich konnte Carlo gerade noch davon abhalten, den neuen Gast zum Teufel zu schicken.

«Lass mal», bat ich, «ich glaube, der Typ hat heute einen schweren Tag gehabt.»

Carlo zog die Augenbrauen gefährlich hoch, nickte dann aber und sagte nur: «Dein Gast, kapiert?»

Dann stellte er dem Reporter den angeforderten Whisky-Cola hin.

«Woher weißu das denn?», wollte Brandt wissen und angelte nach seinem Glas.

«Dass Sie einen Scheißtag hatten?», fragte ich zurück und ignorierte den alkoholbedingten Distanzverlust, der zum Du geführt hatte.

Jetzt nickte er und schwankte merklich, als er sein rot angelaufenes Gesicht ins Glas hielt.

«Stand in der Zeitung – genauer gesagt, es stand nicht in der Zeitung», präzisierte ich.

«Die beknackde Chefreaksion hat mir kein Grüneslich gegegeben, verschtesu? Isallesdeineschuld! Hey, wennes nach mir gehn würde, dann wär die Story heudeerschien, am Tach nacher Beerdigung, aufe Eins und sone fedde Headline.»

Jetzt fuchtelte Brandt in der Luft herum und malte eine imaginäre Schlagzeile.

«Abanee, die verdammden Verlachsjurisden haben schwere Bedengen angemeldet. Ham Schiss vorne einstweilije Verfüüüjung wegn Rufschlägerei und üble Nachjede. Ich hädde ja gar keine Beweise, wärjaalles nur wilde Schpekula, Schpekulationen – Weicheier. Und dann wadanoch son Erbsenzähler.»

Brandt balancierte sein Whiskyglas Richtung Mund, hielt kurz inne und sprach weiter.

«Isnämich so: bei dem Buchverlach, dermiddem Bestseller gerade voll absahnd, tscha wasmeinsuwohl, da had eina von unsern Topmanagern seine bekacktn Finger drin – tscha meinliba, da gucksu näh. Habich auch nurnoch mitn Kopp geschüddelt. Fasit: Aussi Maus, die Schtory is futsch! Gekippt! Scheißrauf Alda undubiss Schuld.»

Brandt stürzte seinen Drink herunter und wankte in Richtung Toiletten. Schwein gehabt, dachte ich, dann hatte er am Friedhof also doch nur geblufft. Ich hatte heute Morgen natürlich sofort die Titelseiten aller Tageszeitungen gecheckt und war heilfroh gewesen, auf keine Schlagzeile wie STAR-AUTOR TOT IN TIEFKÜHLTRUHE GEFUNDEN zu stoßen. Ich signalisierte Carlo, dass ich ein Taxi für *meinen Gast* brauchte. Er nickte und schüttelte gleichzeitig den Kopf.

Hinter meinem Rücken hörte ich ein hektisches Klacken, der blöde Automat hatte tatsächlich eine Serie geschmissen. Als ich mich umdrehte, ertönte gerade die dazu gehörige Fanfare. Ein Button mit der Aufschrift *Fünfundzwanzig Sonderspiele* blinkte hektisch, und die Risikotaste zum Hochpushen der Gewinne flackerte nervös. Als ich von draußen zurückkehrte, wo ich Brandt ins Taxi verfrachtet und ihm unter Mühen seine Adresse entlockt hatte, stand Tieschen bereits am Geldspielgerät und verzockte gerade das siebte meiner fünfundzwanzig Sonderspiele, indem er die Risikotaste so lange betätigte, bis der Gewinn wieder weg war. Ich blieb eine Weile hinter ihm stehen und beobachtete das hirnlose Treiben.

«Ablösung, Alter!», knurrte ich dann und schob Tieschen zur Seite. Anschließend versuchte ich zu retten, was noch zu retten war.

KAPITEL 33

Ich drehte meinen Kopf bis zu dem Punkt, an dem es schmerzte. Dann drehte ich ihn zurück und versuchte es in die andere Richtung. Nach rechts ging es noch schlechter und tat ungefähr doppelt so weh. Ich war total verspannt und nahm mir vor, meine Übungen wieder zu machen. Meine Physiotherapeutin hatte mich gewarnt: *Sie müssen täglich Ihre Übungen machen, möglichst regelmäßig zur gleichen Tageszeit. Sonst bilden sich tiefsitzende Verspannungen, und das ist sehr schmerzhaft.* Wie recht sie doch hatte. Aber ich war einfach zu faul. Wenn ich das Programm nicht gleich nach dem Aufstehen durchzog, wurde es nichts. Und wenn ich an der Schreibmaschine saß, kamen die Schmerzen. Zuerst in den Schultern, dann zog es über die Nackenmuskulatur in den Kopf hoch. Ich sollte eine Aspirin einwerfen.

Jetzt klingelte es an der Tür. Ich machte auf. Vor mir stand Camilla. Ich war einigermaßen verblüfft, denn ich hatte nicht damit gerechnet, dass sie sich noch einmal blicken lassen würde. Vor allem nicht am hellichten Tag. Camilla hatte einen plüschigen, rosafarbenen Wintermantel an, und vor ihrem Bauch baumelte eine buntgemusterte Stofftasche, die sie mit großer Wahrscheinlichkeit in einem Dritte-Welt-Laden erstanden hatte. Sie sah aus wie ein zu groß geratenes Schulkind.

«Darf ich reinkommen?»

«Äh, klar, komm rein. Willst du einen Kaffee?»

«Ich bin schwanger.»

«Was?»

«Neunte Woche, also Anfang dritter Monat.»

Ich registrierte, dass mein Mund offen stand. Dennoch brauchte ich mindestens noch eine Minute, bis ich ihn geschlossen und die Sprache wiedergefunden hatte:

«Bist du ganz sicher, dass ich …»

«Was?»

Camilla rollte mit den Augen:

«Was soll die blöde Frage? Klar bin ich sicher, eintausendprozentig. Außer dir war da in den letzten Monaten keiner dran.»

Sie hatte den Beutel abgelegt und den Mantel aufgeknöpft. Jetzt streckte sie ihren Bauch demonstrativ vor und fasste sich mit beiden Händen an ihre Brüste:

«Die Übelkeit ist echt kein Problem. Aber diese Dinger

hier! Grrrr, sie explodieren jeden Moment. Das bringt mich schier um den Verstand!»

Warum sprach sie eigentlich so laut? Ich schaute aus dem Fenster. Ich spürte einen Fluchtimpuls. Ich spürte Ohnmacht. Ich spürte, wie sich mein Magen verkrampfte.

«Ich wollte es dir neulich schon sagen, als ich dich im Krankenhaus besucht habe. Aber dann dachte ich, dass du erst einmal wieder auf die Beine kommen solltest, und außerdem kam dann ja Isabelle dazu und ...»

«Hast du es ihr erzählt?»

«Nein. Wieso sollte ich? Ich wollte es erst mal mit dir besprechen.»

«Und wenn ich keine Kinder mehr haben will? Was ist, wenn ich mich zu alt fühle?»

«Dann hättest du eine Frau vögeln sollen, die sich bereits in den Wechseljahren befindet!»

Camilla fing an zu grinsen.

«Ach komm schon, ältere Männer sollen sowieso die besseren Väter sein. Immerhin hast du schon zwei große Kinder, du verfügst also über jede Menge Erfahrung. Du würdest einen prima Hausmann abgeben, ganz sicher. Wenn unser Baby schläft, schreibst du, und ich kann die Schauspielschule zu Ende machen.»

Ich starrte Camilla noch immer an. Nun brach sie in haltloses Gelächter aus.

«Reingefallen!», kreischte sie und schlug sich auf die Schenkel. «Sehr gut, haha, gib es zu, du bist voll drauf reingefallen!»

Ich sah, wie ihr vor Lachen die Tränen über das gerötete Gesicht liefen.

«Ich habe eine kleine Nebenrolle bekommen. Ich spiele

eine Schwangere. Sie muss es ihrem Freund sagen, und ich dachte, ich probier das am besten mal an dir aus! Und, wie war ich?»

Ihr Kichern ging mir langsam auf den Keks. Jetzt starrte sie zur Abwechslung mal mich an. Camilla schien dringend auf eine Reaktion zu warten, denn ihr rechter Fuß trommelte rhythmisch auf meinem Parkett herum.

«Wow», brachte ich erschöpft heraus und fühlte mich um mindestens zehn Jahre gealtert. Sie hat tatsächlich Talent, dachte ich. Camilla musste zum Glück dringend weiter zur Schauspielschule, griff nach ihrer bunten Umhängetasche, riss die Tür auf und knallte sie hinter sich ins Schloss. Doch statt eines Knalls gab es nur ein merkwürdig dumpfes Geräusch, weil der Stoffbeutel mit einer seiner Fransen an der Klinke hängen geblieben war und nun in der Tür klemmte.

«Mist!», fluchte Camilla. Sie stieß die Tür wieder auf und zerrte wie wild an ihrem Beutel, bis er sich von der Klinke löste.

«Rabenvater», sagte sie, als sich unsere Blicke erneut trafen, und grinste breit. Was für ein Auftritt, dachte ich, während ich darauf wartete, dass sich eine Handvoll Aspirintabletten im Wasser auflöste.

KAPITEL 34

Ich drehte auf dem Vorplatz zum Hof und setzte anschließend zurück, sodass ich den Möbelwagen nicht bei der Ausfahrt blockierte. Der Lkw hatte ein holländisches Kennzeichen und war mit einem leuchtend gelben Schriftzug versehen: «Internationale verhuisorganisatie van Nederland», las ich. Zwei junge Männer in Overalls mit der gleichen Beschriftung hantierten an der hydraulischen Laderampe herum. Einer der beiden, ein schlanker Typ mit Schirmmütze und Pferdeschwanz, nickte mir freundlich zu, der andere vertäute eine Sackkarre im Inneren der leergeräumten Ladefläche. Offenbar waren sie gerade fertig geworden.

Jetzt erschien Paula. Sie nahm ein Klemmbrett entgegen, unterzeichnete ein Papier und wünschte den beiden auf Holländisch eine gute Heimfahrt, nahm ich zumindest an. Nun wandte sie sich mir zu. Sie lächelte und zog mich hinter sich her ins Haus. Dann umarmte sie mich und gab mir einen Kuss. Paula hatte mir vor zwei Tagen eine Kurzmitteilung geschickt. Darin schlug sie vor, dass ich nach Marxen rauskomme, weil sie ein paar wichtige Dinge mit mir besprechen wollte. Ich folgte ihr durch die Diele, vorbei an Stapeln aus Umzugskartons. An der Wand zum Stallteil lehnten die Einzelteile eines zerlegten Kleiderschranks, davor waren ein Fahrradergometer und ein schwarzer Sitzsack abgestellt worden.

«Ich habe endlich meine Wohnung in Nijmegen aufgelöst», meinte Paula und ging weiter in Richtung Küche. Ich hörte ein Kratzen und Jaulen. Als sie die Tür öffnete, kam Karpow herausgestürmt. Er wedelte kurz mit dem

Schwanz, als er mich erkannte. Dann rannte er in die Diele und beschnüffelte alles, was da neuerdings herumstand. Paula ging auf die Spüle zu, nahm sich ein Glas Wasser und nippte daran.

«Was macht denn der Hund noch hier?», fragte ich so beiläufig wie möglich. «Sagtest du nicht, dass dein Vater schon vor ein paar Tagen weg ist.»

«Ja, die beiden sind am Tag nach der Beerdigung losgefahren. Stell dir vor, sie haben sogar noch geheiratet, und die Standesbeamtin hat überhaupt keinen Verdacht geschöpft. Im Gegenteil, sie hat ihm die ganze Zeit Komplimente gemacht, wie gut er sich gehalten hat. Danach sind sie direkt in die Flitterwochen gestartet. Jemand hatte ihnen sogar eine Schnur mit Blechdosen an die Stoßstange gebunden.»

Wie romantisch, dachte ich, und hinten auf dem Kofferraum war ein großes Schild angebracht, auf dem stand: JUST BURIED!

«Aber der Hund, warum haben sie den Hund denn nicht mitgenommen?»

«Mein Vater macht sich nicht viel aus Hunden. Ich hab mir das ja von vornherein nicht vorstellen können. Er hat Karpow nur angeschafft, weil es ihm hier draußen zu einsam war und er ständig Schiss vor Einbrechern hatte. Er hat nur ein paar persönliche Sachen mitgenommen und will das hier komplett hinter sich lassen, seine Ruhe haben und die letzten Jahre mit Anita am Meer verbringen.»

Ich schaute aus dem Fenster. Karpow rannte durch den Obstgarten und verscheuchte ein paar Amseln.

«Willst du was trinken?»

Ich schüttelte den Kopf.

«Ich gehe für ein paar Monate nach Südafrika.»

Sie lehnte sich an die Spüle und beobachtete meine Reaktion.

«Ein zoologisches Forschungsprojekt. Es ist eine Schwangerschaftsvertretung.»

Diese Eröffnung traf mich vollkommen unvorbereitet. Ich wusste nicht, was ich dazu sagen sollte. *Warum willst du denn schon wieder weg?*, ging es mir durch den Kopf. Ja genau, das wäre die richtige Frage gewesen, doch ich brachte sie einfach nicht über die Lippen.

«Bei dem Professor aus Nijmegen, in dessen Team ich zuletzt als Assistentin gearbeitet habe. Er rief vor ein paar Tagen an und hat mir den Job angeboten.»

«Und was machst du mit Karpow?», fragte ich stattdessen. Nicht dass es mich wirklich interessierte, aber die Frage drängte sich irgendwie auf. Paula nahm einen Schluck Wasser. Jetzt schaute auch sie aus dem Fenster.

«Ich bringe ihn in eine Hundepension. Nicht weit von hier gibt es eine Trainerin, die gleichzeitig ein Tierhotel betreibt. Die Frau hat einen guten Ruf und macht einen kompetenten Eindruck. Wir waren gestern dort. Sie meint, ich soll ihn unbedingt kastrieren lassen. Er wird dadurch viel umgänglicher», sie ließ einen tiefen Seufzer hören. «Außerdem wird er nicht jedes Mal abhauen, wenn irgendwo in zwanzig Kilometer Umkreis eine Hündin läufig ist. Der Eingriff wird während der Unterbringung bei dieser Biggi durchgeführt. Sie sagt, sie arbeitet mit einer sehr erfahrenen Tierärztin zusammen.»

Karpow rannte draußen vor dem Fenster vorbei. Er blieb vor einem Apfelbaum stehen, auf dem sich eine dicke Amsel niedergelassen hatte, und fing an zu bellen. Aber der Vogel rührte sich nicht.

Hundepension Biggi, dachte ich, alles klar. Der Kerl war wirklich nicht zu beneiden. Immerhin hatte Paula nicht versucht, mir den Köter anzudrehen.

Dann stellte sie das Glas auf der Spüle ab und sagte, dass sie noch viel zu tun habe. Sie müsse diverse Kisten ausräumen und dann die Klamotten für den Afrikatrip zusammenpacken. Als sie an mir vorbeiging, legte sie mir kurz die Hand auf die Schulter:

«Es wird mir guttun, etwas Abstand zu bekommen.»

Ich war schon fast auf der Autobahn, als ich merkte, dass ich das nicht akzeptieren konnte. Ich musste umkehren. Ich konnte das einfach nicht zulassen.

«Überleg dir das noch mal», platzte ich heraus, als ich zur Tür hereinkam. Paula setzte einen großen Karton ab:

«Wie bitte? Ich habe mir das gut überlegt. Es ist ein spontaner Entschluss, ja. Und er ist mir auch nicht leichtgefallen. Trotzdem habe ich es mir gut überlegt.»

«Man soll diese Dinge aber nicht überstürzen.»

«Was für Dinge, was meinst du?»

«Ich werde ihn nehmen!»

«Wie bitte? Wen willst du nehmen?»

«Karpow. Ich werde mich um ihn kümmern.»

Paula kniff die Augen zusammen. Sie stemmte ihre Hände in die Hüften und beugte sich nach vorn:

«Es geht um Karpow? Du bist wegen Karpow zurückgekommen?»

Irgendwie schaffte sie es dauernd, mich zu verunsichern. War ich tatsächlich nur wegen des Köters hier? Schwachsinn!

Paula schüttelte den Kopf, und ihre dunklen Locken wirbelten durcheinander. Sie holte einmal tief Luft, atmete hörbar aus und sagte dann:

«Du willst den Hund mit nach Hamburg nehmen. In deine kleine Stadtwohnung? Wenn hier einer unüberlegt handelt, dann ja wohl du!»

Paula legte eine Hand auf dem Karton ab, mit der anderen fuhr sie sich durch das Haar:

«Hast du sonst noch etwas auf dem Herzen?»

Sie schaute mich an. Ich spürte, dass der entscheidende Moment gekommen war. Jetzt oder nie. Ich musste es ihr endlich sagen, koste es, was es wolle:

«Ich möchte nicht, dass der Hund kastriert wird.»

Paula ließ die Schultern fallen und rollte mit den Augen. Dann stemmte sie erneut die Hände in die Hüfte.

«Außerdem möchte ich nicht, dass du schon wieder verschwindest», fügte ich schnell hinzu. War doch gar nicht so schwer, stellte ich fest. Ich kam mir allerdings ziemlich nackt vor.

«Und warum nicht?», fragte Paula. Ich hatte gehofft, dass sich ein Lächeln auf ihrem Gesicht abzeichnen würde, aber sie sah mich nur an.

«Weil ich dich liebe», sagte ich und fand, dass es scheiße klang, doch die Wirkung war umso erstaunlicher. Plötzlich war ihr bezauberndes Lächeln wieder da.

«Ich liebe dich schon, seit mir die Fotos in die Hände gefallen sind. Irgendwann, mitten in der Nacht, bin ich im Arbeitszimmer deines Vaters auf diese Kiste gestoßen und habe mir die Bilder angeschaut. Als wir uns dann getroffen haben, wusste ich sofort, dass ich dich will. Da waren ein paar ernsthafte Probleme, ein paar Hindernisse, die unüberwindbar schienen ...»

Wow, was bin ich für eine Schwatzdrossel, dachte ich. Ich hatte mich regelrecht in Rage geredet und plapperte munter weiter:

«Aber es ist doch eigentlich alles geklärt. Ich verstehe nicht, warum du schon wieder wegwillst. Bitte, bleib hier bei mir!»

Paulas Lächeln verschwand. Nun guckte sie wieder todernst.

«Okay», sagte sie dann. «Der Hund wird nicht kastriert. Doch ich stelle eine Bedingung: Du bist dafür verantwortlich, ihm Manieren beizubringen, und er muss hier in Marxen bleiben. Er gehört schließlich zum Hof, und seine neue Aufgabe besteht darin, auf mich aufzupassen, immerhin ist er ein Wachhund.»

«Und was ist mit Südafrika?»

«Ich muss darüber nachdenken.»

In diesem Moment kam Karpow in die Küche getrabt. Offenbar hatte er mitbekommen, dass wir über ihn gesprochen hatten. Ich setzte mich auf einen der Küchenstühle. Karpow kam auf mich zu und legte mir seinen Kopf in den Schoß. Als ich begann, ihm die Ohren zu kraulen, grunzte er wohlig. Jetzt lachte Paula:

«Das ist ja wohl typisch, wenn es euch an die Eier gehen soll, dann bricht auf einmal die große Solidarität aus – unglaublich!»

KAPITEL 35

Ich drehte den Rasierspiegel zur Seite. Scheiße, jeden Morgen die gleiche verknitterte Fresse. Ob andere Typen es auch so hassen, sich täglich zu rasieren? Man muss sich dabei ziemlich genau anschauen, man sieht jede verdammte Falte, und während es einem munter aus allen Ohren, Nasenlöchern und Grübchen entgegensprießt, breitet sich an den entscheidenden Stellen der Kahlfraß aus. Was soll das? Das Telefon klingelte.

«Ist für dich», flüsterte Paula und hielt mir den Apparat hin. Sie sah noch ganz verschlafen aus. Karpow hob missbilligend ein Augenlid. Kaum, dass ich das Bett verließ, machte sich der Köter auf meiner Seite breit. Immerhin hatten wir uns das Recht erkämpft, in seinem Doppelbett schlafen zu dürfen.

«Hallo», sagte ich.

«Hier Detlef Kauder. Spreche ich mit Herrn Vogt?»

Kauder? Himmel noch mal, das war der Lektor, den ich zu der nächtlichen Lesung genötigt hatte. Ich zögerte.

«Herr Vogt, sind Sie noch dran?»

«Ja, ja, das bin ich. Was kann ich für Sie tun?»

«Ich versuche schon seit Tagen, Sie zu erreichen. Doch bei Ihnen in Hamburg läuft ständig das Band. Eine Kollegin brachte mich dann auf die Idee, es unter der Nummer von Herrn Kalinski zu versuchen, und siehe da, ich bekomme Sie endlich zu fassen.»

«Aha. Und worum geht es, wenn ich fragen darf?», sagte ich und war nicht sicher, ob ich die Antwort wirklich hören wollte. Ich spürte, wie sich eine unangenehme Nervosität in mir breitmachte.

«Nun, wir haben da ein Problem. Ich sehe mich gezwungen ...»

«Hören Sie, die Sache tut mir furchtbar leid», unterbrach ich den Mann. «Ich wünschte wirklich, ich könnte das ungeschehen machen. Es war eine Kurzschlusshandlung. Sie wollen mich doch nicht ...»

«Herr Vogt, ich sehe mich gezwungen, Sie auf den tragischen Freitod ihres Agenten Robert Möller anzusprechen. Aber ich würde sehr gerne wissen, wer in Zukunft Ihre Rechte wahrnimmt.»

«Meine Rechte?», jetzt war ich vollends verwirrt. Ich sollte das Recht wahrnehmen zu schweigen, überlegte ich.

«Herr Vogt, beruhigen Sie sich bitte. Es geht um die Rechte an Ihrem Manuskript. Soweit ich in Erfahrung bringen konnte, wird die Agentur Möller nicht weitergeführt. Wer wird Ihre Rechte in Zukunft wahrnehmen?»

«Niemand. Ich habe keine ..., äh, ich meine, ich habe niemanden beauftragt.»

«Gut, demnach vertreten Sie Ihre Rechte also selber. Ich möchte Ihnen nämlich ein Angebot machen.»

«Ein Angebot?»

«Ja genau. Nun, ich muss vorausschicken, dass wir uns schon vor etlichen Wochen entschieden haben, Ihr Manuskript zu veröffentlichen.»

«Was haben Sie da eben gesagt? Schon vor etlichen Wochen?»

Jemand hatte den Anker gelichtet. Ich spürte genau, wie der Dielenboden unter meinen Füßen zu schwanken begann.

«Ja, das ist in der Tat eine etwas merkwürdige Geschichte. Als ich Robert Möller anrief, um unser Interesse zu bekunden, meinte er, das sei zurzeit ganz ungünstig. Ja, ich glaube, so drückte er sich aus. Sie hätten nämlich andere wichtige Aufgaben übernommen. Er wollte das nicht weiter präzisieren, aber er betonte, das hätte absolute Priorität und sei auch im Sinne des Verlages. Er befürchtete wohl, dass sie dieses Projekt nicht mit dem nötigen Elan weiterverfolgen würden, wenn Sie erführen, dass Ihr Roman veröffentlicht werden soll.»

Nichts rührte sich, nur der Boden schwankte gefährlich. Dann spürte ich, wie mir die Galle hochkam. Möller! Dieser verdammte …

«Hallo, sind Sie noch dran?»

«Wann, sagten Sie, fand dieses Telefonat statt?», fragte ich, verzweifelt bemüht, nicht aus der Fassung zu fliegen.

«Anfang November, ein paar Tage nach unserer, ähem, denkwürdigen Begegnung.»

Schon im November? Das darf doch nicht wahr sein!

«Ich hätte das verdammte Manuskript nicht einmal angerührt, geschweige denn fertiggestellt!», stammelte ich.

«Wie bitte? Ich verstehe nicht. Von welchem Manuskript sprechen Sie?»

«Nichts, äh, ich habe nur laut gedacht», antwortete ich und versuchte mich wieder zu beruhigen. Möller war Schnee von gestern, fertig, aus!

«Aha. Dann zurück zu Ihrem Roman.»

«Ja, genau, mein Roman», nahm ich den Faden auf und spürte, wie die Wut einer unbändigen Freude Platz machte. Doch da war noch etwas, das ich unbedingt wissen musste. Ich fasste mir ein Herz und fragte:

«Sagen Sie, warum haben Sie mich damals eigentlich nicht angezeigt?»

Ich hörte, wie mein Gesprächspartner Luft holte. Dann sagte Kauder:

«Um ehrlich zu sein, das hatte ich tatsächlich vor. Aber ich war nach dieser Nacht einfach zu fertig und wollte nur noch schlafen. Eigentlich wollte ich gleich am nächsten Morgen die Kripo informieren. Dann siegte die Vernunft.»

«Die Vernunft? Inwiefern?»

«Mir war klar geworden, dass Sie mich wahrscheinlich mit einer Attrappe bedroht haben – die Kripo hätte das natürlich ebenfalls herausgefunden, und diese Blöße wollte ich mir nicht geben. Außerdem ist ja kein Schaden entstanden. Sie haben mich nicht einmal berührt.»

Jetzt war ich es, der tief durchatmete.

«Und dann war da noch etwas», Kauder räusperte sich. «Ihr Manuskript hat mir gefallen. Um ehrlich zu sein, ich hatte vorher in der Tat nur die ersten paar Seiten durchgeblättert und mich dann dagegen entschieden, weil das Thema tatsächlich nicht in unser Programm passte. Doch dann musste ich feststellen, dass Sie wirklich eine packende Geschichte erzählen, und bin damit zu meiner Cheflektorin gegangen. Ich sagte, ich habe da etwas entdeckt. Einen Stoff, der so spannend ist, dass er mir eine schlaflose Nacht bereitet hat», an dieser Stelle musste Kauder lachen, der Mann hatte offenbar Humor. «Sie nahm das Manuskript mit ins Wochenende und kam gleich am Montagmorgen ganz begeistert in mein Büro und beauftragte mich, Ihrem Agenten ein Angebot zu unterbreiten.»

«Wow!», ich war sprachlos.

«Nun, ich habe bereits einen Autorenvertrag vorbereitet. Der Vertrag sieht ein Garantiehonorar von siebentausend Euro vor. Das ist die übliche Summe, wenn wir es mit dem Erstling eines noch unbekannten Autors zu tun haben. Ich hoffe, Sie sind damit einverstanden. Aber das müssen Sie natürlich nicht am Telefon entscheiden. Am besten, ich lege Ihnen den Vertragsentwurf in die Post, und wir sprechen weiter, wenn Sie ihn sich angeschaut haben. Ist das okay für Sie?»

Das war mehr als okay. Ich gab Kauder meine Adresse durch und legte auf.

«Wer war denn dran?

«Ein Typ vom Verlag. Ich glaube, ich habe gerade meinen ersten Roman verkauft.»

«Toll», sagte Paula und ließ meine Bettdecke fallen, die sie sich um die Schultern gelegt hatte.

Warum nicht gleich so, fragte ich mich und versuchte mich auf das Wesentliche zu konzentrieren.

Am frühen Abend kamen Paula und Karpow ins Haus zurück. Sie hatten einen ausgiebigen Spaziergang gemacht. Inzwischen war es fast dunkel, und das Feuer im Kamin knisterte gemütlich. Ich hatte den ganzen Nachmittag an der alten Olivetti zugebracht und an der Story für einen weiteren Kalinski-Krimi gearbeitet. Warum sollte ich nicht parallel zu meinem zweiten Roman noch einen zweiten Kalinski schreiben? Ich war schließlich ein Ghostwriter, und zwar ein verdammt guter. Es ist noch keine sechs Wochen her, seit «Kornhauer und die Pole der Unzugänglichkeit» erschienen ist, und die erste Auflage war schon vergriffen. Und das, obwohl der Verlag eine Startauflage von einhunderttausend Exemplaren gedruckt hatte. Ich hörte, wie Paula sich den Schnee von den Stiefeln abklopfte. Dann rief sie:

« Es war total schön draußen, aber saukalt. Jetzt habe ich einen Bärenhunger! »

Ich schrieb den Satz zu Ende. Dann überlegte ich, was es zu essen geben könnte, und musste grinsen. Mein Blick war auf den Talisman gefallen, der vor mir auf dem Schreibtisch lag. Das kleine Äffchen grinste nun ebenfalls.

« Was hältst du davon, wenn ich uns schnell einen kleinen Snack mache? », fragte ich und ging in die Küche. Wenig später hatte ich ein leckeres Sandwich zubereitet. Ich reichte Paula den Teller mit ihrer Hälfte hinüber, lächelte und sagte:

« Lass es dir schmecken, mein Schatz! »

Frank Schulz
Die Hagener Trilogie

«Schulz zählt zu den genauesten, unterhaltsamsten, wortgewaltigsten Autoren des Landes.» (Stern)

Kolks blonde Bräute
Roman. rororo 25798
«So hätte Arno Schmidt geschrieben, wenn er nicht bescheuert gewesen wäre.» (Gerhard Henschel, Tip)

Morbus fonticuli oder Die Sehnsucht des Laien
Roman. rororo 25799
«Ein Meisterwerk der literarischen Hochkomik. Schulz hat schlicht das beste Buch des Jahres geschrieben.» (Süddeutsche Zeitung)

Das Ouzo-Orakel
Roman. rororo 25800
«Ein vorzüglicher bis herausragender Groß- und Spitzenroman, in dem sich der Schulzsche Stil vollendet und erfüllt ... ein Meisterwerk.» (Titanic)

rororo 25798

MIX
Papier aus verantwortungsvollen Quellen
FSC® C083411

Das für dieses Buch verwendete FSC®-zertifizierte Papier *Lux Cream* liefert Stora Enso, Finnland.